KB083486

장르문학
산책

**지은이_ 조성면** 趙城勉, Cho, Sung-myeon

문학평론가. 인하대 강의교수 및 BK연구교수, 평택대 대우교수를 거쳐 현재 수원문화재단에서 일하고 있다. 저서로『경계를 넘고 간극을 메우며 – 장르문학과 문화비평』,『질주하는 역사, 철도』,『한비광, 김전일과 프로도를 만나다– 장르문학과 문화비평』,『한국문학 대중문학 문화콘텐츠』,『대중문학과 정전에 대한 반역』,『한국 근대 대중소설 비평론』,『그래픽 스토리텔링과 비주얼 내러티브』(번역서) 외 다수의 논문과 평론을 발표했다.

# 장르문학 산책

**초판인쇄** 2019년 7월 19일 **초판발행** 2019년 7월 26일
**지은이** 조성면 **일러스트** 김형경
**펴낸이** 박성모 **펴낸곳** 소명출판 **출판등록** 제13-522호
**주소** 서울시 서초구 서초중앙로6길 15, 1층
**전화** 02-585-7840 **팩스** 02-585-7848
**전자우편** somyungbooks@daum.net **홈페이지** www.somyong.co.kr

값 16,000원
ISBN 979-11-5905-380-1 03810
ⓒ 조성면, 2019

잘못된 책은 바꾸어드립니다.
이 책은 저작권법의 보호를 받는 저작물이므로 무단전재와 복제를 금하며,
이 책의 전부 또는 일부를 이용하려면 반드시 사전에 소명출판의 동의를 받아야 합니다.

At a glance, Genre Literature

# 장르문학

## 산책

조성면 지음

소명출판

일러두기

| 이 책에 수록된 평론 가운데 101편은 『경인일보』 연재물로, 필자의 기발표 저서들과 대학
  에서 진행한 강의를 바탕으로 집필되었다.
| 연재물이라는 특수성으로 인해 인용부호만 표시하고 별도의 인용주는 달지 않았다.
| 직접 인용했거나 해당 주제와 관련이 있는 문헌을 본문의 하단부에 명기하였다.
| 단행본은 겹낫표(『 』), 단편소설, 평론은 홑낫표(「 」)로 표기하였다.
| 만화, 영화, 애니메이션은 꺽쇠(〈 〉)로 표기하였다.
| 직접 인용은 큰따옴표(" "), 강조는 작은따옴표(' ')로 표기하였다.

이 글은 그간의 작업을 갈무리하고 결산한 책이다. 여기서 다룬 거개의 작품과 주제는 '대중문학의 이해'라는 대학 강의에서 진행했던 것이며, 이미 발표했던 필자의 책과 논문, 평론 등을 토대로 새롭게 재구성한 것이다.

『상르문학 산책』은 『경인일보』에 2016년 1월 27일부터 2018년 1월 10일까지 매주 수요일 총 101회에 걸쳐 연재한 글을 모은 것이다. 여기에 써두고 미처 발표하지 못했던 글 열한 편을 더 보탰다. 연재가 끝나고 차일피일 미루다 계절이 몇 번 바뀌고 나서야 목차를 잡고 체계를 세우고 머리말을 쓴다. 생각보다 많이 지체되었다. 연재를 마쳤다는 긴장의 이완에 어찌할 수 없는 심신의 태업으로 시일이 다소 늦어졌다. 무엇이든 시작을 해야 시작이 된다는 F. W. 니체의 말이 실감난다. 과연 시작하지 않으면 시작되지 않고 시작은 없는 것이다. 즉각적인 실천의 중요성과 니체의 섬광 같은 통찰을 새삼 재인식하게 된다.

누구에게나 저마다 고유한 습관이 있듯, 나는 제목과 머리말을 먼저 보는 책읽기 버릇이 있다. 어두일미魚頭—味 못지않게 서두일미序頭—味가 있기 때문이다. 책이든 논문이든 통상 가장 나중에 쓰는 서문에 저자의 생각이 날것 그대로 잘 드러나는 데다가 책의 성격과 기본 방향을 읽을 수 있기 때문이다. 꾸밈없는 저자의 생각과 맨얼굴을 보여주기에 가장 인간적이면서 또 저자와 교감할 수 있는 부분이 머리말이기에 더 그렇다. 그런데 이 같은 나의 글 읽기 버릇이 이번에는 부담으로 작용하여 고스란히 나 자신에게 되돌아왔다. 작업이 지체된 또 다른 이유다.

오래전부터 어떻게 하면 대중적이면서도 쉽게 장르문학 전반을 짚어 보고, 이를 통해서 문학/장르문학과 동시대의 사회와 문화를 인문학의 맥락에서 읽어내는 글쓰기가 가능할지 또 이를 어떻게 풀어내야 할지 궁리해왔다. 생각은 있었으나 이것은 그저 머릿속에서의 일이었을 뿐 선뜻 실행에 옮겨지지 못했다. 기회도 없었고 발표의 방식이나 매체도 마땅치 않았다. 더군다나 오랫동안 몸담아왔던 대학의 강단을 떠나 갑자기 직장인이 된 것도 유력한 핑계가 되어 발목을 붙잡히고 있었다.

그러던 중 경인일보사의 후의로 기회를 얻어 산책을 시작해보니 장르문학의 세계도 광대무변한 우주와도 같이 넓고 다양하고 어려웠다. 두루두루 전 분야를 다루어 보고자 했으나 요령부득인 데다가 장르문학의 장르적 특성상 수량이나 편폭이 크고 넓어 다 다루지 못했다. 가령 최근에 각광받고 있는 작품들 — 뒤렌마트 이후 독일의 대표적인 추리소설가로 손꼽히는 『백설공주에게 죽음을』(2011)의 넬레 노이하우스, 최근에 번역된 『스웨덴 장화』(2018) 등 '발란데르 형사 시리즈'로 유명한 스웨덴의 탐정소설가 헤닝 만켈, 2013년부터 본격적으로 소개된 시리즈물로 높은 인기를 얻고 있는 미카미 엔의 『비블리아 고서당 사건수첩』 같은 일본의 라이트노벨 등 — 을 다루지 못한 한계도 있다.

이런저런 한계에도 불구하고 『장르문학 산책』은 오랜 고민의 산물이라 할 수 있다. 딥 러닝 기술이 적용된 인공지능 기술과 생명공학 및 로봇공학 등이 각광받고 카카오톡·밴드·트위터·페이스북·인스타그램 등 짧고 스피디한 글들이 양산되는 제4차 산업혁명시대에 문예지의 비평이나 무거운 논문의 형식으로는 기민하게 대응하기도 어렵고 대중적 확산이 용이하지 않기에 짧고 간결한 칼럼 형식의 글쓰기가 효율적일 것이라는 판단의 결과가 『장르문학 산책』의 기원이다.

기실 단평短評이나 시평時評 같은 짧은 글쓰기는 한국문학이 본격적인 저널리즘의 시대에 돌입한 1920년대 중반부터 1930년대 초반에 전성기를 누린 유서 있는 형식으로 팔봉 김기진·회월 박영희·임화 등 한국문학의 준봉峻峯들이 시도한 바 있다. 요즘 같은 시대에는 전문 문예지나 학술지에 게재되는 비평이나 논문보다는 단평이나 시평처럼 경쾌하고 대중친화적인 형태의 글들을 널리 양산하고 부활시킬 필요가 있다.

연재물의 제목을 '산책'이라 정한 것은 현실에서 한 발 물러나 자본과 욕망이 만들어내는 근대의 풍경을 찬찬히 살피고 사유하고자 했던 C. 보를레르나 W. 벤야민의 단순 모방이 아니다. 그것은 심신의 휴식과 여유를 위해서 천천히 걷는 산책처럼 우리의 곁에서 울고 웃는 장르문학이라는 삶의 반려를 인문학의 맥락에서 가볍게 다루어보자는 의도에서 나온 것이다. 내심 한국 근대문학을 실천의 대상으로 삼은 임화의『문학의 논리』나 세계체제가 낳은 모순의 현장인 분단체제와 민족문제를 동아시아의 맥락에서 살핀 최원식 교수의『민족문학의 논리』의 뒤를 이어 장르문학의 문제성과 의미를 문학적 성찰의 대상으로 삼는 '장르문학의 논리'를 꿈꿔보지 않는 것은 아니지만, 언감생심 그저 동시대의 대중적 욕망과 자본의 문화논리와 새로운 현실을 꿈꾸는 장르문학이라는 사건의 지평선 언저리를 찬찬히 둘러보는 산책으로 대신하였다.

장르문학 주변을 돌아보면서 새삼 재확인한 것이지만, 여전히 우리는 본격문학과 장르문학을 나누고 가르는 근대적 문학관과 낡은 사고의 틀에 갇혀 있다. 일상화한 편견과 낡은 사고에서 벗어나는 데는 산책만큼 좋은 게 없다.

컴퓨터게임·모바일게임·영화·드라마·웹툰·애니메이션 등 현대의 서사체들은 이제 근대 서사의 총아였던 문학을 여러 서사 장르의 하나로 밀어내고 있다. 이 같은 새로운 환경에서 문학이 여전히 독자 대중의 곁에 머물러 있을 수 있는 것은 세계적인 정전급 고전들과 뛰어난 대중성과 공감 주술력을 지닌 장르문학 덕택이지 정전급 고전에는 미치지 못하고 장르문학의 대중성에도 밀리는 범속한 일반문학들 때문이 아니다. 장르문학은 본격문학과 함께 문학이라는 언어예술이 지닌 동전의 양면을 이루고 있으며 동시대의 아픔과 욕망과 회구를 날카롭게 반영하고 있는 동시에 우리와 늘 함께하는 반려문학의 의미를 지니고 있다.

개인적으로는 셰익스피어의 『햄릿』, 톨스토이의 『안나 카레니나』, 홍명희의 『임꺽정』, 황순원의 『일월』, 황석영의 『객지』와 『손님』, 한강의 『소년이 온다』와 김영하의 장·단편들, 에코의 『장미의 이름』, 보르헤스의 단편들에다 최근에 지각 독서한 가즈오 이시구로의 『남아있는 나날』, 아고타 크리스토프의 『존재의 세 가지 거짓말』 등의 작품들이 머릿속에 남으나 이에 못지않은 장르문학들도 일일이 거론하기 어려울 정도로 많아 자주 놀란다. 그리고 일상생활 속에 가까이 있고 가장 많이 널리 읽히면서도 장르문학은 여전히 정당한 평가와 대우를 받지 못하고 있음에 또 한 번 더 놀란다.

브라질 출신 팝아티스트 로메로 브리토Romero Britto가 "예술은 혼자 즐기기엔 지나치게 삶에서 중요한 일이다. 그렇게 때문에 꼭 함께 나누어야 한다"고 설파했듯 대중성을 자기의 운명으로 삼은 장르문학이야말로 많은 자기한계에도 불구하고 가장 전형적인 나눔의 예술이라 할 수 있다. 가장 많은 이야기를 쏟아내면서도 정작 자신의 언어를 갖지 못한 이 장르문학에게 언어와 의미를 부여해 주고 싶었다. 또 이를 통해서 다른 방식으로 우리 시대와 문학을 이해하고자 했다.

「1930년대 대중소설론의 전개 양상」(1996)이라 이름붙인 학술논문과 『한국 근대 대중문학 비평론』(1997)이라는 편저서를 내면서 시작된 장르문학에 대한 이십여 년의 긴 산책이 『장르문학 산책』으로 마무리된 듯하여 이제서야 무거운 짐을 내려놓은 것 같다. 소설가 홍성원은 문학을 하는 일을 "즐거운 지옥"이라고 표현했는데, '장르문학 속에서 산책하는 일' 또한 즐겁고도 고생스러운 일 곧 '즐고운 일'이었다고 말하고 싶다. 그래도 문학을 하고 글을 쓰는 일은 삶의 모든 고통을 글쓰기라는 단 하나의 고통으로 수렴하는 언어선言語禪이며, 작은 의미를 찾을 수 있는 일이기에 보람이 있었다. 생각해보면 삶이라는 여정에 문학이라는 반려를 갖는 것은 큰 행운이다. 중언부언 말이 많았다. 이 책이 누군가에게 작은 보탬이라도 되길 바라며, 경인일보사·박성모 소명출판 사장님·윤소연 편집자님 등 도움을 주신 많은 인연들께 감사드린다.

기해년 초여름 우거에서 조성면

제3장 **판타지, 공상에서 문학으로**

제4장 **무협소설 — 남성의 로망, 남근의 서사**

제13장 **문학과 장르문학의 사이와 차이**

제14장 **장르문학을 바라보는 다섯 개의 시선**

# 제1장

# 장르문학의

# 법칙

# 세계적 문화 현상으로서의
# 장르문학

링컨·루즈벨트·처칠·빌 게이츠의 공통점은 무엇인가? 이들은 모두 장르문학의 열혈 독자들이었다. 빌 게이츠는 〈스타트랙〉 시리즈의 광팬으로 자녀들에게 SF를 읽히는 것으로 유명하다. 처칠은 추리소설을 즐겨 읽었고, 링컨과 루즈벨트는 한때 추리소설 작가가 되려 했다.

진용金庸은 무협소설로 신필神筆이라는 칭호를 얻었고, 캠브리지대·베이징대·칭화대 등 세계 유수 대학의 명예교수가 됐다. 중국에는 그의 무협소설을 연구하는 '김용학회'가 있고, 이를 '김학'이라 한다.

『셜록 홈즈』 시리즈로 유명한 코난 도일도 추리소설로 그 공로를 인정받아 기사 작위를 받았고, 만년의 피카소는 만화가가 되지 못한 것을 두고두고 후회했다.

스페이스 오페라의 대표 주자인 〈스타워즈〉는 시퀄 3편과 프리퀄 3편에 이어 영화적 오마주라 할 〈깨어난 포스〉, 〈라스트 제다이〉 등이 개봉되어 변함 없는 인기를 누리고 있다. 〈스타워즈〉는 세계적인 신화학자 조셉 캠벨의 자문을 받아 제작되었으며, 철저하게 영웅의 여정 hero's journey이란 영웅 신화 공식을 따르는 블록버스터다.

세계적인 기호학자이자 평론가인 움베르토 에코는 추리소설 『장미의 이름』을 쓰기 위해 수천 편의 중세 관련 논문을 모으고 읽었으며, 이언 플레밍의 007 시리즈에 대한 연구서를 펴내기도 했다.

톨킨의 『반지의 제왕』 영화 촬영지였던 뉴질랜드는 엄청난 관광수입을 올려 '프로도 이펙트'라고 하는 신조어의 산실이 되었다. 이혼 후 생활보호 대상자였던 조앤 롤링은 『해리포터』로 단숨에 부와 명예를 거머쥐었다. 여러 출판사를 전전하다 1997년 블룸스베리에서 시험 삼아 찍어낸 『해리포터』 초판본 500부는 현재 희귀도서로 분류되어 경매시장에서 6만 8천 800파운드(약 1억 320만 원)에 거래된다.

학계와 본격문학 진영의 푸대접과 상관없이 장르문학의 사회문화적 영향력은 이렇게 압도적이며 세계적이다. 그런데 이에 대한 체계적인 논의나 조명은 아직 일반적 기대에는 미치지 못한다.

'근대문학의 종언'을 선언한 가라타니 고진의 주장을 액면 그대로 받아들이기 어렵다고 하더라도 본격문학이 담론의 중심에서 예술과 사회를 주도하던 영광의 시대는 지났으며, 이제는 문학의 위상과 역할에 대해 반성적으로 살펴볼 때가 왔다.

근대 자본주의 사회의 범죄성을 다루는 추리소설, 다른 세상과 새로운 미래를 꿈꾸는 판타지와 SF, 불의와 부당한 권력에 맞서는 무협소설, 현실에서 이루지 못한 낭만적 사랑과 여성의 불만족스런 삶을 동력으로 삼는 로맨스는 출판자본의 상품이면서 동시에 문학담론들의 사회학적 충동을 자극하는 새로운 지적 탐구의 대상이다.

# 삼세 번의
# 원칙

라면에 스프가 있듯 장르문학에는 공식이 있다. 수학만 공식이 있는 게 아니다. 운전면허 코스 연습과 골프와 당구에도 있다. 그야말로 인생도처유공식人生到處有公式인 것이다. 악인은 처벌을 받고, 간절한 사랑은 이뤄지며, 미스터리는 해결되고 모험과 미션은 완수된다. 현실은 어떨지 몰라도 적어도 장르문학에서 '미션 임파서블' 같은 것은 절대 없다.

먼저 삼세 번의 원칙이 있다. 첫 번째 시도에서 미션이 해결되면 너무 싱겁고 또 해결이 안 되면 영 재미가 없으니 세 번째 가까스로 성공하게 만들라는 것이다. 〈스타워즈〉에서 데스 스타나 난관은 루크, 아나킨, 그리고 레이와 핀 등 주인공의 악전고투 끝에 가까스로 파괴되거나 극복된다.

그런가 하면 연애의 공식도 있다. 연인의 사랑을 방해하는 장애물이 반드시 있어야 한다는 것이다. 커플의 지고한 사랑이 그냥 맨입으로 이뤄지면 얼마나 맨숭맨숭한가. 연애에서 장애물은 여러 가지다. 부모가 될 수도, '김중배' 같은 방해꾼일 수도, 또 신분적인 차이나 불치병이 될 수도 있다. 온갖 장애를 이겨내고 사랑을 이룰 때 독자는 감동받고 관객은 열광한다.

추격과 도망의 플롯에서 도망자와 추격자의 거리가 가까워도 멀어도 안 된다는 원칙도 있다. 추격자가 바로 도망자 곁에 있거나 너무 멀리 떨어져 있으면 어떠한 극적 긴장감을 줄 수 없기 때문이다. 또 좁고 밀폐된 공간에서 추격과 도망과 사건이 발생하면 독자나 관객이 느끼는 긴장감과 서스펜스는 더욱 배가된다는 공식도 있다.

그밖에 삼각관계나 출생의 비밀, 극적 반전 그리고 주인공에게는 조력자helper가 있다는 것, 나아가 과도한 몰입에서 생겨난 독자와 관객의 피로를 덜어주기 위해 웃음을 유발하는 코드를 끼워 넣은 것도 장르문학과 블록버스터 영화가 자주 사용하는 공식들이다.

서사학자 T. 토도로프의 지적대로 장르문학은 장르의 규칙과 공식을 지킬 수밖에 없는 장르다. 공식에서 이탈하는 순간, 그는 다른 장르의 작품이 되어 버리기 때문이다. 따라서 장르문학은 한 권만 제대로 읽어도 모든 것을 다 읽은 것과 다름없는 장르가 돼야 한다. 같은 상표의 상품을 다른 상품으로 대체할 수 있듯 한 작품만 읽어도 그 장르를 이해하는 데에는 문제가 되지 않을 수 있다는 점에서 장르문학을 판박이 작품들chose de genre이라 해도 무방하다.

붕어빵에 단팥이 어울리고, 설렁탕에 깍두기가 제격이듯 장르문학에는 뻔한 공식이 제격이다. 내 마음대로 되는 게 별로 없는 세상이고, 차가운 현실에서는 해피엔딩을 보장받을 수 없기에 장르문학을 통해서라도 카타르시스를 제공받고 또 위안을 얻어야 하지 않겠는가.

T. 토로도프, 신동욱 역, 『산문의 시학』, 문예출판사, 1992.

로널드 B. 토비아스, 김석만 역, 『인간의 마음을 사로잡는 스무 가지 플롯』, 풀빛, 2007.

# 장르문학이라는

# 괴상한 용어

장르문학은 괴상한 말이다. 문학 장르도 아니고 장르문학이라니? 여기에는 다 그럴 만한 사정이 있다.

조선의 국법에 따르면 홍길동은 홍 판서의 아들이 아니라 노비 춘섬의 아들이고, 춘향이는 성 참판의 딸이 아니라 관기 월매의 딸이다. 상놈은 모계의 성을 따르라는 종모법從母法 때문이다. 장르문학은 작품성을 보지 않고 무슨 장르냐에 따라 평가를 달리하는 문학의 종모법을 거부하기 위한 대안적 용어다. 가령 대중문학·통속소설·상업주의문학을 비롯하여 값싼 종이소설pulp fiction · 쓰레기소설junk fiction은 너무 경멸적인 표현이기에 적절하지 않다. 또 대중문학과 통속소설이란 말은 모두 일본산이다.

통속소설이란 말은 1920년 사토미 돈의 소설『동전桐畑』에서 처음 등장했고, 대중문학은 1924년 일본의『강담잡지』봄호부터 사용되기 시작했다. 우리의 경우에는 소설가이자 평론가였던 팔봉 김기진이 통속소설(1928)과 대중소설(1929)을 문학 용어로 차용해 썼다.

장르문학은 추리소설·무협소설·SF·판타지·호러·로맨스 등의 작품들을 가리키며, 고유한 장르 규칙과 관습을 따른다는 특징이 있다. 특별한 설명이 없어도 작품의 내용과 성격을 알 수 있는 대중적 작품이 모두 여기에 해당된다. 이들 작품은 아주 같지도 않으면서 전혀 다르지도 않은 이야기에 권선징악·삼각관계·행복한 끝내기·반전·출생의 비밀 같은 공식을 반복한다. 그래서 장르문학을 공식문학formula literature으로 규정하는 학자들도 있다.

흔히 작품의 내용이나 결말을 미리 알려주는 사람을 스포일러라고 하는데, 장르문학에서 최고의 스포일러는 장르문학 자기 자신이다. 빤한 공식과 규칙 그리고 예측 가능한 결말 때문에 그렇다. 모든 장르문학이 같은 이야기가 아니라 새로운 이야기를 해야 하면서도 결국에는 같은 이야기 구조를 반복할 수밖에 없는 것은 이런 속사정 때문이다.

'헬 조선'이란 속어처럼 웃을 일이 별로 없는 팍팍한 인생살이에서 근사하고 재미있는 작품을 만난다는 것은 한편으로 얼마나 다행스런 일인가. 화려한 감수성과 문체로 유명한 김승옥이 김내성의 추리소설과 연애소설을 보면서 작가가 될 수 있었고, 중견소설가 은희경이 자신의 문학소녀 시절의 스승은 1960년대 베스트셀러 작가 박계형의 작품이었다는 고백은 장르문학의 존재 이유를 증명한다. 그러니 이제부터는 아버지를 아버지라 하고, 장르문학을 꼭 장르문학이라 부를 일이다.

# 장르문학의
## 3대 오페라

"오페라는 매춘부 같은 차림새로 돼지 멱따는 소리로 노래하고, 허세로 가득한 기괴하고 사악한 공연에 지나지 않는다."

17세기 영국 신고전주의 문학의 대가로 꼽히는 알렉산더 포프는 장편 풍자시 「우인열전」을 통해서 오페라를 이렇게 조롱했다. 지금이라면 문화계가 발칵 뒤집혔을 폭언이다. 조화와 절제와 균형을 중시한 신고전주의자 포프에게 오페라는 저급한 B급 연희예술이었던 모양이다. 그야 어쨌든 오페라는 화제를 몰고 다니는 고급예술의 반열에 오른 지 이미 오래다.

장르문학에도 오페라가 있다. 소프 오페라, 스페이스 오페라, 베이징 오페라가 그것이다.

소프 오페라는 세제soap라는 접두사에서 짐작이 되듯 세제드라마 곧 멜로드라마이다. 주로 여성 독자나 시/청자를 타깃으로 삼은 멜로 드라마들로서 유독 비누와 주방용품 등 세제 광고가 많이 따라붙어 이런 우스꽝스런 별칭이 붙었다.

스페이스 오페라는 작품의 무대를 우주로 옮겨다 놓고 펼쳐지는 서 부극 이른바 우주 활극, 또는 우주 서부극으로 번역되는 SF장르의 일 종이다. 〈스타워즈〉, 〈스타트랙〉 같은 유형의 영화 또는 우주 삼국지라 는 별명이 붙은 〈은하영웅전설〉 등을 수요 작품으로 꼽을 수 있겠다.

베이징 오페라는 차이니즈 오페라라고도 하는데, 직접적으로 무협 영화를 가리킨다. 무협영화의 개척자 후진취안胡金銓 감독이 경극을 토 대로 무협영화의 문법을 완성하였고, 또 배우들의 과장된 액션 연기가 마치 경극을 보는 것 같다고 하여 이 같은 이름이 붙게 되었다.

오페라는 이태리산産 예술로 16세기 말 피렌체 바르디 백작의 궁정 에서 처음으로 시작된 것으로 알려져 있다. 〈세비야의 이발사〉, 〈피가 로의 결혼〉, 〈투란도트〉, 〈나비부인〉, 〈오페라의 유령〉 등 유명 오페라 의 대다수는 사랑의 이야기며, 매우 통속적이다. 〈피가로의 결혼〉 처 럼 신분제를 비판하고 프랑스혁명의 원인遠因이 된 경우도 있지만, 오 페라는 예나 지금이나 대중친화적인 장르이다.

오페라가 귀족용 여흥거리였고 지금도 값비싼 고급예술로 분류되나 찾아보면 오페라 속에도 민중적 발랄함과 비판정신으로 가득하다. SF·멜로·무협 등의 하위장르에 오페라를 접미사로 붙인 것은 화려한 쇼처럼 볼거리가 차고 넘친다는 의미와 함께 약간의 조롱 섞인 장난기가 들어가 있는 것이다.

그러나 누가 알겠는가. 알렉산더 포프가 입에 거품을 물고 비판해 마지않았던 오페라가 고급예술로 자리 잡았듯 장르문학도 그렇게 되지 말라는 법은 없는 것이다.

# 영화 〈동주〉로 읽는
# 장르문학 출판의 공식

윤동주의 유고시집 『하늘과 바람과 별과 시』는 영원한 청년문학이요, 많은 이들의 사랑을 받는 '대중문학'이다. 한용운의 「님의 침묵」과 김소월의 「초혼」도 한때는 연애편지의 단골메뉴로 인기가 높았다. 영화 〈동주〉는 이런 유구한 대중성에서 나온 것이다.

〈동주〉는 웰 메이드well-made(잘 만들어진) 영화다. 이준익 감독의 군더더기 없는 연출 솜씨도 그렇거니와 배우들의 연기도 훌륭하다. 작품을 작가의 삶 또는 작가의 의도를 반영하는 등가물로 보는, 이른바 의도의 오류intentional fallacy에도 불구하고 윤동주(1917~1945)의 삶과 시와 영화가 잘 배합됐다. 좋은 영화다.

다행히 윤동주의 묘를 찾아낸 이가 한국문학 연구자들이 아니라 재미교포 현봉학 선생과 오무라 마스오-大村益夫(당시 와세다대 교수)였다는 부끄러운 사실과 암흑기 저항문학의 상징이었던 윤동주가 히라누마 도주平沼動柱로 창씨개명을 했다는 불편한 진실도 흥행에 걸림돌이 되지 않았다. 게다가 저예산 영화이며 자칫 서사의 부재에 빠질 수 있는 소재상의 한계도 단편적인 전기적 사실들을, 시퀀스로 만들어 적절하게 배치하고 관객의 감성에 호소하는 시낭송을 통해서 이겨냈다. 안소영의 장편소설 『시인/동주』(창비, 2015) 같은 최신 텍스트들이 영화 구성에 적잖은 힘을 보태줬을 것이다. 그러나 가장 결정적인 것은 윤동주의 유구한 대중성과 이준익이라는 상표의 티켓파워이다. 여기에 국민정서의 심층을 이루고 있는 반일감정도 다소 도움이 됐고, 윤동주의 오랜 벗이었던 고故 늦봄 문익환 목사의 차남 배우 문성근 씨를 캐스팅하는 위트도 돋보였다.

그런데 명백한 작가주의 영화 〈동주〉에 왜 이런 장치들이 필요한가. 실패의 리스크를 줄이고, 제작비를 건지기 위해서다. 장르문학도 마찬가지다. 장르문학에서 공식들이 계속 반복되는 까닭은 작가가 그렇게 썼기 때문이 아니라 출판업자들의 두려움 때문이다. 손해를 보지 않으려는 출판사의 이해관계와 안간힘이야말로 장르문학의 공식이 지속되는 이유다. 작품의 성공을 장담할 수 없으나 독자들의 특정 장르에 대한 소비의 욕망은 상존하기에 이미 독서시장에서 검증된 패턴과 공식을 반복해서 손님을 끄는 것이다. 그러므로 장르문학의 공식의 다른 이름은 출판사의 마케팅 전략이다.

1972년 아카데미상 시상식에서 오로지 돈을 벌기 위해 좌충우돌했을 뿐인데 여기에서 우연히 걸작이 나오고 예술성도 생겨났다는 찰리 채플린(1889~1977)의 고백은, 상품과 예술의 길항과 역설을 잘 보여준다. 역사적 사건이나 작품이 지닌 여러 겹의 의미를 심층적으로 읽어내는 것을 두껍게 읽기thick description라고 하는데, 돼지고기 목살은 두꺼워야 제맛이듯 장르문학은 이렇게 좀 두툼하게 읽어야 한다.

# 밋밋한 일상을 위한

# 작은 위안

장르문학은 보바리즘(밋밋하고 불만스런 일상)에 맞서는 삶의 동반자다. 대부분 우리의 삶은 먹고 살기 위한 밥벌이 활동과 사회적 지위를 얻기 위한 경쟁 등으로 채워져 있다. 그러다가 몸이 아프거나 나이가 들어서, 또 문병이나 문상을 다녀오면서 문득 자신을 되돌아보게 된다. 인생 별 거 없다. 이렇게 살지 말자. 인생의 시간을 뜨겁게 불태우는 옥탄가 높은 삶을 살자, 다짐해본다. 그러나 현실이 어디 그리 녹록한가. 어김없이 찾아오는 청구서들과 대출금 상환일 그리고 승승장구하는 친구들을 보노라면, 이 같은 기개는 홍로일점설紅爐─點雪처럼 사라지고 만다. 이럴 때 생각해 볼 수 있는 것이 종교와 장르문학─곧 수행과 위안의 길이다.

장르문학의 본질은 대리경험vicarious experience을 통한 위안에 있다. 여기에는 우리가 체험하기 어려운 열정적 사랑과 짜릿한 모험이 있으며, 사회적 부조리에 대한 통쾌한 심판이 있는 것이다. 루시앙 골드만(1913~1970)은 이를 두고 "타락한 사회의 타락한 대응방식"이라 일갈한 바 있으나 우리는 여기서 주인공과의 동일화와 강력한 감정이입으로 시름을 잊고 찰나적 만족을 얻는다.

그러나 현실에서 장르문학은 아직 인정투쟁의 도정에 있다. 그것은 삶의 비의를 찾고 언어의 한계를 넘어서려는 예술정신도 없고, 사회적 구원이나 인간해방에 도움되지 않는 도피주의 혹은 현실순응주의에 지나지 않는다는 인식 때문이다.

게다가 '작품'이 아닌 '상품'으로서의 운명을 타고났기에 독자에게 선택되고 '팔리기' 위해 별별 노력을 다해야 하고, 이 과정에서 장르문학은 늘 도덕적 지탄의 대상이 되는 이중고를 겪는다. 또 엘리트들의 외면과 홀대를 받는다.

전 세계에 팬덤을 구축하고 있는 이언 플레밍의 '007 시리즈'도 처음에는 평단과 독자의 반응이 신통치 않았다. 대통령 존 F. 케네디가 1961년 한 잡지와의 인터뷰에서 〈007 위기일발〉을 가장 좋아하는 작품이라고 밝히면서 대반전이 일어났다. 케네디의 인터뷰 직후 독서시장과 영화 등에서 죽을 쑤던 007은 대중문화의 새로운 아이콘으로 각광받기 시작했다. 극도의 정치적 억압기 속에 놓여 있던 한국 독자(관객)들에게 007은 자유분방한 사랑과 짜릿한 모험으로 답답한 일상의 작은 출구가 되어 주었다.

약품마다 용도와 효능이 다르듯 문학도 장르에 따라 효용과 기능이 다르다. 일반문학의 잣대와 엄격한 기준으로 힐난하고 폄훼하지 말자. 스누피에게 철학이 있고 터프가이한테도 순정이 있듯 장르문학에게도 작품성과 순기능이 있는 법이다.

# 장르문학과

# 대중

바야흐로 대중의 시대가 왔다. 장르문학·대중문화·선거·촛불집회 등 현대사회의 중심에 대중이 우뚝하다. 스페인의 철학자 오르테가 이 가세트(1883~1955)의 『대중의 반역』(1929)은 현대사회의 정치와 문화의 주역으로 떠오른 대중에 대해 분석한 명저다. 전체주의 체제에 동원된 대중들과 창의적 고급문화예술을 위기에 빠뜨리고 소비대중문화에 탐닉하는 대중들의 출현에 착잡함과 공포를 느낀 가세트는 이를 '대중의 반역'으로 명명한다.

영국의 문화연구자이자 문학평론가인 레이몬드 윌리엄스(1921~ 1988)는 『문화와 사회』(1958)를 통해서 '대중은 존재하지 않으며 특정한 사람들을 대중으로 바라보는 경멸적인 관점만 있을 뿐'이라는 견해를 선보이며 대중에 대한 기존의 귀족주의적 정의들과 결별한다. 대중은 'mass'나 'mob'으로 치환될 수 없는 열린 개념, 곧 'popular'로 봐야 한다는 것이다. 그가 대안으로 제시한 'popular'는 '인기 있는', '대중적인', '통속적인'이란 뜻을 지닌 형용사로서 일종의 사회현상을 가리키는 것이지 고정불변의 실체를 지칭하는 것이 아니다. 참고로 mass의 번역어로 쓰인 대중이란 말은 비구·비구니·우바새·우바니 등 출가자와 재가신자를 의미하는 불교의 사부대중四部大衆에서 나왔다.

그러나 대중은 부정적으로 정의할 것도 아니며, 실체가 아닌 것도 아니고, 또 관점의 문제로 치환될 문제도 아니다. 대중은 현대인들에게 내재된 속성이며 '존재론적 양상'에 가깝다. 현실 속의 우리는 대중교통 이용자로, 관객으로, 관람자로, 고객으로, 독자로, 또는 집회 참가자로 다양한 정체성을 가지고 있기 때문이다.

장르문학을 대중문학이라고도 하는데, 주류 문학담론에서 장르문학 독자는 당연히 낮은 취향을 지닌 '우중愚衆'일 것으로 전제된다. 그러나 분명한 것은 장르문학을 읽는 독자들이 어리석은 대중도 아니고, 장르문학을 읽는다고 해서 주류 이데올로기의 노예가 되는 것도 아니다. 토마스 만의 『마의 산』을 보다가 돌연 톨킨의 『반지의 제왕』을 읽기도 하고 댄 브라운의 『다빈치 코드』를 독파하는 다양한 취향과 자율성을 지닌 존재가 바로 독자(=대중)이기 때문이다.

대중은 현대인들이 살아가면서 보여주는 다양한 삶의 국면이며, 양상이다. 또 광장과 분리될 수 없는 존재이다. 프랑스의 좌파 철학자 가타리가 제시한 'multitude' 곧 다중多衆이라는 개념이 오히려 작금의 현실에 더 타당해 보인다. 저마다 독자적인 정체성과 개성을 가지고 다양한 층위의 문화를 즐기다가 문득 특정한 사안이 발생할 때 선택적으로 공동 행동에 나서기도 하는 대중이 바로 다중이기 때문이다. 장르문학은 대중의 문학이자 다중의 문학이다.

Raymond Williams, *Culture* & *Society* : *1780~1980*, Columbia University Press, 1983.

# 베스트셀러와
# 장르문학

베스트셀러bestseller의 사전적 정의는 '가장 많이 팔린 책(물건)'이다. 그런데 사람이나 직업을 나타낼 때 사용하는 어미 '-er' 또는 '-or'을 붙여놓고 '가장 많이 파는 사람'이 아니라 '가장 많이 팔리는 책'이라 함은 어인 일인가. 그저 영어식 관행이려니 하고 무심코 지나쳐 왔으나 가만히 생각해보면 이치에 맞지 않는다.

베스트셀러는 1897년 미국의 월간 문예비평지 『북맨bookman』이 잘 팔리는 책을 조사하고 목록화하면서 사용됐던 말이다. '베스트 셀링 북스best selling books'라는 긴 표현 대신 이를 축약한 베스트셀러란 편의상의 용어가 보편화하면서 1920년 무렵부터 세계적으로 널리 통용되는 공용어가 됐다. 우리는 1945년 을유해방 이후부터 이 개념이 도입됐다. 현재 베스트셀러는 출판 동향 파악과 도서 선택에 도움을 주는 문화정보라기보다는 대중의 읽기 욕망과 자본의 부가가치 창출 열망을 자극하고 재생산하는 상품적 기표로 작동한다.

대중의 욕망에 성공적으로 호소한 장르문학은 심심치 않게 베스트셀러의 지위를 얻는다. 이 때문에 장르문학은 심오한 성찰과 언어의 예술성보다 오락과 위안에 우위를 두고 현실의 원칙보다 쾌락의 원칙을 따르며 타락한 현실에 저항하기보다는 타락한 대응으로 일관하는 쉬운 문학, 상업적 성공이란 물신을 좇는 문학이라는 연역적 전제와 끈질긴 오해로부터 여전히 자유롭지 못하다. 물론 예측 가능한 스토리(구조)와 인간의 욕망을 투사하는 특유의 디오니소스적 언술 행위는 장르문학의 특장이자 명백한 한계일 것이다. 한국전쟁 직후 정비석(1911~1991)의 『자유부인』(1954)이 공전의 빅히트를 치자 이를 두고 "문화파괴자로 중공군 50만 명에 해당하는 적군"이라 신랄하게 비판해 마지않았던 당시 황산덕(1917~1989) 서울대 법대 교수의 발언은 장르문학(대중문학)에 대한 문화엘리트들의 일반적 이해를 대변한다.

문학성과 대중성은 상충하는 개념이 아니라 서로 상생하고 만나야 할 동반자요, 조력자다. 당연히 베스트셀러는 상업적·대중적 성공의 결과이지 장르문학과 반드시 등가관계를 이루고 있지 않다. 강렬한 카타르시스, 권선징악, 억압과 금기에 대한 도전, 새로운 세계와 모험에

대한 꿈으로서의 대중성은 미학적 탐색과 개선의 문제이지 비난의 대
상이 아니다.

베스트셀러와 대중적 성공을 거둔 장르문학은 시대의 거울로서 동
시대의 사회적 관심사와 흐름을 읽는데 매우 유용한 자료가 되지만,
동시에 그것들은 시장의 논리가 만들어낸 거짓 욕망이기도 하다. 이
역설과 양가성을 잘 이해해야 여기에 휘둘리지 않는 자기주도적 독서
가 가능해진다.

신민형, 『반추-20세기 한국의 스테디셀러』, 형상, 1999.
유성호, 「베스트셀러의 미학적 시각」, 『베스트셀러의 사회학』, 한국독서학
　　회 학술대회 발표문, 2005.4.23.
박지현, 「일본 감성소설이 주목받는 이유」, 기획회의 편, 『키워드로 읽는
　　책』, 한국출판마케팅연구소, 2005.

# 정전과

# 장르문학

독서의 가장 큰 장벽은 '읽는다'는 것 자체의 괴로움과 읽어야 하는데 무엇을 읽어야 할지 모르는 선택의 난감함 그리고 지침의 부재이다. 이럴 때 생각해 볼 수 있는 손쉬운 해결책이 바로 양서 목록이나 세계명작 같은 앤솔로지를 고르거나 전문가의 서평 그리고 미디어나 세간의 평판에 의지하는 일이다. 그래도 문제는 남는다. 선택의 문제가 해결됐다고 해서 이것이 마음 깊숙한 곳에서 요구하는 독서의 욕망을 채워주는 맞춤형 지침이 되기 어렵고, 이 같은 양서 목록들이 과연 정당한가의 문제가 남는다.

이러한 양서들의 모음을 가리켜 정전이라 칭한다. 정전을 뜻하는 영어 '캐논canon'이란 말은 그리스어 카논—καυων, 영어식으로 표기하면 kanon—에서 유래했으며, 라틴어로는 '칸나canna'라고도 한다. 그리스어 카논의 원뜻은 '갈대', '긴 나무막대기'였다. 지금처럼 도량형度量衡이 통일되지 않았던 시대에 물건의 길이를 재는 데 갈대를 사용했고, 여기에서 '자ruler'와 '척도'라는 의미가 파생된다. 예나 지금이나 '자'가 갖는 상징성은 대단한 것이었다. 캐논이란 말은 '갈대'나 '척도'의 의미에서 벗어나 인생의 지침이나 기준을 나타내는 '규범' 나아가 성경 같은 종교 경전의 정경正經으로, 르네상스 이후에는 성경 못지않은 가치를 지닌 모범적인 책과 아름다운 문학작품belle lettre을 지칭하는 단어로 외연의 확장을 거듭한다.

그리고 마침내 정전은 근대 국민국가의 시대에 이르러 국가의 이념과 전통을 잘 반영하고 있으며 언어 사용의 모범이 되는 가치 있는 작품, 국민들에게 가르치고 고등 교육기관에서 연구대상으로 삼을 만한 작품들을 일컫는 문학 용어로 등극한다. 20세기 말 미국문학 담론은 정전 논쟁으로 뜨거웠다. 논점은 흑인과 여성과 소수자들을 배제한 백인 남성 중심의 텍스트로 이루어진, 즉 비문학적 기준이 개입된 정전 체계가 과연 정당한가 하는 것이었다.

정전은 엄정한 학술적 검증을 거쳐 구축된 것이 아니고 사회문화적·정치경제적 요인들이 작용하여 형성된 임의의 관습체계다. 우리의 경우는 정전의 억압도 문제지만 정전을 형성하는 것이 더 문제였으며, 문학보다 더 중요한 역사적 사건들로 인해 여기에 대한 충분한 성찰의 기회가 주어지지 않았던 것 또한 큰 문제였다. 장르문학을 배제하는 정전의 배타성과 엘리트주의는 지양, 극복되어야 하지만 더 중요한 것은 장르문학 진영도 정전의 한 자리를 꿰찰 수 있는 위대한 성과를 지속적으로 만들어내야 한다. 성전을 비판하는 데서 끝나는 것이 아니라 그러한 비판을 비판적으로 응시하면서 다른 한편으로 장르문학을 우리문학의 일원으로 받아들이고 성원하는 성숙한 문화의식이 뒷받침되어야 한다. 또 많이 읽어야 한다. 무시독서無時讀書 무처독서無處讀書 문화가 절실하다.

조성면, 『대중문학과 정전에 대한 반역』, 소명출판, 2002.
조너던 컬러, 조규형 역, 『문학이론』, 교유서가, 2016.

# 죽음과 예술철학과

# 장르문학

장르문학의 또 다른 본질은 죽음의 예술이라는 점이다. 추리소설은 살인과 죽음 같은 범죄가 필요하다. 심지어 추리소설과 범죄소설을 정치경제학의 맥락에서 다룬 에르네스트 만델 저서의 제목은 『즐거운 살인delightful murder』이다. 무협소설은 어떤가. 수많은 죽음이 있고, 살인이 발생한다. 공포문학은 한 술 더 떠 끔찍한 죽음을 묘사하고, 독자들은 이 피의 사육제를 즐긴다.

'감정이입'의 개념을 창안한 빌헬름 보링거(1881~1965)는 예술을 양식사가 아닌 심리학으로 다룬다. 그는 예술이 추구하는 정신세계와 종교의 초월주의 모두 죽음에 대한 공포와 불안을 이기려는/잊으려는 인간들의 행위로 본다. 불안이 고딕예술을 창조하고 구원에 대한 염원을 담아냈듯 예술을 죽음의 공포를 이겨내려는 불안 심리의 발명품으로 해석하는 것이다. 이 관점에서 보면 예술에 내재한 감정이입의 충동은 아름다움에서 미적 만족을 찾음으로써 죽음을 이겨내려는 긍정의 감정이고, 추상충동은 심리적 불안으로 인해 삶의 조화가 깨진 상황에서 발생하는 고도의 정신활동 곧 부정적 감정이입이다. 감정이입은 대개 모방의 구상예술로, 추상충동은 고도의 추상예술로 표출된다. 예술사와 종교사 모두 죽음에 대한 공포와 삶의 불안과 권태를 이기려는/잊으려는 공통점을 갖는다.

놀이를 인간의 본성이자 문회의 원천으로 본 요한 호이징가(1872~1945)의 입론도 따져보면 죽음과 관련이 있다. 스포츠 관람·장르문학 읽기·놀이는 재미와 즐거움으로 공포와 불안 등을 잊기 위한 행위이며, 이때의 재미와 즐거움은 결과의 '불확실성'과 플롯의 '긴장'에서 생겨난다. 장르문학 역시 죽음과 불안과 무료를 달래려는 대중예술로서 이야기들이 다 '뻥'이라는 것을 알면서도 스스로 속아주는 독자들의 '불신의 자발적 중지willing suspension of disbelief'로 성립된다. 죽음에 대한 공포와 삶의 불안 및 권태를, 박진감 넘치는 흥미로운 이야기를 통해 몰입·망각하게 하는 것이 장르문학의 또 다른 본질이다. 그런데 재미와 흥미를 만들어내는 장르 규칙을 완성하자마자 그 규칙이 하나의 절대적인 질서로 돌변하는 순간 장르문학이 탄생된다.

죽음 이후에 영생과 영원한 안식이 있다는 기독교와 죽음 이후 자신의 마음가짐과 업에 따라 윤회한다는 불교의 교리들 나아가 감정이입·몰입·흥미 등의 심미적 체험을 추구하는 문학－예술과 장르문학 모두 죽음에 대한 두려움과 불안 그리고 삶의 무료를 달래기 위한 정신의 발명품들이다. 누구나 죽음의 순간을 맞는다. 정답은 없으나 죽음에 대한 바른 이해와 자기철학은 행복한 삶을 위한 대전제다. 죽음은 인생과 장르문학의 영원한 테마다.

빌헬름 보링거, 이종건 역, 『추상과 전통—모더니즘 문헌과 현대예술 해석의 고전 힐턴 그레이머의 서문』, 경기대 출판부, 2006.

김향숙, 「빌헬름 보링거의 추상과 감정이입—양식 심리학의 조건」, 『미술사학보』 34집, 미술사학연구회, 2010.

요한 호이징아, 이종인 역, 『호모 루덴스』, 연암서가, 2010.

# 재창조와

# 표절 사이

"헛되고 헛되며 헛되고 헛되니 모든 것이 헛되도다."(전도서 1:2)

염세 철학의 극단을 보여주는 이 구절은 솔로몬의 인생론이 집약된 '전도서'의 핵심이다. 세속의 명예·욕망·권세 등이 모두 시간과 죽음 앞에 무기력하며 모두 속절없기 짝이 없는 무상한 것이라는 말씀이다. 헛된 욕망의 불길을 잠재우는 말씀은 계속 이어진다. "이미 있던 것이 후에 다시 있겠고 이미 한 일을 후에 다시 할지라 해 아래는 새 것이 없나니 무엇을 가리켜 이르기를 보라 이것이 새 것이라 할 것이 있으랴."(전도서 1:10)

'태양 아래 새로운 것은 없다'는 이 금언은 문학 혹은 장르문학에도 고스란히 적용된다. 장르문학은 스토리와 인물과 내용은 다른데 작품의 구조·패턴·무의식은 모두 동일성으로 수렴되는 강렬한 자기복제성을 보여준다.

그러면 본격문학, 순문학 또는 진지한 문학은 어떤가. 문학도 예술도 따지고 보면 사랑·복수·욕망·모험·희망·행복·이상·여행·아름다움 등 10여 개의 키워드들로 통합되며, '표절이 아닌가' 하는 의구심이 들 정도로 표절·패스티시·상호텍스트적 놀이의 경계를 부지런히 오간다. 과연 '전도서'의 말씀이 헛되지 않아 해 아래 새 것이 없고 이미 나온 것이 다시 반복되고 있음을 알 수 있다.

누구나 읽어보면 다 확신할 수 있을 만큼 우리 문학사를 빛낸 수많은 가작佳作들이 외국의 작품들과 강렬한 상호텍스트성과 유사성을 보여준다. 1970년 한국 저항문학의 절창으로 꼽히는 김지하의 「타는 목마름으로」와 엘리아르의 시 「자유」도 그러하거니와, 작가 이병주(1921~1992)의 대표작으로 꼽히는 중편소설 「소설 알렉산드리아」(1965)와 아나톨 프랑스(1844~1924)의 『무희 타이스』(1890)가 그러하다.

김성동(1947~)의 『만다라』와 잭 케루악(1922~1969)의 『다르마의 행려』와 헤세의 『수레바퀴 아래에서』, 토마스 울프(1900~1938)의 『천사여 고향을 보라』와 『그대 다시는 고향에 가지 못하리』와 이문열(1948~)의 『그대 다시는 고향에 가지 못하리』를 포함 그의 작품과 긴밀한 유사성과 상호텍스트성을 가지고 있음도 익히 잘 알려진 사실이다. 여기에 신경숙(1963~)이란 이름을 널리 알리는 계기가 된『풍금이 있던 자리』는 슈테판 츠바이크(1881~1942)의『모르는 여인의 편지』의 재창작 또는 영향 없는 유사성의 표본이라 할 수 있다. 심지어 북한에서 불후의 고전적 명작으로 평가받는『꽃 파는 처녀』와 아르투어 슈니츨러(1862~1931)의『눈먼 제로니모와 그의 형』역시 강렬한 상호텍스트적 관계를 이루고 있다.

장르문학이나 문학 모두 표절이나 혼성모방 같은 상호텍스트성과 자기복제의 혐의에서 자유롭지 못하며, 어쩌면 이것은 장르문학이나 문학의 속성이며 영원한 숙제일지도 모른다.

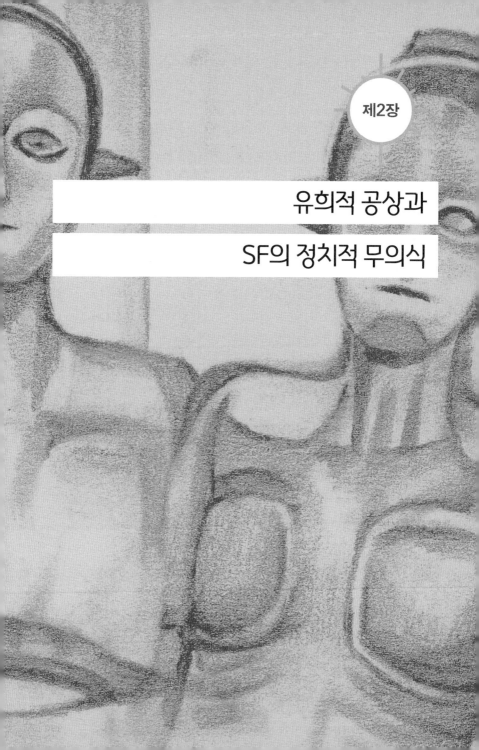

제2장

유희적 공상과

SF의 정치적 무의식

# SF 출생의 비밀은

# 모방과 오독

한국 사람치고 119를 모르는 사람은 없다. 그런데 왜 119를 긴급전화로 채택했을까? 응급상황에서 번호를 헛갈리지 않고 빨리 대응할 수 있기 때문이다. 그리고 또 하나의 이유가 더 있다. 결론부터 말하면 119는 미국의 긴급번호 911을 거꾸로 읽는 오독에서 나왔다. 관습적으로 영미에서는 글과 문장을 왼쪽에서 오른쪽으로, 전통시대의 우리는 오른쪽에서 왼쪽으로 읽어 왔다. 이게 911이 119가 된 사연이다. 긴급번호 119는 선진국을 따라잡기 위한 미국화americanization 과정에서 태어난 것이다.

SF를 지칭하는 '공상과학소설'이라는 근사해 보이는 말도 모방과 수용을 통한 선진국 되기를 추구했던 한국의 독특한 근대화, 이른바 모방의 근대성이 낳은 실수였다.

SF 곧 과학소설은 'Science Fiction'의 줄임말이다. 사이언스픽션이란 말을 만들어낸 사람은 미국에서 SF를 장르문학으로 정착시키고 상업적으로도 성공시킨 휴고 건즈백Hugo Gernsback이다. 그가 1923년에 만들어낸 조어 '사이언티픽션'이 바로 사이언스픽션, 곧 과학소설이란 용어의 기원이다.

세계 최초의 과학소설은 메리 셸리의 『프랑켄슈타인』(1818)으로 작품의 부제는 '근대의 프로메테우스'이다. 이에 대한 부연설명을 덧붙여 보자. 메리의 남편 셸리는 급진적인 낭만주의 시인이자 철학자였고, 메리는 출중한 여류작가였다. 또 프랑켄슈타인은, 일반적 오해와는 달리 3미터에 가까운 괴물을 만들어낸 물리학자 빅터 프랑켄슈타인의 이름이지 괴물의 이름이 아니다. 이 작품이 최초의 SF이다.

사이언스픽션은 말 그대로 과학소설이다. 어디에도 '공상'이란 말이 없다. 그런데 사이언스픽션은 과학소설이 아니라 어째서 '공상과학소설'이 되었는가. 이 역시 일본을 통해 서구의 과학소설을 수입하는 과정에서 발생한 해프닝이었다.

전후 일본의 과학소설은 1950년대의 '하야가와 문고', 1960년대 『SF 매거진』이 주도했다. 『SF 매거진』은 1960년 4월에 창간된 잡지로 지금까지도 격월간으로 발행되고 있다. 『SF 매거진』이 '판타지 앤드 사이언스픽션'이란 말을 언어적 기지를 발휘하여 판타지는 공상소설로, 사이언스픽션은 과학소설로 번역했다. 그러면서 소설이란 말의 중복을 피하기 위하여 이 두 장르를 합하여 '공상과학소설'이라 했다. 일본어는 띄어쓰기가 없다. 이런 사실을 간과한 한국의 출판사와 번역가들이 SF를 '공상과학소설'로 번역하면서 '공상과학소설'이란 말이 장르명으로 사용되기 시작했던 것이다.

그리고 문학판의 중심에 있던 인물들이나 학자들도 SF는 아동문학으로 어린이들의 호기심과 모험심 그리고 상상력을 키워주는데 다소 도움이 되기는 하지만, 허황된 작품이지 참다운 진짜 문학(?)은 아니라고 생각하고 있었기 때문에 '공상'이란 접두어가 덧붙은 것에 대해 별다른 불만이 없었고 여기에 이의를 제기하지 않았던 것이다. '공상과학소설'이란 프랑켄슈타인은 이렇게 태어났다.

조성면, 「SF와 한국문학」, 『대중문학과 정전에 대한 반역』, 소명출판, 2002.

# 근대 여행 서사의 탄생

『80일간의 세계일주』

여행은 현실에서 지지고 볶고 사는 우리가 꿀 수 있는 최고의 로망이다. 산문적 일상과 나를 둘러싼 책임과 의무들로부터 벗어나 단숨에 마술적 자유와 즐거운 휴식을 주기 때문이다. 기차 같은 근대적 교통수단의 등장은 인류의 여행할 권리를 크게 신장시켜주었으며, 어느새 그것은 자아의 성장과 낭만과 휴식과 모험의 동의어로서 근대인들의 꿈이 됐다. 특히 식민지 세계 경영이 보편화하고 거대한 근대적 교통─물류 체계가 완비된 제국주의 시대 우리 안의 자유와 탈주의 갈망은 더욱 촉진됐고, 이를 소설화한 여행의 서사들이 쏟아져 나오기 시작했다.

세계 SF의 선편을 쥔 쥘 베른(1828~1905)의 『80일간의 세계일주』

(1873)는 신비와 미지와 자연적 속박에 갇혀 있던 지구 전체가 이제 여행과 모험을 위한 공간으로 최적화했음을 알려주는 작품이었다. 『80일 간의 세계일주』는 『천로역정』·『신밧드의 모험』·『걸리버 여행기』와 같이 종교적 열정으로 충만하거나 초자연적 신비가 작동하는 전前 근대서사와 결별하고, 여행도 철저한 계산과 시간 예측 같은 합리주의의 지배하에 놓이게 됐음을 보여준다.

주인공 필리어스 포그는 "크로노미터처럼 정확히 일정한 시간에 점심 식사와 저녁 식사를" 하고 "면도를 위해 화씨 84도의 물"만을 사용하는 기계적 인간, 곧 19세기 근대의 메타포이다. 포그는 영국의 상류계급 남성들의 사교모임인 '개혁클럽'에서 80일 만에 세계일주가 가능한가를 두고 논쟁을 벌이다 거액이 걸린 내기에 휘말려든다. 그는 하인 파스파르투(만능열쇠, '무엇이든 다하는'의 뜻을 지닌 불어)와 함께 기차·증기선·기구·코끼리 등 현존하는 모든 이동수단을 총동원하며, 도중에 위기에 빠진 인도 왕족 출신의 과부 아우다를 구해주고 결혼을 언약한다.

소설에서 가장 흥미로운 대목은 런던 – 수에즈 – 봄베이 – 캘커타 – 홍콩 – 요코하마 – 샌프란시스코 – 뉴욕 – 런던으로 이어지는 포그 일행의 여정이다. 주어진 기간 내에 여행을 완수해야 하는 포그에게 이 공간들은 그저 스쳐 지나가야 할 경로로 묘사된다. 그에게 중요한 것은 80일이라는 기간, 오직 시간뿐이다.

그런데 가만히 보면 포그의 이동경로가 범상치 않음을 알 수 있다. 이들의 여행지는 영국의 식민지이거나 그 영향하에 있는 국가들이었던 것이다. 곧 포그의 여정은 자본의 식민지 순례 여행의 성격을 가진다. 비록 작품에서 인물과 국적이 영국으로 설정돼 있으나 『80일간의 세계일주』는 또한 철저하게 프랑스적이다. 이 모험소설이 프랑스가 식민지 세계 경영에 주력하면서 파리를 세계적인 관광도시로 올려놓은 제2공화국(1848~1852)의 정치 상황과 이념을 반영하는 작품이라는 평론가 피에르 마슈레(1938~2004)의 지적은 그래서 더욱 흥미롭다.

피에르 마슈레, 배영달 역, 『문학생산이론을 위하여』, 백의, 1994.

# 로봇의 어원,
# 체코어 '노동하다'

　다보스 세계경제포럼은 지난 2016년 1월 18일 로봇공학과 인공지능 등의 발전으로 무려 500만 개가 넘는 일자리가 사라질 것으로 예측했다. 기계가 인간을 대체하고, 인간을 지배할지도 모른다는 아포칼립스는 유구한 전통을 갖는 상상력이다. 인공지능형 프로그램 알파고AlphaGO와 이세돌 9단의 대결을 지켜보면서 무섭도록 발전하는 인공지능과 로봇이 인류문명의 재앙이 될지 새로운 희망이 될지 속단하기 어려우나 이것은 지금 상상 속의 일이 아닌 피할 수 없는 현실이 되어 가고 있다.

　산업혁명 초기 노동자들은 일자리를 빼앗는 기계를 파괴하는 러다이트운동을 벌인 바 있으며, SF 사상 최초로 로봇을 등장시킨 실험극 〈로섬 유니버설사의 로봇Rossum's Universal Robots〉(1920)을 통해서 카렐 차 페크(1890~1938)는 로봇의 반란과 인간의 멸망이라는 충격적인 이야 기를 선보인 바 있다. 과학의 발전이 인간에게 재앙이 되고 마는 역설 과 로봇의 반란을 다룬 실험극 〈R.U.R.〉(1920)은 즉각 전 세계 주요 도 시들에서 공연되며 엄청난 화제를 몰고 다녔다. 참고로 로봇은 '노동 하다'라는 뜻을 지닌 체코어 로보타robota에서 나왔다.

로봇은 한국문학사에도 일찌감치 소개됐다. 『개벽』지 기자이자 한 국 신경향파 문학운동의 기수였던 박영희(1901~?)는 이 연극을 '인조 노동자'로 개칭, 1925년 『개벽』에 4회에 걸쳐 연재하였다. 반란을 반역 으로 번역한 것이다. 〈사의 찬미〉의 가수 윤심덕과 함께 현해탄에서 목숨을 던져 더 유명해진 한국 근대극예술운동의 선구자 김우진(1897 ~1926)도 「축지 소극장에서 인조인간을 보고」(1926.8)라는 연극평을 남 기기도 했다.

사실 로봇은 오래된 상상력의 결과물이다. 그리스 신화에 등장하는 청동거인 탈로스는 대장장이의 신 헤파이스토스가 만든 창조물로 크 레타섬을 지키는 무시무시한 파수꾼이었다. 또 계몽주의 시대 프랑스 의 발명가 자크 드 보캉송(1709~1782)은 기계 오리와 플루트를 부는 자 동인형을 만든 바 있다.

로봇을 SF의 소재로, 어린이문학으로 봐서는 곤란하다. 그리스 신화와 계몽주의 시대와 연결돼 있고, 최근에는 로봇공학robotics이 새로운 첨단산업 분야로 각광받고 있다. 영원한 노벨상 후보자 레이 브래드버리(1920~2012)는 SF를 단순한 문학장르가 아니라 "미래에 대한 사회학적 연구"라고 했는데, 현재 로봇은 사회학을 넘어 신화와 철학과 문학과 산업으로까지 뻗어가고 있다. 또 오토마타라고 하여 로봇과 기계장치의 원리를 이용한 예술장르도 있다.

로봇의 시대가 왔다. 상상력이 중시되는 지식기반 시대 이제 장르문학의 상상력에 대해서 정색하고 주목해봐야 한다.

# 로봇공학 3원칙과 인공지능

## 「아이, 로봇」

바야흐로 로봇의 시대가 왔다. 로봇이란, 스스로 '사람의 손발을 대신하는 자동 기계'를 말한다. 산업용·의료용·군사용 등 로봇은 이미 우리의 일상 속으로 깊이 들어와 있다. 그러나 SF의 광범한 영향 때문인지 로봇하면 인간의 형상과 닮은 기계로만 생각하는 것이 일반적 통념이다. 로봇을 등장시킨 장르별 최초의 작품으로 카렐 차페크의 희곡 〈R.U.R.〉(1920), 프리츠 랑의 영화 〈메트로폴리스〉(1927), 아이작 아시모프의 단편소설 「아이, 로봇」(1940) 등을 꼽을 수 있다. 아시모프의 「아이 로봇」은 SF에서 로봇의 시대를 연 기점이 된 작품으로 1940년부터 시작하여 1950년까지 9편이 연속해서 발표됐다.

〈메트로폴리스〉는 고도로 산업화된 미래사회에서 벌어지는 자본가와 노동자의 갈등 그리고 회해를 그린 표현주의 영화이다. 영화사상 최초로 로봇을 등장시킨 〈메트로폴리스〉는 프리츠 랑이 아내 테아폰 하우보우가 쓴 소설을 토대로 만들었으며, 국내에도 개봉된 바 있다. 1929년 5월 2일 자 『동아일보』에 「우파社作 메트로폴리스」란 R生의 글이 있으며 역대급 평론가 임화林和도 같은 해 『조선지광』에 짤막한 영화평을 남겼다.

또한 로봇을 가장 처음 소설의 영역으로 끌어들인 아이작 아시모프는 로봇의 발전으로 인한 위험과 문제점을 예상하고, 1942년에 발표한 단편 「런 어라운드」에서 로봇공학 3원칙three law of Robotics을 발표한다. 로봇은 인간에게 위해를 가하거나 피해를 입혀서는 안 되며, 인간의 명령에 절대 복종해야 하고, 자신을 보호해야 한다는 등의 3원칙이 그러하다. 나중에는 0원칙이 추가되어 로봇공학은 모두 4원칙으로 늘어나게 된다.

「런 어라운드」에 등장하는 로봇 스피디는 수성水界의 광산에서 셀레늄을 채취하라는 명령을 받는다. 그런데 셀레늄 광산에서 나오는 위험한 화학물질로 인해 스피디는 그 주변을 빙빙 돌기만 한다. 인간의 명령에 복종해야 한다는 1원칙과 자신을 보호해야 한다는 3원칙이 상충되어 오작동을 일으킨 것이다.

지난 2015년 영국의 공학자들과 인문학자들이 한자리에 모였다. 로봇공학의 발전에 따라 로봇 연구 및 개발에 필요한 '로봇 공학자들을 위한 5가지 윤리'와 '로봇윤리헌장'을 준비하기 위해서였다고 한다. 세계적 화제가 됐던 알파고와 이세돌 9단의 빅매치에서 보듯 이제는 인공지능의 발전과 도입에 따른 '윤리헌장'과 보완장치도 시급하다. 플러그를 뽑고 로봇세稅를 만들고 두꺼비집을 내리는 것이 유일한 대책이 되어서는 곤란하지 않겠는가. SF들의 이후 행보가 궁금해진다.

# 『우주전쟁』과
# 장르문학의 정치학

『우주전쟁』(1898)은 영국을 혼꾸멍내주기 위한 소설이었다. 화성인의 침공이라는 전대미문의 상상력으로 세계의 독자들을 사로잡은 단순한 우주전쟁의 이야기가 아닌 것이다. 『우주전쟁』이 베스트셀러가된 이유는 분명하다. 외계인과 지구인의 전쟁을 다룬 최초의 소설이요, 박테리아 등 질병의 은유를 통해 유럽인들의 내면에 도사린 전염병(흑사병) 트라우마를 자극하는 화제의 공포문학이었기 때문이다.

H. G. 웰스(1866~1946)는 『투명인간』, 『타임머신』, 『닥터 모로의 섬』 등 걸출한 화제작을 남긴 작가이자 점진적 사회개혁을 지향하는 페이비언 사회주의자였다. 또 『세계문명소사』(1920) 같은 역사서를 집필한

저술가였다. 국내에서는 월북시인 오장환(1918~1951)이 가장 먼저 이를 『세계문화발달사』(1947)란 이름으로 번역·출판한 바 있다.

웰스의 베스트셀러 『우주전쟁』을 대중문화의 신화로 만든 인물은 기념비적 영화 〈시민 케인〉(1941)의 감독 오손 웰즈(1915~1985)였다. 1938년 라디오 방송국의 연출자였던 웰즈는 『우주전쟁』을 실제 상황 같은 방송드라마로 만들어 뉴저지주ᄿᄌᆞ를 집단적 공포에 빠뜨린 적이 있었다. 1944년 11월 14일 칠레 산티아고의 한 라디오 방송국에서는 웰즈를 벤치마킹, 『우주전쟁』을 실감나는 방송극으로 만들어 내보내자 칠레 당국이 지구를 지키기 위해 실제로 군대를 동원하는 해프닝이 일어나기도 했다.

다시 5년이 지난 1949년 에콰도르의 수도 키토의 한 방송국에서도 『우주전쟁』을 실감나는 라디오 속보 형식의 드라마로 만들었다. 국방부 장관 역할을 맡은 배우가 다급한 목소리로 담화문을 발표하더니 이어 사제 역을 맡은 배우는 신의 자비를 요청하는 간절한 기도를 올렸으며, 아나운서는 남성들의 자원입대와 주민대피를 호소하였다. 배우들의 뛰어난 연기 덕택(?)에 이를 실제 상황으로 착각한 시민들이 공포에 질려 산으로 대피했다. 심지어 군대가 출동하는 등 사태가 걷잡을 수 없이 커져갔다. 당황한 방송국에서 이것이 드라마임을 밝히자 격분한 피난민들이 폭도로 변해 그만 방송국이 불타고 직원들이 추락사하는 대형 참사가 발생했다.

웰스는『우주전쟁』을 통해서 세계 전역에서 약소국을 짓밟고 침략 전쟁을 벌이던 제국주의 영국을 골탕 먹이기 위해 화성인들을 동원하여 런던을 쑥대밭으로 만들었다. 또 영국 독자들에게는 전쟁의 공포와 함께 침략받는 자들의 고통과 아픔을 경험하도록 하는 배려(?)를 아끼지 않았다. 스티븐 스필버그의 영화〈우주전쟁〉(2005)도 비록 흥행에는 실패했지만 이런『우주전쟁』의 전통을 계승한 작품이었다.〈우주전쟁〉 개봉 당시의 역사적 맥락을 살펴보면 스필버그의 제작의도가 무엇인지 쉽게 추론할 수 있다.『우주전쟁』은 반전反戰을 위한 반전反轉의 문학이었다.

조성면,「현대 과학소설의 정전 – 웰스의『우주전쟁』」, H. G. 웰스, 이영욱 역,『우주전쟁』, 황금가지, 2005.

# SF 페미니즘,

# 『어둠의 왼손』

어슐러 르귄(1929~2018)의 『어둠의 왼손』(1969)은 SF문학사, 나아가 세계문학사상 가장 이채로운 존재다. 이야기를 다루는 솜씨도 그러하거니와, 작품 속에 녹여낸 독특한 사회학적 사고실험은 '휴고상'과 '네뷸러상' 동반 수상이라는 양수 겸장의 영광을 누릴 만하다.

『어둠의 왼손』은 지구인 겐리 아이가 게센 행성을 은하계의 정치 연합체인 에큐멘에 가입시키기 위해 행성 외교사절로 방문하면서 겪게 되는 고초와 세계관의 변화 과정을 그리고 있다. 겐리 아이는 게센 행성의 국가 카하이드를 거쳐 카하이드와 경쟁관계에 있는 오거레인을 방문했다 스파이 혐의를 쓰고 풀레펜 농장으로 강제 수용된다. 절망의 순간, 카하이드의 재상이었다가 정치적 망명자 신세가 된 에스트라벤의 도움으로 농장을 탈출하여 긴 빙하지대를 거쳐 카하이드로 돌아온다.

게센은 지구와 달리 양성인androgyny이 사는 행성이다. 지구인terran들처럼 남녀의 구별이 뚜렷한 것이 아니라 양성성을 갖는 인간들의 세계인 것이다. 게센인들은 평소에는 어떤 성적 정체성을 갖지 않는 소머기嫂라는 잠복기 속에 지내다가 발정기라 할 수 있는 케머기를 맞이하게 된다. 케머기에 이르면, 호르몬의 분비에 따라 누구든 남성 또는 여성으로 변하게 되며 이때는 상대자에게 강한 성욕을 느끼게 된다. '이성사회bisexual society'의 관습 속에서 살던 겐리 아이는 에스트라벤의 도움으로 오거레인을 탈출하여 빙하지대를 통과하던 중 케머 상태에 접어든 에스트라벤을 보고 처음에는 강한 혐오감을 느끼나 점차 게센인들의 양성성에 대해 깊은 이해를 갖게 된다.

이 양성사회 행성의 이야기를 통해서 어슐러 르귄은 성적 차이가 성적 차별로 이어지는 '이성사회'의 억압과 불합리를 질타한다. 표면상 작품은 겐리 아이라는 지구인의 관점에서 외계인인 게센인들의 삶과 사회를 재현하는 형식을 취하고 있으나 결과적으로는 세센이라는 양성인 사회의 관점에서 지구라는 이성 사회의 문제점이 그대로 재현되고 타자화된다. 당연하게도 게센 행성에서는 남성대명사(he)나 여성대명사(she) 같은 대명사는 존재할 수 없다. 어제의 아버지가 어머니가 될 수 있고, 오늘의 아가씨가 내일의 오빠가 될 수 있기 때문이다. 게센이라는 양성사회의 이야기를 통해서 르귄은 인간사회에서 당연하게 받아들여져 널리 통용되어 왔던 사회적 성-정체성인 젠더를 혼란에 빠뜨리고 이를 문제화한다.

작품 제목 '어둠의 왼손'은 "빛은 어둠의 왼손 / 그리고 어둠은 빛의 오른손 / 둘은 하나, 삶과 죽음은 / 케머 연인처럼 / 함께 누워 있다 / 마주 잡은 두 손처럼 / 목적과 과정처럼"이라는 〈트로메 노래〉에서 따왔다. 남녀와 좌우는 대립이 아닌 상보적 관계임을 일깨워주는 SF 페미니즘, SF 휴머니즘이 바로 『어둠의 왼손』이다.

# SF 권勸하는

# 사회

고전은 읽는 것도 고전이지만, 읽지 않아도 평생 고전한다. 고전은 내용이 어렵고 진지하여 진입장벽이 높기도 하지만, 내용이 잘 알려져 있어 읽지 않고서 읽었다고 착각—사실은 합리화—하는 경우가 많다. 한국은 SF를 읽지 않기로 유명한데, 도서판매량을 확인해보면 금방 알 수 있다. SF는 물론 장르문학조차 너무 안 읽는 통에 2014년에는 한 출판사의 주도로 장르문학부흥회가 개최됐을 정도다.

메리 셸리의 『프랑켄슈타인』(1818) 역시 한국에서 엄청 읽히지 않는 작품 중 하나다. 특히 아동문학으로 널리 오해되고 있기에 아동기에 읽지 않았다면 평생 읽지 않게 될 가능성이 높다.

『프랑켄슈타인』은 어떤 작품인가. 피부 한 조각을 배양해 만든 괴물의 복수를 그린 공포문학이요, 자연의 섭리를 위반하고 생명을 창조한 과학기술에 대한 낭만주의의 경고이기도 하다.『프랑켄슈타인』은 과학의 발전과 이성의 합리적 사용을 제창한 계몽주의와 달리 과연 과학의 발전이 인류를 행복하게 만들 수 있는가에 대한 문제제기이다. 즉 계몽주의에 대한 낭만주의의 반격이며 19세기 유럽사회를 지배하던 계몽주의와 낭만주의라는 두 세계관의 충돌을 반영하는 작품인 것이다.

흉측한 괴물의 소름끼치는 복수라는 공포의 코드로 세계의 독자들을 사로잡은『프랑켄슈타인』은 H. G. 웰스의『닥터 모로의 섬』(1896)의 원조이자 현대 SF의 3대 장르로 꼽히는 리보펑크Ribo-punk(유전공학 및 생명윤리를 둘러싼 갈등과 문제점을 다루는 작품들)의 기원이라 할 수 있다.

『프랑켄슈타인』은 자신의 부제(현대의 프로메테우스)처럼 SF의 프로메테우스라 할 수 있다. 진흙으로 인간을 만들고 불을 가져다주어 제우스의 노여움을 사 독수리에게 간을 쪼이게 되는 형벌을 받은 프로메테우스처럼『프랑켄슈타인』은 줄기세포 연구는 물론 후대 SF작가들의 문학적 상상력을 자극하는 촉매가 됐고, 또 리보펑크의 효시가 됐다.

그런데 그 효시의 효시가 또 있다.『프랑켄슈타인』은 물론 괴테의 걸작『파우스트』의 원본이 된 저작물이 있는 것이다. 복제인간의 제조에 관심이 많아 '물성론物性論' 등을 통해 '호문쿨루스Homonculous'라는 복제 인간 제조를 제창한 스위스 출신의 의사 파라셀수스P. A. Paracelsus(1493~ 1541)가 바로 그렇다.

우리가 인공지능과 생명공학 등 첨단연구 분야를 선도하지 못하는 이유는 창의성의 문제와 함께 사회적인 투자가 부족하기 때문이다. 창의력과 생각의 힘을 키우기 위해서라도 '주입식 교육'과 '술' 대신 SF를 권하는 사회가 됐으면 한다. 고전을 읽어야 살면서 고전하지 않는다.

# 진화의 의미와 미래에 대한 성찰

## 아서 클라크의 『유년기의 끝』

　진화란 무엇인가. 인류사회의 진보는 어디까지 가능한가. 또 사회적·국제적 갈등을 모두 일소하고 지구를 떠나 우주로 이주하는 것은 가능하며, 그것은 어떤 의미를 갖는가. 이 같은 문명론의 과제와 우주적 비전을 함께 다룬 SF가 있다. 아이작 아시모프(1920~1992), 로버트 하인라인(1907~1988) 등과 함께 현대 영미 SF의 3대 거장으로 꼽히는 아서 C. 클라크(1917~2008)의 『유년기의 끝』(1953)은 외계문명과의 접촉 및 진화의 의미에 대한 진지한 성찰을 담은 문제작이다.

　『유년기의 끝』은 인류(사회)의 유년기의 종언과 신인류, 신문명 출현에 대한 이야기다. 이 같은 인류의 진화와 사회적 진보는 인간에 의해 주체적으로 진행되는 것이 아니라 '오버로드'라고 하는 외계의 지적 생명체(문명)에 의해 달성된다. 이 놀라운 진화를 주도하는 존재는 '캐렐런'이라는 오버로드의 대표자이다. 오버로드 캐렐런의 의지는 유엔 사무총장인 스톰 그랜을 통해 전달되며, 단기간에 지구와 인류(사회)는 놀라운 성취를 이룩한다. 역사상 처음으로 누구나 하기 싫은 일은 하지 않을 수 있게 됐고, 모든 공공 서비스를 무료로 공급받을 수 있는 유토피아 사회가 열린다. 그러나 인류가 그토록 갈망해 마지않았던 평화와 과학적 발전의 대가는 혹독했다. 모든 것을 오버로드에 의지하다 보니 독자적인 진보의 능력과 인간적 정체성마저 상실하는 참혹한 결과를 초래한 것이다. 오버로드들의 행성에 갔다가 80년 만에 되돌아온 잰 로드릭스는 진화를 거듭한 인류가 더 이상 인류라 할 수 없는 모습으로 진화하게 된 상황을 목격하는 마지막 인간이 되며, 제프와 제니퍼 앤은 이전의 인류와 다른 새로운 정체성과 존재성을 지닌 최초의 인간이 된다.

이와 같이 인류사회가 오랫동안 고민해 왔던 문제들이 앞선 외계문명의 힘으로 완전히 해결되자 돌연 인류사회는 목표와 꿈을 상실하고 정작 자신의 정체성마저 위기에 빠지는 사태가 발생한 것이다. 우리 인간에게 중요한 것은 무조건적 진화와 발전이 아니라 자기 삶과 운명에 대한 자기결정권—즉 대립과 투쟁의 과정에서 자신의 정체성과 존재 근거를 형성해 가는 헤겔적 주체성이다.

『유년기의 끝』은 과학과 기술을 이용해 인간의 정신적·육체적 한계에서 벗어나려는 지적 문화운동인 트랜스휴머니즘(또는 포스트휴머니즘)적 문제의식에, 진화·사회·인간의 정체성·지구문명의 미래 등의 굵직한 주제를 드라마화한 작품이다. 나아가 인류사회와 지구문명의 미래와 인간의 정체성 문제에 대한 고심을 담은 사회적 담론이기도 하다.

장르문학
산책

# SF,
## 과학과 자본의 결혼

거시세계를 대상으로 한 일반 상대성이론과 미시세계를 다루는 양자역학은 현대 물리학의 양대 산맥이다. 현대 물리학의 과제는 서로 상충하는 두 이론을 어떻게 통합할 것인가이다. 초끈이론Superstring theory 이 이들 양자를 통합할 대안으로 주목받고 있지만 아직 입증의 문턱 앞을 서성이고 있다. 우주와 세계는 이처럼 단일한 논리로 설명할 수 없는 모순과 다면성이 공존한다. 장르문학도 예외는 아니다.

장르문학의 총아인 SF는 19~20세기 중반에 누렸던 황금기를 뒤로 하고 지금은 서브 장르의 하나로 존재하고 있다. 또 양립하기 어려운 복잡한 다면적 성격을 보여주고 있다. 새로운 세계, 보다 나은 세상을 상상하는 진보성과 비현실적 오락성으로 가득한 상업주의 그리고 기본적으로 자본과 제국주의의 아들이라는 태생적 한계 등이 그러하다.

18~20세기를 지배하는 에피스테메는, 유발 하라리Yuval N. Harari의 말대로 무엇인가 "새로운 발견을 해야겠다는 강박"이었다. 신대륙을 향해서 전진하던 대항해 시대나 약탈과 무역이 주류를 이루던 중상주의 시대나 유럽 자본주의의 세계화가 진행되던 제국주의 시대가 그러하였다. 유럽의 자본주의가 자신들보다 앞서 있던 중국이나 인도를 넘어 근대 세계를 석권할 수 있었던 것은 화약이나 "증기기관 같은 기술적 발명"이 아니라 이 같은 팽창의 열망과 함께 "신화, 사법기구, 사회정치적 구조" 때문이었다. 여기에 과학과 자본주의라는 "결정적 문턱을" 넘어선 유럽은 근대를 발명하고 확장하며 세계를 석권했다.

여기에 근대 과학과 유럽 제국주의는 서로 연대하며 동일한 가치를 공유하고 있었다. 요컨대 "식물을 찾는 식물학자와 식민을 찾는 해군 장교가 비슷한 사고방식"을 가지고 있었으며, "18~19세기 유럽을 출발해 먼 나라로 향한 군사탐험대는 거의 모두 과학자들을 배에 태우고 있었다". 남아메리카 해안을 탐사하던 대영제국의 해군 비글호에 동승한 22살의 찰스 다윈이 『종의 기원』이라는 걸작을 남길 수 있었던 것도 이런 시대 분위기 때문이었다.

과학과 자본으로 중무장한 제국주의는 문화인류학과 진화론을 만들어냈으며, SF의 태동과 발전의 결정적 계기가 됐다. 자신들을 세계의 주인으로 만들어 줄 새로운 지식에 대한 열망과 과학에 대한 근대적 믿음과 상상력이 만들어낸 제국주의 시대의 장르가 바로 SF다. SF가 비서구가 아닌 서구에서 시작된 것은 장르사적 우연이 아닌 역사적 필연이다.

SF는 과학과 자본과 문학의 결혼으로 탄생한 자본의 적자이자 자본의 반항아다.

유발 하라리, 조현욱 역, 『사피엔스』, 김영사, 2015.

# 한국SF 소사

## 1

한국에도 SF가 있을까? 있다. 또 흥미로운 일화도 많다. 한국에서 SF가 출현한 시기는 1907년. 최초의 작품은 『태극학보』에 게재된 『해저여행기담』으로 쥘 베른(1828~1905)의 『해저2만리』를 번역한 것이다. 번역자는 박용희·자락당·모험생 등의 동경 유학생들이며, 다이헤이 산지의 『해저여행』(1884) 일역본을 바탕으로 공역했다. 계몽사상과 과학사상을 고취할 목적으로 유학생들이 SF 번역에 나선 것이었다.

신소설 『자유종』으로 유명한 이해조(1869~1927)도 쥘 베른의 『인도황녀의 5억 프랑』을 『철세계』(1908)란 이름으로 번역했다. 초창기 한국의 SF는 장르문학에 대한 분명한 이해를 가지고 진행한 것이라기보다는 애국계몽운동의 일환이었다.

최초로 창작 SF를 남긴 작가는 김동인(1900~1951)이다. 동경 유학시절 선진 대중문화를 두루 섭렵했던 경험을 살려 실험적 단편소설 「K박사의 연구」(1929)를 썼다. 인류의 식량문제를 해결하겠다며 '똥'을 식량으로 바꾸려 노력하는 K 박사의 위선적 태도와 실험을 그렸다. 일제의 산미증식계획 같은 수탈적 식량 정책에 대한 조롱의 뜻도 내포돼 있다.

토종 창작 SF는 해방 후 1950년대 후반기에 본격화했다. 아동문학가 한낙원(1924~2007)의 『잃어버린 소년』(1959)과 『금성 탐험대』(1962)가 그것이다. 김종안(문윤성으로 개명, 1916~2000)의 『완전사회』(1966)는 『주간한국』이 주최한 제1회 추리소설 공모전 당선작으로 남성이 모두 전멸한 여성 천하의 미래사회에서 깨어난 남성 주인공 우선구의 이야기를 그렸다.

만화도 있다. 한국 최초의 SF만화 최상권의 〈헨델박사〉(1952)를 비롯하여 전후 최고의 베스트셀러 만화였던 김산호의 〈정의의 사자 라이파이〉(1959)가 대표적이다. 〈라이파이〉는 최초의 국내산 슈퍼 히어로로 폭발석인 인기를 끌었으나 영광의 시간은 길지 못했다. 〈라이파이〉 캐릭터에 들어간 별이 인공기와 비슷하다는 이유로 김산호는 돌연 남산 중앙정보부에 끌려가 일주일간 심한 고초를 겪는다. 당연히 작품은 중단됐고 작가는 홀연히 미국으로 떠났다.

김산호, 한낙원 이후에는 과학전문기자였던 서광운(1928~1998)의 『4

차원의 전쟁』과 제임스 힐튼의 『잃어버린 지평선』(1958)을 번역한 서울대 국문과 출신의 소설가 안동민(1931~1997)의 번역이 주목할 만하다. 안동민은 1951년 『성화』로 등단한 다음, 다수의 SF번역과 평론을 발표하였다. 40세 무렵 유체이탈과 임사체험을 거친 뒤 자신의 전생이 힌두교 구루guru '라히리 마하사야'였음을 밝히고 평생 영적 수행자이자 심령과학자로 살았다. 초능력으로 많은 사람들을 치료하고 고쳐줬다고 전해진다. 그야말로 SF적인 삶이었다.

고장원, 『세계과학소설사』, 채륜, 2008.
조성면, 「한국SF와 키워드 10」, 『크로스로드』 121호(웹진), 아시아태평양
이론물리센터, 2016.11.

# 한국SF 소사

## 2

한국SF의 모태는 동도서기론東道西器論이었다. 동도서기론은 동양의 도덕과 정신을 바탕으로 서양의 앞선 기술과 문명을 수용하겠다는 절충적 계몽주의다. 이 계몽주의가 SF를 받아들였고, 사회의 미래인 어린이들에게 초점을 두는 아동SF로 발전해 나갔다.

한국SF의 8할은 번역이고, 2할이 순수창작이다. 팔번이창八飜二創인 셈이다. 한국문학에서 SF가 번역과 아동문학의 틀을 벗고 '문단문학'의 주목을 받기 시작한 것은 복거일(1946~)의 『비명을 찾아서 — 경성, 쇼우와 62년』(1987)부터다. 『비명을 찾아서』는 '경성, 쇼우와 62년'이란 부제가 말해주듯 이토 히로부미가 안중근 장군에게 암살당하지 않았고, 그 결과 한국이 여전히 일본의 연호를 쓰면서 식민지배 상태에 놓여 있다는 가정하에 작품이 전개되는 이른바 '대체역사소설'이다. '기노시다 히데요'란 인물이 숨겨진 역사의 진실을 찾아 나서면서 한국인 '박영세'가 되는 과정을 그렸다.

대체역사소설은 '지난 역사가 지금의 사실과는 다른 방식으로 결론이 나고 전개된다면 어떻게 될 것인가'를 가정하는 SF의 한 장르이다. 리들리 스콧의 걸작 영화 〈블래이드 러너〉의 원작『안드로이드는 전기양을 꿈꾸는가』로 유명한 필립 K. 딕(1928~1982)의『높은 성의 사내』(1963)가 바로 대표적인 대체역사소설이다. 제2차 세계대전의 승자가 연합국이 아닌 주축국이었다는 가정하에서 대중들의 삶과 일상을 다루고 있다.

복거일 이후에는 '듀나'가 단연 우뚝하다. '듀나'는 본명·성별·연령 등이 아직도 베일에 가려진 미지의 작가다. 추측도 무성하고 유력한 제보도 있지만 이런 과잉 정보화시대에 익명을 유지하려는 작가의 의사는 존중받아야 마땅하다.『나비전쟁』(1997)·『태평양횡단특급』(2002) 등을 비롯,『아직은 신이 아니야』(2013) 등 듀나의 작품에서 비로소 세계로 향하는 한국SF의 국제우편번호를 목격하게 된다.

현재 듀나 급級으로 발돋움하고 있는 젊은 작가들이 있는데, SF에 정치 풍자를 결합한 배명훈의『총통각하』(2012)라든지『타워』(2009),『안녕, 인공존재』(2010) 그리고 김보영의『7인의 집행관』(2013) 등에서 독보적 작품성을 확인할 수 있다.

소설가 박민규의『지구영웅전설』(2003)은 슬립스트림—곧 비非SF 작가의 작품이다. 슬립스트림은 리보펑크·사이버펑크·스팀펑크와 함께 현대 SF의 메인스트림을 형성하고 있는바, 이는 SF가 장르문학의 차원을 넘어 본격문학으로 나아가 다매체시대 문학의 새로운 대안으로 발돋움하고 있음을 보여주는 것이다.

조성면,「장르문학에서 문학으로－오늘의 한국 SF」,『크로스로드』141호 (웹진), 아시아태평양이론물리센터, 2017.6.

제3장

판타지,
공상에서 문학으로

# 판타지, 미토스,
# 데이드림

판타지는 현대문화의 우점종이다. 도서관 대출순위나 지난 이십 년간의 베스트셀러 목록은 판타지 장르의 분포도와 영향력을 보여주는 척도이다. 실례로 한 지상파 방송은 20대 총선 개표방송에서 〈스타워즈〉의 오프닝 시퀀스와 〈반지의 제왕〉의 모티프를 활용하여 눈길을 끌었다.

인공지능과 IT 그리고 생명공학이 눈부시게 발전하는 현대사회에서 마법사와 드래곤과 엘프 같이 허무맹랑하고 초자연적인 이야기에 열광하는 이유는 무엇인가. 인공위성이 높이 뜰수록 문화의 수준은 떨어지고, 과학기술이 고도화하면 할수록 신화적이고 신비적인 것들이 더 번성한다는 말대로 이 퇴행과 역설은 현대 하이테크사회의 특징이기도 하다.

지난 1990년대 중반부터 지금까지 판타지가 꾸준히 읽히고 소비되는 이유는 분명하다. 현대 물질문명에 대한 염증과 불평등한 현실에 대한 불만과 기성문학에 대한 불만 때문이다. 국민들의 불안지수가 높으면 보수 집권당이, 불만지수가 높으면 진보 정당이 유리하다는 통설을 판타지 분석에도 고스란히 적용해 볼 수 있을 듯하다. 상상 속에서나 가능했던 일들을 구현하는 테크놀로지의 마술성에 더해 극심한 청년실업 등 답답한 현실이 우리 청소년들을 모험과 판타지라는 인공의 낙원 속으로 밀어 넣은 셈이다. 게임 개발사와 영화사 등 문화자본의 마케팅 전략과 시험문제처럼 감동 없는 기성문학을 탓하는 것은 너무 촌스럽다.

그러면 판타지는 무엇인가. 사전과 정신분석학과 문학의 의미가 서로 다르다. 우선 공상·환상이라는 사전적 의미와 무의식적 환상phantasy과 의식적 환상fantasy으로 나누는 정신분석학의 정의가 있다. 즉 의식이 허용하는 범위 내에서 상상과 공상이 자유로이 활동하도록 놓아두는 명(몽)상의 상태가 정신분석학이 말하는 판타지이다.

문학은, 이보다 좀 더 복잡하다. 판타지는 현실에서는 있을 수 없는 초자연적인 내용을 다룬 이야기(서사체)를 가리킨다. 근대의 핵심을 종교나 신화의 지배에서 벗어난 사회 곧 탈주술화로 보는 막스 베버(1864~1920)의 관점을 받아들인다면, 판타지는 탈주술화 시대의 재주술화임에 다름 아니다. J. R. R. 톨킨(1892~1973)의 『반지의 제왕』의 세계관과 문법을 바탕으로 하고 미즈노 료(1963~)의 『로도스도 전기』에서 스토리텔링 방법을 터득한 독자들과 머드MUD 게임을 즐기며 잔뼈가 굵은 유저들이 만든 청년문화가 바로 한국에서 유행히는 장르판다지의 기원이다.

조성면, 「문화콘텐츠와 장르판타지 ─ J. R. R. 톨킨의 『반지의 제왕』에서
MMORPG까지」, 『한국문학 대중문학 문화콘텐츠』, 소명출판, 2006.

# 톨킨과 판타지와 갈라파고스 증후군

『반지의 제왕』

　현대 장르판타지는 『반지의 제왕』의 조카들이다. 문학사는 직선이나 단선이 아니라 불연속적이고 비약적으로 이어진다는 에리히 아우어바흐(1892~1957)의 말대로 문학작품들은 아버지에서 아들로 가지 않고 아버지에서 조카나 작은 아버지에서 육촌들에게 계승된다. 과연 현대의 장르판타지들은 톨킨(1892~1973)이 구축한 판타지 세계관과 문법에 바탕을 두고 있긴 하되, 후대의 작품들은 혈연이나 지연과 관계없이 저마다 독자적으로 백가쟁명의 양상을 보여준다. 영국과 피 한 방울 섞이지 않은 한국에서 톨킨류의 장르판타지 열풍이 거센 것이 그 증거다.

한국 판타지의 의숙부義叔父 톨킨은 누구인가. 톨킨은 아버지가 은행가였던 관계로 남아공에서 태어났다. 세 살 때 아버지를 풍토병으로여의고, 열세 살 때 어머니 메이벨마저 잃는다. 프랜시스 신부의 후원으로 재수 끝에 옥스퍼드 대학에 장학생으로 입학하여 우등생으로 졸업했다. 하숙집 주인 딸인 에디스와 결혼한 직후 제1차 세계대전에 참전한다. 1920년 리즈 대학 영문과 강사를 거쳐 1925년 옥스퍼드 대학교수로 임용됐다. 톨킨은 별다른 인간관계 없이 오직 연구와 글쓰기로 일관한 삶을 살았는데, 그의 거의 유일한 사교활동은 '인클링스'라는 소규모 옥스퍼드 대학 교수들의 모임에 참석하는 것이었다. 판타지『나니아 연대기』로 유명한 C. S. 루이스(1898~1963)가 그 인클링스 멤버였다는 점이 무척 흥미롭다.

톨킨이 평생 동안 쓴 판타지는 모두 3종인데, 1937년『반지의 제왕』의 전편prequel에 해당하는 『호빗』을 시작으로 『반지 원정대』·『두 개의탑』·『왕의 귀환』까지 3부로 구성된 『반지의 제왕』을 1955년 모두 완성했다. 중간계의 역사를 그린 『실마릴리온』은 그의 사후 장남 톨킨이펴낸 유고작이다.

『반지의 제왕』은 가족 부재의 문학이다. 주인공 프로도는 빌보 배긴스의 양자로 그려지며, 정상적인(?) 가족관계는 별로 없고 결손가정의후예들이 많이 등장한다. 또 백인들과 초자연적인 존재들만 등장하는백인 남성 중심의 판타지인 데다가 북유럽 신화와 중세 기사문학을 방불케 하는 특징을 보여준다. 외부세계와 철저하게 단절된 갈라파고스 섬처럼 그의 문학은 북유럽 신화와 자신의 학위논문 주제인 『거윈 경卿과 녹색의 기사』 같은 중세 기사문학의 세계에서 거의 벗어나지 않는다. 한국 장르판타지가 사회나 기성문학과 담을 쌓고 있는 충성도 높은 은둔형 '덕후'들을 많이 거느리고 있는 것도 결코 우연한 현상은 아닌 듯하다. 가장 민족적인 것이 가장 세계적인 것이라는 말처럼 자폐적 갈라파고스문학이 세계문학의 중심이 되는 옴파로스 신드롬을 만들어낸 것이다.

# 할리우드 장르판타지의 공식,
# '영웅의 여정'

우리는 이야기 속에서 태어나 이야기 속에서 살다가 이야기를 남기고 생을 마감한다. 일상적인 대화에서 가족 간의 정담, 연인들 사이의 밀어, 〈태양의 후예〉 같은 드라마·뉴스·다큐·게임·강의·소설 등 모두 다 이야기다. 우리는 이야기하는 인간 곧 호모 나라토아르Homo Narratoire이다.

그런데 냉수도 차례가 있듯 이야기에도 순서와 공식(플롯과 유형)이 있다. 할리우드 영화와 장르판타지에도 이 같은 이야기 공식이 있다. 신화학자 조셉 캠벨(1904~1987)은 모험과 영웅 이야기에 공통으로 존재하는 서사구조를 밝혀내고 이를 명쾌하게 정리한 바 있다. 모두 열두 단계로 이루어진 '영웅의 여정' 또는 모노미스monomyth라고 부르는 이야기 공식이 그것이다.

① 평범한 일상의 세계가 그려진다.

② 모험에 대한 소명 – 갑자기 일상의 균형이 깨지고 모험이 불가피해진다.

③ 주인공(영웅)이 소명을 부인하고 거부한다(소명에 대한 거절).

④ 선각자를 만난다. 선각자는 영웅이 소명을 받아들이도록 인도하거나 일깨워준다.

⑤ 영웅이 모험과 운명을 수용하고 새로운 세계에 진입한다.

⑥ 모험의 세계에 진입하고 적이 누구인지 친구(동맹자)가 누구인지 분명해지며 영웅의 자질에 대한 검증이 진행된다. 어머니의 상을 지닌 여신을 만나거나 주인공을 시험하고 판단하는 아버지의 형상(역할)을 지닌 캐릭터를 만난다.

⑦ 영웅이 특별한 경험과 능력을 쌓고 수단(무기, 수단)을 얻는 '동굴로의 접근(모험의 세계로 진입)'이 이루어진다.

⑧ 모험의 완수를 위한 시련(장애)을 만나 맞서 싸운다.

⑨ 시련(모험)을 이겨내고 보상을 얻는다.

⑩ 여행을 끝내고 일상으로 귀환하는 단계이다.

⑪ 귀향하는 길에 부활한 적 또는 장애와 최후의 일전을 벌인다.

⑫ 모험을 통해 육체적·정신적으로 성숙해져 집으로 돌아오는, 불로불사의 귀환으로 이야기가 끝난다. 세상의 균형이 회복되고, 주인공은

진짜 영웅이 된다.

모든 영웅담과 장르판타지 그리고 할리우드 영화에서 이와 같은 이야기 공식이 동일하게 전개되지는 않지만, 대부분의 경우는 이를 따른다. 집단으로 파티를 이루어 퀘스트와 미션을 수행하는 모험형 장르판타지와 게임 그리고 마블이나 DC코믹스, 대형 블록버스터들에 '영웅의 여정'이란 공식을 대입해보면, 대개 이 공식의 반복과 변주임을 확인할 수 있다.

무한 경쟁이 일상화하고 스토리와 스토리텔링 능력이 갈수록 중요해지는 현대사회에서 살아남으려면 이야기의 본질을 잘 이해하고, 잘 활용하며, 잘 즐길 수 있어야 한다.

조셉 캠벨, 이윤기 역, 『천의 얼굴을 가진 영웅』, 민음사, 2004.
앤드류 글래스너, 김치훈 역, 『인터랙티브 스토리텔링』, 커뮤니케이션북스, 2006.

# 판타지의

# 세 유형

판타지는 신화적 장르이다. 이야기의 뿌리는 물론 엄청난 팬덤과 문화적 영향력도 가히 신화적이다. 판타지는 청소년 전용 스낵 리터러처 snack literature(잠깐 즐겁게 소비하고 마는 문학)이며, 오컬트문학에 불과하다는 대중적 통념 또한 신화다. 어째서 그런가. 환상은 미메시스와 함께 모든 문학과 예술을 떠받치는 두 기둥이며, 동전의 양면이기 때문이다. 환상성과 환상적인 것을 배제한 예술과 문학이 어디에 있을 수 있단 말인가.

판타지의 정체성에 대한 최초의 이론적 탐구자인 T. 토도로프(1931~2017)는 초자연적인 것과 자연적(상식적, 합리적)인 것의 조합에 따라 작품을 '괴기문학', '환상적 괴기문학', '환상적 경이문학', '경이문학' 등 네 범주로 분류한 바 있다.

초자연적인 내용이 자연적인 방식으로 해결되면 괴기문학이요, 초자연저인 내용이 초자연적인 방식으로 해결되면 경이문학이고, 환상문학은 뚜렷한 경계 없이 괴기문학과 경이문학의 교집합 같은 형태로 존재하는 이야기라는 것이다. 가령 현실에서 있을 수 없는 초자연적인 사건이 인간에 의해 조작된 것이거나 자연적인 현상으로 판명되면 괴기문학이 되지만, 초자연적인 사건이 물리학의 법칙을 위반한 채 초자연적인 존재의 소행으로 밝혀진다면 이는 경악할 만한 놀람의 문학 곧 경이문학이 된다는 것이다. 환상문학은 이 둘 사이를 오가는 존재다.

반면 초자연적이고 비현실적이 이야기가 먼 미래 혹은 아득한 과거의 이야기이거나 외계의 행성 또는 외계의 행성에서 온 존재에 의해 발생한 사건이라면 이 작품은 SF가 된다. 이 같은 특성으로 인해 판타지는 자연법칙과 합리적 상식에 길들여진 독자들의 마음속에서 심리적 갈등을 일으키는 장르 곧 망설임의 문학의 성격을 띠게 된다는 것이다.

이 같은 문제와 한계를 해결하기 위해 노력하다 보니 판타지는 크게 3개의 유형으로 분화되기에 이른다. 첫째, 『반지의 제왕』처럼 현실세계와는 상관없이 아예 다른 세계secondary world 속에서 펼쳐지는 독립형이 있다. 둘째는 『해리포터』 시리즈처럼 현실세계와 환상의 세계를 나누고 이원화하는 분리형이고, 셋째는 『퇴마록』처럼 일상 현실 공간을 무대로 하여 초자연적인 사건을 다루는 혼합형이 있다. 분리형의 경우에는 『나니아 연대기』의 옷장, 『이상한 나라의 엘리스』에 나오는 토끼굴, 그리고 『해리포터』 시리즈에 나오는 9와 4분의 3 승강장 등처럼 현실세계와 환상의 세계를 이어주고 차원 이동을 가능하게 만드는 통로를 설정해 두는 특징을 보여준다.

　현실의 경계에서 벗어나 아무런 제약이 없이 꿈과 이야기가 펼쳐지는 판타지는 얼마나 판타스틱한가. 인생을 살면서 이런 상상의 자유라도 한번 실컷 누려봐야 하지 않겠는가.

# 장르판타지와 한국 경제의 닮은 꼴

『드래곤라자』, 『옥스타칼니스의 아이들』

장르판타지와 한국 경제는 마주보는 거울 같다. 기원과 발전 경로 등 많은 점에서 상동성相同性이 있다. 먼저 서구의 대표작이 번역·도입된다. 장르문법과 스토리텔링 방법을 익힌 독자들이 모방 등 숙성 과정을 거친 다음, 작가가 된다.

한국 경제도 장르문학과 유사한 과정을 밟았다. 지금 한국 기업이 겪고 있는 위기는, 어쩌면 베끼기와 따라잡기 패러다임의 위기이다. 선진국의 앞선 기술과 제품을 열심히 배우고 너무 잘 따라하다 보니 세계적 기업들을 제치고 어느덧 1등이 된다. 여기에서 문제가 시작된다. 새로운 패러다임을 만들기보다 만들어진 패러다임 속에서 능력을 발휘하는 세컨드 웨이브 전략이 체질화되다 보니, 더 이상 모방할 게 없어지자 위기를 맞게 된 것이다. 주입식 교육과 모방은 일정 단계까지만 유효할 뿐이다. 창의성이 뒷받침되지 않는다면, 문학은 물론 기업과 국가의 미래도 보장할 수 없다. 『해리포터』 시리즈가 끝나고 영화 〈반지의 제왕〉 3부작이 완결되자 갑자기 판타지 장르들이 적막에 빠진 것도 우연은 아닐 것이다.

그래도 그간 성과가 없었던 것은 아니다. 국산 판타지의 간판인 이영도의 『드래곤라자』(전 12권, 1998)는 고등학교 문학 교과서에도 실리고 만화 · 머드게임 · 라디오 드라마로 제작됐으며, 일본과 대만으로 수출됐다. 『드래곤라자』는 톨킨의 『반지의 제왕』이 구축한 세계관과 문법을 차용한 작품이었으나 토착화에 애쓴 작품이기도 하다. 주인공 후치의 이름을 '후안무치'에서 따온 것이라든지 호위무사 샌슨 퍼시발과 헬턴트 영주의 이복동생인 칼 헬턴트의 모습이 이름만 서양인일 뿐 우직한 경상도 사나이처럼 그려지고 있는 점이 바로 그러하다. 『퓨처워커』와 『폴라리스 랩소디』를 거쳐 『눈물 마시는 새』에 이르러 서구 판타지의 세계에서 벗어나 도깨비 · 레콘 · 나가 같은 새로운 종족을 창조하는 한편, 윷놀이를 등장시키는 등 동양적 세계관을 선보여 독자들의 큰 호응을 받았다. '눈물 마시는 새'를 '백성이 흘려야 할 눈물을 마시는 왕'으로 정의하는 등 정치 철학도 담겨 있다.

그 외에도 퓨전 판타지를 통해서 묵직한 사회성과 주제의식 그리고 빼어난 구성력을 보여준 김민영의 『옥스타칼니스의 아이들』(후일 팔란 티어로 개명)과 한국 판타지의 선구자인 이우혁의 『퇴마록』을 비롯하여 김진경의 아동문학 『고양이 학교』 시리즈와 본격문학에 판타지의 문 법을 결합한 청소년문학인 구병모의 『위저드 베이커리』는 한국 장르 판타지의 가능성을 보여준 수작들로 꼽을 수 있다. 그러나 스스로 패 러다임을 만들지 못한 에피고넨亞流 텍스트들의 한계는 분명하다. 친 정집(『반지의 제왕』 등)의 위세가 꺾이자 갑자기 동력을 잃고 만 것이다. 장르판타지는 한국 장르문학의 한계와 가능성을 동시에 보여준 사회 학적 장르다.

# 게임과

# 판타지

게임은 예술일까, 오락일까? 무용한 질문 같지만, 한때 이는 학계의 뜨거운 논쟁거리였다. 믿기 어렵겠지만, 게임을 제10의 예술로 보는 연구자들은 최근 몇 년 전까지 게임을 서사학narratology에서 다뤄야 할지 게임학ludology에서 다뤄야 할지를 두고 열띤 토론을 벌이기도 했다.

예술에 일련번호를 붙이고 범주화한 것은 이탈리아의 시인이자 영화이론가였던 리치오토 카누도(1877~1923)가 연극·회화·무용·건축·문학·음악에 이어 영화를 제7의 예술로 선언하면서부터다. 카누도가 만든 관례를 따라 제8의 예술에는 사진이, 제9의 예술에는 만화가, 그리고 게임이 열 번째 예술의 반열에 오르게 되었다.

컴퓨터를 기반으로 하는 게임은 원자폭탄 개발 기획인 '맨해튼 프로젝트'에 전자회로 디자이너로 참여했던 윌리 히긴보덤이 1958년에 만든 '테니스 포 투'가 처음이며, 컴퓨터 게임의 상용화는 1961년 MIT에 재학 중이던 스티브 러셀이 개발한 '스페이스 워'가 효시다.

장르판타지 게임은 하버드대 학생들이 톨킨의 『반지의 제왕』의 세계관을 기반으로 한 역할놀이형 보드게임, 이른바 TRPG를 창안해 내면서 본격화됐다. 'MUD'와 'MUG'는 판타지와 컴퓨터를 활용한 대표적인 게임들로서 전자는 텍스트 형식으로 전개되는 게임이며, 후자는 IT기술의 발전에 따라 그래픽이 가미된 게임들을 가리킨다. 1974년 TSR사社에서 선보인 '던전 앤 드래곤D&D'은 테이블 탑 롤 플레이닝 게임의 규칙이면서 동시에 판타지를 바탕으로 한 게임들을 지칭하는 말이기도 하다. '소드 월드', '월드 오브 다크니스', '드래곤 퀘스트', '울티마' 등이 초창기 판타지 기반 RPG들이다.

온라인 시대의 MMORPG(다중접속 온라인 역할놀이게임)로는 한국에서 출시한 '리니지 시리즈'를 비롯하여 '월드 오브 워크래프트'와 '디아블로' 등을 대표작으로 꼽을 수 있다. 이처럼 포스트모더니즘 시대의 판타지는 소설·만화·영화·게임 등 다양한 장르로 몸을 바꿔가면서 장르 간의 융합은 물론 다른 미디어를 기반으로 한 형태로 끝없이 변화, 발전하는 경향을 보이고 있다.

최근 소설가 한강이 세계 3대 문학상의 하나인 맨부커상을 수상한 것을 계기로 삼아 세계 속에 K-pop과 한류드라마는 물론 K-픽션과 K-판타지 시대를 열었으면 한다. 더 나아가 현실의 바깥을 상상하는 창의적 사고 실험을 통해 예술과 역사의 발전을 선도하는 진짜 판타지가 나와 주길 고대한다.

조성면, 「문화콘텐츠와 장르판타지 – J. R. R. 톨킨의 『반지의 제왕』에서 MMORPG까지」, 『한국문학·대중문학·문화콘텐츠』, 소명출판, 2006.

# 제4장

# 무협소설

## ― 남성의 로망, 남근의 서사

# 무협소설의 탄생

무협소설은 언제, 어디서, 어떻게 태어났는가. 스토리와 작품배경 등만 보면 오랜 연륜을 가진 장르로 오해하기 십상이지만, 놀랍게도 무협소설은 풋풋한 현대소설(!)이다.

중국에서 무협소설이란 말은 1915년 린수林紓의 단편소설 「부미사傳眉史」에서 처음 등장했다. 그러나 대중적 영향력과 인지도 또 장르문법의 모형을 제시한 첫 번째 작품은 평강불초생의 『강호기협전』(1923)이다. 『강호기협전』은 『홍잡지』에 매주 1회씩 절찬리에 연재됐고, 〈불타는 홍련사〉(1928)란 이름의 영화로도 제작되었다.

평강불초생의 본명은 샹카이란向愷然(1889~1957), 평강성에 사는 불초소생이란 뜻이다. 원세개의 집권에 반대하는 혁명운동에 가담했다 실패하자 일본으로 건너갔다. 일본 유학 중 할아버지의 부음을 들었으나 임종을 지키지 못했다 하여 평강불초생을 자신의 필명으로 삼았다. 그는 무술의 고수이기도 했으며, 후일 안휘대학 교수와 정부기관의 고위직을 역임했다.

『강호기협전』은 일찌감치 국내에도 소개된다. 한글학자 주시경의 제자로 국어학자였던 박건병(1892~1932)이 맹천이란 필명으로『동아일보』에 60회(1931.9.3~11.19)에 걸쳐 번역·연재한 것이다. 그러나 국내에서『강호기협전』은 중국만큼 큰 인기를 끌지는 못했다. 완역되지도 못했고, 박건병 선생 또한 임시정부 요인으로 활동하다 1932년 1월 10일 암살을 피하지 못하고 순국했다. 김광주의『정협지』(1961)가 출현할 때까지 한국문학사에서 무협은 아예 없는 장르였다.

무협소설에 대한 일반적 인식은 박진감 넘치는 무공대결이 펼쳐지는 홍콩의 액션영화나 어두컴컴한 대본소에서 빌려 보던 무협지를 연상하는 것이겠으나 중국에서는 20세기 중국문학이 거둔 성과로 평가하는 연구서들이 적지 않고, 북경대 중문과 왕이추인 교수는 무협소설가 진융金庸(1926~2018)을 루쉰魯迅·바진巴金·선충원沈從文과 함께 20세기 중국의 대표작가로 꼽는다.

무협소설은 역사도 깊고, 콘텐츠도 무궁하다.『사기』의「자객열전」과「유협열전」을 비롯해서 사대기서四大奇書인『수호지』와 '중드'로 유명했던 〈판관 포청천〉의 원작 『삼협오의』(1879) 같은 협의소설들이 무협의 문학적 기원을 이룬다.

문학평론가이자 불문학자였던 김현(1942~1990) 교수는 평론 「무협소설은 왜 읽히는가—허무주의의 부정적 표출」(1969)을 통해서 무협소설을 급변하는 사회질서와 사회적 부조리에 대한 중산층의 불안과 초초 그리고 도피주의를 반영하는 장르로 진단한 바 있다. 그러면 지금 무협소설이 널리 읽히지 않는 것은 재미가 없어서인가, 우리 사회가 〈동네변호사 조들호〉가 필요치 않을 만큼 맑고 정의로워졌기 때문인가, 아니면 현실세계가 무협의 세계보다 더 황당하고 재미있어서인가. 많이 읽히는 것 못지않게 널리 읽히지 않는 것 또한 똑같이 문제적이다.

# 무협소설의

# 역사

한국사와 대한민국의 역사가 다르듯 무협과 무협소설의 역사도 엄연히 다르다. 무협의 역사는 2천 년, 무협소설의 역사는 1백 년 안팎이다. 『열자』와 『사기』에 등장하는 협객들의 이야기만 놓고 보면 무협사는 2천 년을 훌쩍 넘기지만, 린수의 「부미사」(1915)를 기준으로 보느냐 평강불초생 샹카이란의 『강호기협전』으로 보느냐에 따라 무협소설의 역사는 1백 년 안팎을 넘나든다.

무협소설의 역사는 구파무협(1930~1950) – 신파무협(1950~1980) – 신무협(1990~현재) – 반무협(1980~현재) 등 대략 4기로 나뉜다. 구파무협과 신파무협은 1949년 중국인민공화국의 등장 전후로 갈리며, 주로 대륙

장르문학
산책

에 근거지를 두고 활동하던 작가를 구파 그리고 혁명 이후 주로 홍콩과 대만에서 활동하던 작가들과 작품을 신파라 한다.

신무협은 종래의 무협의 세계관과 문법에서 벗어나 반反영웅을 주인공으로 등장시킨 한국의 현대무협을 가리킨다. 반反무협 또한 신파무협의 시기에서도 간간이 선보이다가 현대까지도 지속되는 등 카메오 같은 역사를 이어가고 있다.

구파무협은 중국 사회주의정부 수립 이전 북경(북파무협)과 남경(남파무협)에 거점을 두고 활약한 작가들의 작품을 말한다. 남파는 평강불초생과 『황강여협荒江女俠』으로 유명한 고명도 등의 작가들이, 북파는 『촉산검협전』의 환주루주와 『십이금전표』의 백우 그리고 『와호장룡』의 작가 왕도려 등이 주요 작가들이다.

신파무협은 중국 공산혁명 이후 홍콩과 대만에서 활동했던 『영웅문』의 김용, 『백발마녀전』의 양우생, 『초류향』 시리즈의 고룡, 『군협지』의 와룡생 등이 대표적이다. 무협소설의 절정기이며, 주요 고전들이 이때 쏟아져 나왔다.

신무협은 김광주 이후 번역과 가필작가 시대를 거쳐 작가가 된 열혈독자 출신의 한국 토종 무협을 가리킨다. 『대도오』의 좌백, 『대자객교』의 서효원, 『태극문』의 용대운, 『사천당문』으로 유명한 여류작가 진산 등이 대표작가로 꼽힌다.

반무협은 무협의 세계관을 전복하고 희화화하는 작품들로 무지의武

之疑의 『심구尋仇』(1985)와 김호의 『노자무어怒者無禦』(1997), 검궁인의 만화 〈독보강호〉(2000) 등이 여기에 해당한다. 40년 적공 끝에 현천대법이란 절세무공을 익혔으나 주인공이 브라우닝 자동소총에 허망하게 죽고 마는 허무무협 『심구』, '007 시리즈'의 배우 로저 무어를 연상케 하는 코믹한 제목을 지닌 컬트 무협 『노자무어』, 절세의 무공을 지닌 무림의 여성 고수들을 꾀어 적과 맞서게 하는 제비족 노팔용이 등장하는 코믹만화 〈독보강호〉 등이 반무협의 사례들이다. 무협은 그 형식과 역사가 어떻든 고개 숙인 현대 남성들의 정의감을 대리만족시켜 주는 남성들에 의한, 남성을 위한, 남성의 로망에서 거의 벗어나지 않는다.

진형준, 『한국무협소설의 작가와 작품』, 서울대 출판부, 2007.
이진원, 『한국무협소설사』, 채륜, 2008.

# 한국 무협의

# 역사

최초는 단순히 처음만을 뜻하지 않는다. 첫눈, 첫사랑, 첫만남 등 최초와 처음은 정서적 울림도 클 뿐 아니라 상징적 무게도 만만치 않다. 문학사나 작가연구에서 유독 첫 작품이 중요한 까닭은 그것이 작가의 특징과 역량은 물론 해당 장르의 성격과 지향을 가늠해 볼 원형이기 때문이다.

한국 무협소설의 효시는 독립운동가이자 국어학자였던 박건병(1892~1932)의 번역연재물 『강호기협전』(1931)이다. 그러나 완역되지도 못했고 문단 안팎의 호응이나 영향도 거의 없었으며, 금세 잊혀졌다. 이례적이었다.

수원 신풍동 출신 작가 김광주(1910~1973)의 『정협지』(1961)는 사실상 한국 무협소설의 기원이다. 그는 상해에서 백범 김구(1876~1949), 아나키스트 정화암(1896~1981) 등을 보좌하며 민족운동과 창작활동을 병행한 한국문학의 언성 히어로였다. 백범의 서거 후, 문학적·이념적 좌표를 잃고 방황을 거듭하다 우연히 생계형 글쓰기의 일환으로 『경향신문』에 번역·연재한 『정협지』로 대박이 났다. 초절정 고수들이 등장하는 황당한 서사물에 대중들이 열광한 이유는 정치 깡패들이 판을 치고, 4월혁명과 5·16군사정변 등 정치적 격변에 시달리던 대중들에게 무협이 정신적 쉼터가 되어주었기 때문이다.

『정협지』의 원작은 웨이츠원蔚遲文의 『검해고홍劍海孤鴻』이다. 이어 그는 『동아일보』에 『비호』(1966)를, 『중앙일보』에 『하늘도 놀라고 땅도 놀라고』(1969) 등을 연속해서 연재하였다. 대만 출신 워룽성 이른바 와룽생과 쓰마링의 작품을 주축으로 1968~1969년, 2년 동안 번역된 무협소설만 해도 35종에 이르렀다. 당시 우리의 경제 수준과 출판사정을 생각해 보면 경이적인 현상이었다.

단편소설 「잉여인간」과 자전소설 『신의 희작』으로 유명한 손창섭(1922~2010)도 창작무협 『봉술랑』(1978)을 발표했다. 그는 무협소설 『봉술랑』을 끝으로 절필하였다. 그리고 혹독한 정치적 암흑기가 거듭되던 한국의 역사적 현실에 절망, 1984년 문득 일본으로 건너가 귀화하여 우에노 마사루上野昌涉가 됐다.

본격문학 작가들의 무협소설 쓰기는 계속해서 이어졌는바, 우리시대의 대표 소설가로 꼽히는 김영하(1968~)가 하이텔에 연재한『무협학생운동』(1992)을 비롯해서 장편『시간 속의 도적』과『웃음』등을 남긴 소설가 채영주(1962~2002)가 장산부란 필명으로『무위록』(1999)을 발표하기도 하였다.

　　김영하의『무협학생운동』은 세계를 지배하는 마왕 전두·노갈·보안마귀 등과 그들의 수하인 삼청교대와 백건단의 무리들에 대해 변증창과 유물검을 들고 민민방의 류와 자민방의 초아가 맞서 싸운다는 풍자소설이었다. 무협에 정치 풍자를 결합한 소설로 이정재의『대권무림』(1997)이 있다. 한국 특유의 정치 무협 풍자소설은 이렇게 탄생했다.

# 무협소설의

# 관습과 유형

무협소설은 관습적인 장르다. 이야기 구조와 패턴, 배경과 인물 등 모두 예측 가능한 범위 내에 있다. 현대 장르문학인 무협소설을 전근대 고소설로 오해하는 것도 이 때문이다.

무협소설의 관습은 어디에서 오는가? 익숙한 이야기 구조와 플롯 그리고 배경의 도저한 보수성 때문이다. 정영강丁永强이 정리한 무협서사의 패턴은 이러하다.

원수의 도발로 문파나 가문이 무너진다①. 가까스로 도피②한 주인공이 스승③을 만나 무공을 수련한다④. 복수를 위해 강호로 나가⑤

우연히 위기에 빠진 절세의 미인을 만나 구해주거나 인연을 맺고⑥ 실패 혹은 좌절⑦을 겪는다. 새로운 스승과 비급을 만나거나 얻지만 ⑧, 애정전선에 갈등이 생긴다⑨. 치명적인 부상을 입으나⑩ 곧 회복하고⑪ 진귀한 보물을 얻는다⑫. 마침내 적을 물리치고⑬ 성공을 거둔 다음⑭, 강호를 떠난다⑮.

작품마다 가감과 다소의 변용은 있으나 대개 이 패턴이며, 신무협은 누벨바그 영화처럼 이런 도식을 거부하거나 해체한다.

중국 무협소설의 크로노토프chronotope는 시간적으로는 송末에서 청 말淸末, 공간적으로는 강호라는 특수한 공간이다. 크로노토프란 작품 속에서 시간과 공간이 맺는 내적 연관관계, 즉 시공을 의미하는 말로 현대소설의 기원을 민속과 민중에서 찾은 러시아 문예이론가 미하일 바흐친(1895~1975)이 개발한 신조어다.

강호는 본래 중국의 삼강오호三江五湖를 가리키는 지리명사였으나 후 대로 가면서 관부官府의 지배와 실정법의 영역을 벗어나 있는 무협의 세계를 표상하는 말로 변모했다. 예컨대 강호는 치열한 무공대결과 함께 살인과 싸움을 소재로 한 폭력의 서사가 될 수밖에 없기에 윤리적 지탄과 범법을 피하기 위해 만든 허구의 세계요, 치외법권 지대이다.

무협의 대표적 플롯으로는 진귀한 보석이나 무림비급을 둘러싸고 벌이는 보물쟁탈형·이민족의 침략에 대항하는 민족의 영웅을 그린 민족투쟁형·추리와 무협을 결합시킨 탐안형探案型·세상을 떠돌며 정의를 위해 싸우는 행협형行俠型과 유랑자형流浪者型·수련을 통해 무림의 고수로 성장해 나가는 과정을 그린 학예형學藝型·혼사장애를 다룬 애정갈등형 등이 있다. 한동안 대학 도서관에서 대출순위 1위로 각광받은 전동조의 『묵향』은 무협과 장르판타지가 결합된 퓨전장르, 곧 '판협지'다. 이 같은 몇 개의 플롯과 이야기 패턴이 다양하게 조합·변주되면서 무협의 화엄세계가 펼쳐지고 있다.

정동보, 「무협소설 개관」, 대중문학연구회 편, 『무협소설이란 무엇인가』,
예림기획, 2001.

# 이재학의

# 무협만화

중국에 김용과 와룡생이 있다면, 한국에는 김광주와 이재학(1939~1996)이 있었다. 이재학은 누구인가? 그는 한국 무협만화의 전설이었다. 모처럼 시간을 내서 만화를 보고자 할 때 독자들의 선택장애를 원천적으로 막아준 보증수표 만화들 가운데 하나가 바로 이재학 화백의 무협만화들이었던 것이다.

이재학 화백은 1961년 홍익대 회화과를 졸업하고, 1965년 『소년조선일보』에 〈휴전선의 왕꼬마〉를 발표하면서 만화계에 입문했다. 이재학은 1980년 전후 무협만화로 일약 인기 작가의 반열에 올랐다. 1996년 숙환으로 유명을 달리할 때까지 생애의 대부분을 그는 무협만화와 함께했다.

이재학의 무협만화는 크게 2기로 나뉜다. 제1기는 무룡武龍이란 캐릭터가 주인공으로 등장하는 시기의 작품들이다. 무룡은 무술의 고수이면서도 따뜻하고 인간미 넘치는 서민적인 캐릭터였다. 주로 기격무협技擊武俠 장르의 만화들이었고, 쿵푸와 같이 맨몸으로 무공을 펼치는 무협 리얼리즘을 추구했다.

제2기는 추공秋空(텅 빈 가을)이란 시적 이름을 가진 캐릭터를 전면에 내세운 시대이다. 긴 머리를 휘날리며 홀로 강호를 떠도는 추공은 독자들로 하여금 삶의 비애와 짙은 페이소스를 느끼게 하는 인물이다. 추공이 등장하는 만화는 비검법술飛劍法術과 현공변화玄功變化 같은 신비의 무공이 펼쳐지는 신마검협神魔劍俠 장르들이 대부분이었다. 아버지의 세계와 갈등하거나 아버지와의 화해가 작품의 중핵kernel을 이루는 아비 부재의 서사 곧 오이디푸스 콤플렉스 무협이 제2기 이재학 만화의 핵심이다. 가혹한 운명과 절대고독 앞에 굴하지 않는 추공의 냉철한 태도와 감정의 절제는 가족을 위해 일터로 나가 세파와 맞서는 외로운 현대 남성 독자들의 공감을 얻어냈다.

이재학의 만화는 일본과 대만 등 해외까지 진출한 원조 무협 한류였는바, 1997년 그의 신마검협 〈용음봉명〉이 일본을 대표하는 출판사 고단샤講談社의 잡지 『애프터눈』에 절찬리에 연재되기도 하였다.

이재학 무협은 온갖 불의와 부조리 같은 사회적 갈등의 만화적 해결이고 권선징악은 드라마트루기에 지나지 않지만, 여성들 못지않게 남성들의 삶도 팍팍하고 불만족스럽다는 점을 잘 보여주는 위안의 서사였다. 삶을 버텨내는 방법으로 술과 담배만 있는 게 아니다. 무협소설이 있고, 이재학의 무협만화기 있었다.

# 〈열혈강호〉와 〈용비불패〉
## 그리고 〈구르믈 버서난 달처럼〉

〈열혈강호〉(이하 〈열강〉)와 〈용비불패〉(이하 〈용비〉)! 아는 사람은 다 알고, 모르는 사람만 모르는 무협만화의 쌍벽이다. 공히 작품성보다는 대중성과 문화사회학적 맥락에서 각별한 의미가 있다.

〈열강〉은 1994년 《영 챔프》에 연재를 시작하여 현재까지 지속되고 있는 대작만화다. 스토리작가와 만화작가 모두 문하생 같은 정규 과정(?)을 거치지 않고 곧바로 작가가 됐다. 〈열강〉의 놀라운 대중성과 활어 같은 싱싱함은 비제도권 출신 작가들 특유의 유연한 사고와 창의성에서 비롯된 것이다.

〈열강〉의 한비광은 사파 무림 지존 천마신군의 여섯 번째 제자다.

그는 무술을 전혀 할 줄 모르는 반反영웅으로 상식파괴형 캐릭터다. 타의 추종을 불허하는 경공술과 임기응변 및 모방 능력으로 매번 위기를 돌파하며, 연인이자 동료인 담화린과 함께 강호를 여행한다. 마침내 모든 갈등의 꼭지점에 서 있는 '신지' 속으로 진입, 최후의 일전이 벌어지면서 목하 스토리는 대단원을 향해 달려가고 있는 것처럼 보인다. 그러나 걸출한 순발력과 모방 능력으로 무술을 익히고 강한 상대를 이기고 나면, 다시 더 강한 상대가 이들을 가로막는 상투적 패턴이 20년 넘게 반복되다 보니 독자들은 지쳤고 초기의 참신성을 아예 잃어버린 상태다. 주인공 하비광은 〈시티헌터〉의 우수한을, 또 초절정 고수들 간의 격렬한 싸움은 〈드래곤볼〉의 무공대결을 보는 듯한 기시감을 준다.

〈용비〉는 1996년 《소년 찬스》에 연재를 시작하여 근 십 년 만에 23권으로 마무리됐다. 주인공 용비는 종래의 무협소설에서 찾아볼 수 없었던 신종 캐릭터다. 그는 몰락한 가문 출신의 무장이자 '흑색창 기병대'라는 오랑캐 토벌대장으로 변경에서 악명을 떨친다. 추악한 모략이 판을 치는 정치 현실에 환멸을 느끼고 또 부하들을 모두 잃었다는 죄책감에 못이겨 군문軍門에서 뛰쳐나와 현상금 사냥꾼이 되어 강호를 떠돈다. 그 역시 호색한에 수전노로 무협의 영웅과는 거리가 먼 개그맨과科 영웅이다. 그의 짝꿍이자 애마愛馬인 '비룡'도 술과 고기를 밝히는 골때리는 말이다. 무협만화의 돈키호테와 로시난테라 할 수 있다.

코믹과 비장미가 잘 조합돼 있다.

〈구르믈 버서난 달처럼〉 등 작가주의 만화로 유명한 권가야의 〈남자 이야기〉는 좌백의 신무협소설 『대도오』를 재해석한 것이다. 이처럼 한비광·용비·대도오 같은 캐릭터의 출현은 영웅이 없거나 영웅이 나와도 어찌할 수 없는 동시대 현실에 대한 절망과 환멸을 반영한다.

또 〈열강〉의 담화린이나 〈용비〉의 홍예몽 같은 강한 여성 캐릭터의 등장은 여권 신장과 남성성 약화 같은 젠더의 위기를 반영하는 문화 현상일 것이나 이 여성 캐릭터들이 만화를 보는 남성 독자의 관음증의 대상으로 전유된다는 점에서 남성의 로망이라는 무협의 본질은 변함없이 그대로다.

# 김광주의

# 『정협지』

　전설을 전설로 만드는 것은 무엇인가. 세월의 마모를 견뎌내는 지구력과 마성적 재미이다. 또 통시간적 생명력을 갖는 풍부한 이야기성에 대중들의 높은 충성도도 뒷받침돼야 한다. 이 모든 조건을 갖춘 한국 무협의 전설이 있다. 김광주의 『정협지』다.

　『정협지』는 웨이츠원의 『검해고홍』을 번역한 작품으로 『경향신문』에 1961년 6월 15일부터 1963년 11월 24일까지 810회에 걸쳐 연재되었다. 『정협지』는 협객들의 이야기俠와 사랑의 이야기情가 결합된 작품이다. 난리 통에 부모를 잃고 강호를 떠돌던 무림의 두 고수인 노영탄과 악중악의 형제 대결이라는 씨줄에 숭양표국의 무남독녀 외동딸 감옥

형, 회양과 방주의 딸 연자심과 두 고수와의 애정갈등이라는 날줄이 교직되면서 독자들을 열광케 했다.

『정협지』의 인기가 얼마나 대단했던지 정음사, 을유문화사 등과 함께 출판업계의 빅 쓰리로 통했던 신태양사에서 한창 연재 중이던 1962년 단행본으로 출판했다. 하드커버에 2단 세로쓰기로 편집됐고, 운보 김기창과 삽화가 이순재가 각각 표지 그림과 삽화를 맡아 더 눈길을 끌었다. 신태양사에서만 다섯 차례나 출판됐고, 2002년까지 무려 여섯 곳의 출판사에서 판과 쇄를 달리하여 나왔다.

『정협지』는 1960년대 초반부터 1970년대 초까지 그야말로 불티가 나게 팔려나갔다. 그리고 진짜 '불'도 났다. 대중들의 뜨거운 열광 때문이었는지 한창 연재 중이던 1962년 4월 김광주의 전셋집이 화재를 입고 장서 1천 권과 원본인『검해고홍』도 함께 전소되고 말았다. 난리가 났다. 당시『검해고홍』은 국내에 딱 두 부만 있었던 비상상황! 소식을 접한『화한일보』의 유국화劉國華가 국내에 거주하는 화교들에게 사발통문沙鉢通文을 돌려 딱 하나 남은 유일본을 찾아 작가에게 전달함으로써『정협지』가 차질 없이 연재될 수 있었다.『정협지』는 이래저래 뜨거운 작품이었다.

대중들이『정협지』에 열광한 것은 전대미문의 새로운 형태의 이야기에 매혹됐기도 하지만, 주인공 노영탄과 악중악 간에 벌어지는 골육상쟁의 형제 대결이 치열한 남북한 대치와 민주당 신파/구파 분열의 은유로 읽혔기 때문이다. 국민소득 백 달러도 안 되는 지독한 가난에 더해 되풀이되는 정쟁과 군사정변 속에서 마음의 정처를 잃은 대중들에게 『정협지』는 시적 정의poetic justice가 살아 있는 거의 유일한 인공의 낙원이었다. 『정협지』는 현실 정치에 지친 국민들의 정신적 피난처였던 것이다. 『정협지』는 이렇게 해서 전설이 됐다.

조성면, 「1960년대 대중문화와 대중문학 읽기 – 김광주의 『정협지』」, 『한국학연구』 20집, 인하대 한국학연구소, 2009.

조성면, 「고독한 경계인의 대중적 글쓰기 – 김광주의 삶과 문학」, 『수원역사문화연구』 제6호, 수원박물관, 2016.

# 무협장르의

# 이모저모

리샤오룽李小龍(1940~1973), 청룽成龍(1954~)은 무협영화 곧 베이징 오
페라의 아이콘으로 통한다. 그러면 무협영화는 어떤 경로를 거쳐 오늘
에 이르렀는가.

〈불타는 홍련사〉(1928) 이후 무협영화의 신기원을 이룬 두 감독의
공이 매우 크다. 바로 후진취앤胡金銓(1931~1967)과 장처張徹(1923~2002)
다. 후진취앤은 경극을 무협영화와 결합시켜 무협영화의 미학을 완성
해내는데, 〈대취협〉(1966)과 〈용문객잔〉(1967)이 대표작이다. 장처는 쿠
앤틴 타란티노 영화의 원조격으로 선혈이 낭자한 시퀀스들을 도입하
여 폭력의 미학을 완성해낸다. '외팔이 시리즈'로 유명한 〈독비도獨臂

刀〉(1967)와 〈돌아온 외팔이獨臂刀王〉(1969)로 무협영화의 새 역사를 썼다. 이때 스타덤에 오른 배우가 왕위王羽(1943~)다. 〈영웅본색〉, 〈미션 임파서블 2〉 등을 만든 우위썬吳宇森(1946~) 감독이 장처의 제자였다.

왕위 이후 꺼져가던 홍콩 무협영화를 세계적인 콘텐츠로 끌어 올린 스타가 리샤오룽 곧 이소룡이다. 이소룡의 대표작인 〈정무문〉(1972)을 보면, 곽원갑이 그의 스승으로 그려지고 있다. 곽원갑은 실존인물로 '부청멸양扶淸滅洋'을 기치로 내걸고 실제로 많은 사회적 물의를 일으키던 의화단의 총수를 혈혈단신으로 잠입, 참수하여 '대협'의 칭호를 얻은 무술인이다. 이소룡은 배우이자 절권도의 창안자이기도 했는데, 예원葉問의 문하에서 영춘권을 배운 것으로 알려져 있다.

그런가 하면 무협장르를 대중적 엔터테인먼트에서 고전의 반열에 올린 작가도 있다. 신필 진융金庸(1924~)이다. 『영웅문』은 무협을 넘어 중국 현대문학의 정전正典, canon으로 통한다. '영웅문'은 『사조영웅전』, 『신조협려』, 『의천도룡기』 등 세 작품을 통칭하는 조어다. 진융은 『서검은구록』(1955)을 시작으로 『녹정기』(1972)까지 모두 15편의 작품을 발표했다. 흥미로운 것은 『월녀검』을 제외한 나머지 14편의 작품 제목이 마치 칠언절구의 대련對聯처럼 구성돼 있다는 점이다. 14편의 작품 제목의 이니셜을 합하면 '비설연천사백록飛雪連天射白鹿 소서신협의벽원笑書神俠倚碧鴛'이라는 근사한 대련이 만들어진다.

당대唐代 소설로 유명한 두광정杜光庭의 『규염객전虬髯客傳』은 무협장르들의 조종이라 할 수 있다. 민족주의 사학자요, 독립투사였던 단재 신채호 선생은 『규염객전』의 주인공인 규염객(구레나룻 난 손님)이 고구려의 실권자인 연개소문일 가능성이 크다는 주장을 편 바 있다. 이런 걸 보면 1990년대 들어 한국산 무협소설이 중국으로 역수출되는 것도 결코 우연한 일은 아닌 듯싶다. 이제 장르문학 비평과 인문학 연구에서 동아시아적 관점의 도입은 필수다. 현실이 말해주듯 우리는 명백히 동아시아의 일원이 아니던가.

장방 외, 곽하신 역, 『당대소설선』, 을유문화사, 1970.

제5장

# 외설문학과

# 연애소설

# 『채털리 부인의 연인』 재판과

# 외설 논란

예술/외설의 정의는 아직도 해결 기미가 보이지 않는 뜨거운 미스터리다. 우선 사회적 합의를 이끌어내는 것도 쉽지 않은 데다 예술적 외설과 외설적 예술의 경계를 넘나드는 경우가 비일비재하기 때문이다. 예술과 외설의 정의는 제각기 관점과 입장을 달리하는 간주관적인 intersubjective인 것이기에 이 논란은 한참 더 지속될 것으로 예상된다.

외설obscenity은 특정 범주의 어휘들 특히 성행위나 해부학적 부분의 이름들과 관련이 있으면서 정치성과 역사성을 갖는 문화현상이라는 게 뤼시엔느 프라피에―마쥐르의 주장이다. 문화로서의 외설은 프랑스 대혁명기 귀족들을 공격하고 희화화하기 위해 부르주아지들이 창안해낸 정치 풍자에서 비롯됐다는 것이다.

국가권력은 질서유지와 윤리를 무기로 말초적 욕망을 자극하는 성
－상품들 혹은 전위적 성－예술들을 엄격하게 통제하고 관리해왔다.
사드의『소돔 120일』, 헨리 밀러의『북회귀선』, 로렌스의『채털리 부
인의 연인』(이하『채털리 부인』), 염재만의『반노』, 마광수의『즐거운 사
라』, 장정일의『내게 거짓말을 해봐』 등이 논란의 중심에 서 있던 작
품들이다.

『채털리 부인』은 외설－예술 논쟁의 대표 사례일 뿐더러 문학의 탈
신화화와 모더니티의 허구성을 널리 알리는 계기가 된 작품이다.『채
털리 부인』은 1928년 최종본이 나온 이래 부침을 겪다 1959년을 기점
으로 국가와 예술인들이 전면전을 벌이게 된다. 진보 성향의 정치인
로이 젠킨스Roy Jenkins가 음란물 출판 규제를 완화하는 법안을 통과시
키자 팽귄출판사가『채털리 부인』무삭제판을 전격 출판한다. 성불구
자가 된 귀족 출신의 상이군인(클리퍼드)이 아내(코니)와 사냥터지기(멜
러스)에게 농락(?)당하는 이야기에 분노한 영국 보수주의자들은 작품
을 외설 혐의로 기소했고, 예술가들이 반발하며 판이 커졌다.

쟁점은『채털리 부인』이 과연 외설인가, 예술인가였다. 즉 외설물이
라면 무엇이 외설이고, 예술이라면 무엇이 예술인가에 관한 것이었다.
사법부로서는『채털리 부인』을 음란물로 의법조치하기 위해서 음란
물이란 무엇이며 문학과 외설물은 어떻게 다른가를 밝혀야 했고, 문화

이론가들과 영문학자들 역시 외설 논란을 초월하는 문학의 가치가 무엇인지를 명료하게 제시해야 했다. 결과는 신통치 않았으나 사태가 이렇게 흘러가다 보니 어느덧 재판은 본말이 전도되어 문학이란 무엇인가를 따지고 묻는 문학에 대한 정의를 둘러싼 문학논쟁으로 변질(?)돼버렸다.

『채털리 부인』은 성(담론)의 해방, 성을 매개로 펼쳐지는 계급갈등, 문학적 표현의 한계 등 동시대 영국사회의 과제와 사회적 관심사가 무엇이었는지를 알려주는 유의미한 지표이자 문학의 위상과 정의에 대해 다시 한번 성찰할 수 있게 한 일대의 사건이었다.

앨빈 커넌, 최인자 역, 『문학의 죽음』, 문학동네, 1999.

조성면, 「금서의 사회학, 외설의 정치학」, 『한국문학·대중문학·문화콘텐츠』, 소명출판, 2006.

# 『반노』의
# 외설 시비

영국에 『채털리 부인의 연인』이 있다면, 한국에는 『반노』가 있었다. 염재만(1934~1995)의 장편소설 『반노』는 한국문학사상 최초로 성적 표현의 자유를 두고 법과 문학이 충돌한 최초의 사례다. 『반노』는 1969년 7월 30일 기소되어 1975년 12월 6일 무죄 확정 판결을 받을 때까지 무려 6년 5개월 동안 외설과 표현의 자유를 둘러싸고 지루하고 긴 법정 공방을 거쳤다.

염재만은 충북 음성 출신으로 『북간도』의 작가 안수길(1911~1977)의 제자였다. 그는 수원시청 공무원으로 재직하던 시절 에로틱한 장편소설 『반노』를 발표한다. 그러나 작품 발표 직후, 그는 삼선개헌 문제로 살얼음판을 걷는 것 같은 정국 속에서 음란물 제조 혐의로 전격 기소된다. 『반노』는 윤진두와 홍아라는 두 남녀가 만나 서로의 육체를 탐닉하며 다투고 화해하고 정사를 반복하는 이야기를 다룬 지루하고 밋밋한 작품이다.

'반노 재판'은 개헌 문제로 정국이 요동치고 국민저항이 집단화할 조짐을 보이자 차제에 사회의 기강을 바로 잡고 국법의 지엄함을 보여주기 위한 극장국가劇場國家의 정치 퍼포먼스였다. 재판은 싱겁게 끝났다. 성적 표현의 수위가 높다 해도 예술성이 크면 음란성이 상쇄된다는 이교량설利較量說과 작품이 다소 선정적이어도 선정성이 작품의 전체 맥락 속에 필요한 요소이거나 작가주의의 자장 속에 놓여 있다면 음란성은 전혀 논란의 대상이 되지 않는다는 승화설昇華說을 근거로 내세운 변호인단의 호소가 통한 것이었다.

그러나 최종적으로 승리한 자는 명백히 국가였다. 국민의 정치적 관심을 돌리는 데 기여했을 뿐만 아니라 한국문학에 성적 표현의 가이드라인을 제시하는 등 충분한 '감옥 효과'를 거두었기 때문이다. 푸코M. Foucault의 말대로 '감옥 효과'란 감옥에 갇힌 수인들에 대한 통제와 함께 감옥에 갇히지 않는 일반 시민들에게도 국법을 어기면 처벌을 받고 감옥에 간다는 사실을 항시적으로 일깨워주는 권력의 작동방식을 말한다.

'반노 재판' 과정을 거쳐 1975년에 형성된 한국문학의 성적 가이드라인에 대한 도전은 무려 20년 가까운 세월을 거친 뒤 마광수의 『즐거운 사라』(1992)와 장정일의 『내게 거짓말을 해봐』(1996)에 의해 시도된 다. 외설과 성-담론을 둘러싼 인간의 천부적 본능과 도덕률 그리고 국가권력 간의 갈등은 과거완료형이 아닌 현재진행형이며, 이 삼자갈등은 담론의 수면 아래 잠복해 있을 뿐 언제든 다시 발화할 가능성이 매우 크다.

『반노』는 이제 많은 사람들이 거의 기억하지 못하는 아득한 과거지사가 됐으나 '반노 재판'은 여전히 국민은 물론 작가들 자신이 자기를 감시하게 만드는 원형의 감옥 곧 판옵티콘panopticon 으로 작동하고 있다.

조성면, 「금서의 사회학, 외설의 정치학」, 『한국문학·대중문학·문화콘텐츠』, 소명출판, 2006.

# 외설의

# 현대성

살다 보니 해결되는 것도 해결되지 않는 것도 없다. 해결되지 않은 것들은 왜 이리 많으며, 설사 해결되지 않았다고 해서 딱히 무슨 큰 사단이 나는 것도 아니다. 문학사나 예술사의 숱한 쟁점들이 그러하고, 예술과 외설의 관계도 그렇다. 현실은 저 멀리 앞서 가는데, 담론만 무성할 뿐 사회 통념이나 논의 수준은 거북이걸음이거나 제자리 뛰기다.

외설의 문제는 난감하고 민망하다 해서 마냥 외면하고 덮어서는 안 된다. 그것은 인권의 문제이면서 우리 사회의 합리성을 가늠해 볼 척도요, 문학예술계의 미결 과제이기 때문이다. 개인의 권리와 공공의 이익은 누가 우선하거나 누가 양보해야 할 윈-로스게임이 아니다. 좌우의 날개나 철도는 항상 대립하거나 영원히 만날 수 없는 평행선이 아니라 새가 날고 기차가 질주하기 위해서 꼭 필요한 동반자요, 사회와 예술의 진전을 위한 의제이다.

옛날에는 성과 외설의 문제가 지금처럼 요란한 문제가 아니었다. 도덕률과 관습으로 엄격하게 통제되거나 미디어의 미발달로 문제가 가려져 있었고, 또 조혼으로 인해 십대 중반이면 대부분 결혼을 하여 오늘날 사춘기 청소년들이 겪는 이성문제는 지금보다 상대적으로 덜했다. 외설과 청소년 문제는 근대사회의 성립과 함께 출현한 '청소년기'의 탄생과 밀접한 관계가 있다. 생물학적 청소년기는 모든 인간이 거쳐야 하는 과정이겠으나 문화적 청소년기는 근대 사회의 산물이다. 이 시기 그들은 성인으로 인정받기 위해서 의무교육과 장기간의 법적인 보호기간을 거쳐야 한다. 몸은 성인이 됐으되, 개인들이 자신의 권한을 행사할 수 없는 시기가 바로 이때이다.

한국 남성들의 경우, 최소한 초중고 과정을 거치고 군에서 제대한 다음 직업을 갖고 결혼을 해야 비로소 성적 권한(?)을 행사하고 누릴 수 있다. 대체적으로 15년 동안 타고난 자연적 본능이 억제(압)돼야 하는 것이다. 이와 같이 현대사회는 대단히 합리적인 체제인 것 같지만, 실상은 개인들의 희생을 강요하며, 자연적 신체주기에 역행하는 시스템인 것이다. 성적인 것을 매개로 하는 모든 외설(물)은 바로 이 사이를 비집고 들어온 상업문화다.

현대 자본주의 사회에서 성과 외설은 국가에 의해 철저하게 통제되고 관리된다. 그것은 오직 결혼 같은 합법적인 방식(?)이나 상업주의 문화의 형식으로만 열려 있고 또 허용된다. 성과 외설은 한편으로는 철저하게 억압되고 다른 한편으로 보장되거나 해방되는 양면성을 보여준다. 외설(문학)은 바로 이 같은 현대 자본주의 사회의 모순이 만들어낸 괴물이다. 그런데 어이없게도 이 괴물이 모더니티(현대성)의 허위와 문제점을 날카롭게 드러내고 있으니, 외설(문학)은 현대문명의 해악이며 해독제요, 약이자 독약의 양면성을 지닌 대중문화의 파르마콘pharmakon인 셈이다.

# 연애소설을
# 다르게 읽어보기

트로트와 문학의 공통점은? 사랑이야기가 압도적으로 많다는 점이다. 기실 동서고금을 막론하고 문학과 예술의 8할은 사랑이야기요 연시love affair다.

한국문학의 정전canon으로 꼽히는 『춘향전』과 황순원의 「소나기」도 핵심은 사랑이다. 『춘향전』의 사랑은 다의적polysemous이다. 백성들은 신분을 초월하는 사랑이야기를 통해서 불평등한 현실에 대한 카타르시스를 얻었고, 사대부들은 이를 '충효'과 '정절' 같은 유교 이데올로기를 널리 선양하는 국민 교재로 생각했다. 반면 누군가에게 그것은 현실에서 있을 수 없는 정열적인 사랑과 성적 판타지를 채우는 대리보

충supplement이었을 것이다.

「소나기」는 어떤가. 이성에 대한 호기심이 가장 왕성할 청소년들에게 남녀 간의 사랑은 성적 결합에 있지 않고, 오직 맑고 순결한 감정에 있다는 것을 알리고자 하는 교육부 당국과 편수관의 심모원려가 국민소설로 만든 작품이다. 국정교과서 소설 알퐁스 도데의 「별」도 이 범주에 드는 단편일 것이다. 그러나 역설적이게도 「소나기」는 사랑이야말로 여름철의 소나기처럼 인생에서 피해 갈 수 없는 짧고 강렬한 '사건'임을 보여준다. 인생에서 이 소나기를 피할 수 있는 자는 누구인가?

사랑은 아무런 준비도 되어 있지 않은 우리에게 갑자기 찾아와 아픈 기억만을 남기고 속절없이 사라져 버리는, 또는 간절히 갈구하나 충족되지 않는 잔인한 축복이다. 저 유명한 할리퀸 로맨스Harlequin Romance와 멜로드라마들, 순정만화와 칙릿Chick-lit, 인터넷소설은 현실에서 채우고 이룰 수 없는 사랑과 에로스에 대한 보상심리가 만든 환상물이다. 할리퀸 시리즈·인터넷소설·순정만화가 로맨스라면, 칙릿과 멜로드라마는 멜로에 해당한다. 로맨스는 십대와 미혼 여성이 우여곡절을 거쳐 결혼에 이르는 것으로 사랑이 완성되며, 멜로는 결혼 이후의 사랑과 갈등을 다룬다.

제니스 래드웨이Janice Radway는 연애소설 읽기는 일종의 환상 충족으로 경험할 수 없었던 것에 대한 보상으로 본다. 즉 연애소설은 감정적 구원을 제공하는 장르로 여성들에게 "아버지와 같은 보호, 어머니 같

은 보살핌, 그리고 정열적인 어른의 사랑"이라는 삼중의 만족감을 제
공해주는 사회적 장르요, 위안의 형식이라는 것이다. 연애소설이 많이
읽힌다는 것은 다른 한편으로 여성들의 삶이 만족스럽지 못하다는 것
을 보여주는 징후들이다. 사랑의 다른 이름은 결핍이요, 연애소설의
정체는 판타지이기 때문이다.

Janice A. Radway, *Reading Romance: Women, Patriarchy, and Popular fiction*, The
University of North Carolina Press, 1991.

# 연애소설의

# 명과 암

연애는 어째서 중요한가. 그것은 인생을 뒤흔들 만한 심장이 뛰는 사건이요, 근대 사회와 문화를 이해하고 해독decoding하기 위한 탐색의 대상이 되기 때문이다.

남녀 간의 사랑이라는 염정艶情과 상열지사相悅之事는 동서고금의 다반사요, "해가 뜨고 바람이 부는 것처럼 사소한 일일 것"이나 근대의 연애는 그 사소함으로는 설명할 수 없는 복잡한 의미망을 이루고 있다. 연애란 말은 조중환의 번안소설 『쌍옥루』(1912)에서 처음 등장했다. 본디 그것은 중세에서 근대로 이행하는 시기 정치적 이해로 얽힌 정략 결혼이나 육욕적인 사랑과 구별되는 고결한 감정을 지칭하는 개념으로 백인 귀족 남성들이 개발한 신개념이었다.

근대계몽기 자유연애는 근대적 주체 형성의 인큐베이터였다. 요컨대 그것은 사회적 구습과 금제로부터 벗어나고자 하는 감정의 해방운동이면서 동시에 주체적으로 자신의 삶을 선택, 개조하며 사회를 변혁하려는 근대적 개인들의 고투를 상징하는 문명화의 기표記標였다.

반면 장르문학으로서의 연애는 이 같은 역사성과 문화정치적 의미는 아랑곳하지 않고 그저 사회적 기반이 다른 두 남녀가 온갖 시련을 이겨내고 사랑을 완성한다는 본연의 공식에 충실할 뿐이다. 영화 〈로마의 휴일〉처럼 세상물정 모르는 상류계급의 여성과 강직하고 능력이 뛰어난 중산층 출신의 알파남의 '밀당'과 사랑을 다루거나, 부와 지위를 지닌 상류사회 남성과 평범녀의 사랑이라는 신데렐라 스토리를 반복적으로 재현한다.

연애소설은 또한 예민한 사회학적 장르로서의 면모를 보여주기도 한다. 가령 근대 사회 초기 여성들에게 결혼 이외에는 경제와 생존 문제를 해결할 방법이 거의 없었기에 모든 문제를 일거에 해결해 줄 환상적인 결혼 곧 '신데렐라의 이야기'가 여성 독자들의 관심을 끌었다. 여권 신장과 함께 여성들의 경제 활동이 가능해진 현대사회에서는 자신의 감정과 선택에 따라 사랑을 실현하는 알파걸들의 이야기라든지 짐승남을 내 뜻대로 길들이면서 완고한 사회관습과 대결을 펼치는 로맨틱 드라마들이 여성 독자의 공감을 얻는다.

전자의 연애소설은 여성으로 하여금 묵묵히 고통을 견디고 자신을 구원해 줄 남성을 기다리며, 근사한 남성과의 결혼이 그에 대한 보상으로 주어지도록 한다는 점에서, 즉 여성을 주체가 아닌 수동적인 타자로 만들어버린다는 점에서 반여성주의적인 징르다. 후자의 연애소설 또한 여성을 마치 삶의 결정권을 지닌 주체적 존재로 과장하고 있다는 것, 즉 여성 독자들을 여전히 남성에게 삶의 결정권을 부여하는 가부장적 여성patriarchal woman으로 주체화한다는 측면에서 반여성주의적이다.

매릴린 옐롬, 강경이 역, 『프랑스식 사랑의 역사』, 시대의창, 2017.

# 여심을 저격하는
## 연애소설의 하위장르들

문학은 인쇄산업의 적장자다. 인쇄술이 보편화하기 전 문학은 '낭송'하고 '듣는' 예술이었다. 오늘날 우리가 아는 '보고' '읽는' 문학은 19세기를 전후하여 자리 잡았다. 인쇄술의 발전과 함께 표준어 · 철자법 · 띄어쓰기 · 사전 편찬 등이 근대 국민국가의 핵심 과제로 부상했고, 근대적 문학 개념과 제도가 정비되자 구텐베르크의 은하계가 열렸다.

PC와 인터넷 그리고 SNS의 등장으로 문학은 또 한 번 크게 요동쳤다. 이제 글을 '쓰지' 않고 '치며', '읽지' 않고 '보게'된 것이다. 모뎀을 이용한 통신문학 시대를 거쳐 등장한 인터넷소설은 종이책과 대여점 로맨스 시장을 빠르게 잠식해 나갔다. 십대 취향의 경쾌한 스토리에, 구어체 문장, 외계어와 이모티콘 등으로 중무장한 신종 장르 출현에 기성문 단은 경악했고 착잡했으며, 당혹스러웠다. 외계어와 이모티콘은 시각 화한 언어(문자는 기본적으로 음성의 시각화이다), 곧 영상언어로서 말하며 보여주는 디지털 시대의 특징을 잘 반영하는 현상이다. 디지털 기술과 SNS가 보편화될수록 구어적 표현이 더욱 촉진되는 퇴행 현상을 보여 준다.『그 놈은 멋있었다』,『늑대의 유혹』,『옥탑방 고양이』,『내 사랑 싸 가지』등 이때 등장한 인터넷소설의 대다수는 십대 소녀들을 위한 연 애스토리들이었다.

지금 인터넷 등을 기반으로 하는 모든 장르소설들은 웹소설로 분류 된다. 웹소설은 정식 문학어가 아니라 연재 매체와 플랫폼을 기준으로 한 편의상의 용어로 현재 카카오페이지 · 조아라 · 북팔 · 네이버 등 주 요 포탈에 연재되거나 공모에 참여한 작품들을 가리키는 시사용어에 가깝다.

연애소설의 총아인 하이틴 로맨스는 1952년에 창간된『학원』의 연 재소설들을 필두로 발전해 왔으며,『할리퀸 로맨스』는 1979년부터 삼 중당에서 집중적으로 번역 · 출판됐다. 로맨스는 소녀, 여성들의 감수 성과 완벽한 남자에 대한 환상을 다룬 젠더적 장르다. 동시대를 배경 으로 한 컨템퍼러리 로맨스와 19세기 유럽풍의 역사로맨스인 리젠시 로맨스, 그리고 SF · 판타지 · 미스터리스릴러 등이 혼합된 패러노멀 로 맨스가 주요 장르들이다. MMORPG(다중접속 온라인 역할놀이게임)의 원

천 콘텐츠인 신일숙의 순정만화 〈리니지〉는 판타지가 가미된 로맨스
며, 영화로 만들어진 김혜린의 순정만화 〈비천무〉는 무협 로맨스고,
TV 드라마가 된 조주희의 〈밤을 걷는 선비〉는 흡혈귀 이야기와 로맨
스를 결합한 한국식 패러노멀 장르다.

로맨스가 다양한 매체와 장르를 이용하는 것인지 매체와 장르들이
로맨스를 이용하는 것인지 불분명하지만, 이들이야말로 강렬한 세대
성과 젠더적 정체성으로 여심을 저격하는 여성형 장르문학의 대표주
자들이다.

조성면, 「하이틴 로맨스의 재림」, 『한비광, 김전일과 프로도를 만나다』, 일
    송미디어, 2006.
조성면, 「인터넷소설 혹은 디지털 시대의 하이틴 로맨스」, 위의 책.
이주라·진산, 『로맨스—웹소설 작가를 위한 장르 가이드』 1, 북바이북,
    2015.

제6장

마조히즘적 쾌락과

공포문학

# 즐거운 공포,
# 호러

공포와 매운 맛은 어떤 공통점이 있을까? 바로 스스로 즐기는 고통
이라는 점이다. 단언컨대 고통을 즐기는 존재는 아마 인간뿐일 것이
다. 매운 맛은 맛이 아니고 고통[痛覺]이며, 감각기관에 주는 강한 자극
을 매운 맛이라 착각하는 것이라 한다. 매운 맛에도 등급이 있다. 이를
스코빌Scoville Heat Unit 또는 슈SHU라 약칭한다.

공포도 마찬가지다. 스스로를 고통과 곤경에 빠뜨리고 이를 헤쳐 나
오면서 즐거움을 느끼는 것을 루두스ludus라고 하며, 매운 맛과 공포물
은 루두스의 한 극단적 형태다. 장르문학이나 할리우드 영화도 똑같
다. 관객/독자들에게 스트레스를 잔뜩 안겨준 다음, 결말에 가서 이를

통쾌하게 해결해 줌으로써 카타르시스를 맛보게 하는 것이다. 병 주고 약 주는 셈이다.

인지심리학에 의하면 인간에게는 기쁨·슬픔·수용·혐오·기대·놀람·공포·분노 등 여덟 개의 정서(감정)가 기축이 되며, 이 기본 정서들이 조합되어 복합감정들이 만들어진다고 한다. 흔히 공포와 불안을 혼동하는 경우가 많다. 막연하고 모호한 위험에 대한 반응이 불안이라면, 공포는 눈앞에 직면한 실제적인 위협(협)에 대한 정서적 반응이다.

호러(물)는 음습(울)한 상황과 분위기로 우리 안에 내재된 근원적 정서인 불안심리와 공포심을 자극하여 반복적이고 지루한 일상을 요동치게 만든다. 그런데 공포물은 실제가 아니라 영화나 소설처럼 꾸며진 가공의 이야기로 독자나 관객은 이와는 멀리 떨어진 안전한 공간(위치)에서 보거나 감상하고 있다는 대전제와 이 같은 사실의 확인으로 인해 안도하게 되며 이때 비로소 공포를 엔터테인먼트로 즐기게 되는 것이다.

공포의 이야기 전통은 매우 유구한바, 『요재지이』와 같은 지괴소설志怪小說이나 전기소설傳奇小說을 비롯하여 브람 스토커의 『드라큘라』 등 18세기부터 19세기까지 공포와 신비감으로 가득한 이야기와 분위기로 유럽에서 번성했던 고딕소설을 대표 사례로 꼽을 수 있다. 현대에는 컬트소설로 유명한 러브 크래프트와 호러 킹이란 별칭으로 유명한 스티븐 킹을 비롯해서 스즈키 코지의 『링』, 유일한의 『어느 날 갑자기』, 김종호의 『손톱』, 이종호의 『귀신전』 등 다양한 작가의 작품들이 독자들의 사랑을 받았다.

「다섯살 박이 꼬마 한스의 공포증 연구」 등 신경증과 공포 연구 분야의 선편을 잡은 S. 프로이트의 분석에 따르면, 공포(감)는 낯익은 것이 어느 날 갑자기 낯선 존재가 되어 나타날 때 최고조에 이른다고 한다. 꾸며진 상상의 세계보다 대규모 실업사태와 금융위기 그리고 질병과 노년의 은퇴 등 신자유주의 시대의 항상적 위협이 더 두렵고 끔찍한 동시대의 독자들이 생명과 생존이 보장된 안정된 편안한 상태에서 공포물을 마음껏 즐기는 대동세계大同世界가 빨리 오기를 고대해 본다.

조성면, 「스티븐 킹, 그 오싹한 유혹」, 『한비광, 김전일과 프로도를 만나다 – 장르문학과 문화비평』, 일송미디어, 2006.

# 공포의

# 사회학

　장르도 계절 궁합이 있다. 폭염이 기승을 부리는 여름철에는 호러나 미스터리가 제격이다. 호러horror는 '머리털이 곤두서는'의 뜻을 가진 라틴어 호레레horrere에서 나왔다.

　호러는 대단히 예민한 사회학적 장르다. 호러의 중시조격인 고딕소설은 계몽주의 시대 억압된 존재들의 반란이면서 동시에 근대의 중세에 대한 무의식적 공포를 반영하는 양면성을 가진다.

　한국 공포영화의 대명사는 〈월하의 공동묘지〉(1967)이며, 한국 최초의 호러영화는 1924년에 제작된 〈장화와 홍련전〉으로 알려져 있다. 한국 호러의 특징은 대개 여성 원귀들이 등장한다는 점이다. 원령설화怨

靈說話인 '아랑 전설'과 계모형 소설 『장화와 홍련전』 등을 한국형 대표 호러로 꼽을 수 있다. 엄혹한 신분제와 가부장제 사회에서 하소연할 길 없는 여성들의 한과 고통이 투영된 것이다.

〈월하의 공포묘지〉는 원귀와 원령설화의 전통을 잇는 영화인데, 흥미롭게도 작품의 시대적 배경이 일제 강점기다. 월향(강미애 분)에게는 독립운동가인 친오빠(황해 분)가 있다. 오빠는 친구(박노식 분)를 위해 죄를 뒤집어쓰고 투옥되고, 월향은 오빠의 친구와 결혼한다. 찬모의 꼬임에 빠져 자살한 월향이 원귀가 되어 복수를 하며, 뒤늦게 사건의 전모를 안 남편이 깊이 참회하는 권선징악형 호러다.

호러도 판타지나 SF처럼 초자연적이고 기괴한 이야기를 소재로 하기에 스토리의 리얼리티와 신뢰성 문제에 대한 압력을 받는다. 독자/관객의 너그러운 수용 태도가 관건이 되는 것이다. 상식과 현실인식을 유보하고 이야기를 봐주는 수용자의 태도를 가리켜 '불신의 자발적 중지'라고 한다. 그러나 마냥 '불신의 자발적 중지'에 기댈 수만 없는 노릇이어서 최근에는 괴물이나 귀신같은 초자연적인 내용보다는 사이코패스 등 정신병적 내면 심리를 다루는 현실적 작품들이 많아졌다. 『한국 공포문학 단편선』, 『흉가』, 『어느 날 갑자기』를 비롯해서 슬립스트림에 해당하는 문단문학들, 이를테면 백민석의 『목화밭 엽기전』(2000)이나 김영하의 『살인자의 기억법』(2013), 장유정의 『종의 기원』(2016) 등 공포의 리얼리즘들을 주목해 볼 만하다.

호러는 외부 자극과 실체가 분명한 공포[fear]와 달리 막연한 잠재의식적 불안 심리를 자극하여 '고통−쾌락'을 준다. 절단된 신체와 끔찍한 상황과 묘사, 그리고 등장인물보다 관객(독자)에게 더 많은 정보를 제공함으로써 발생하는 서스펜스 등 다양한 기법과 플롯을 동원하여 현실과 일상을 교란시키는 장르가 바로 호러다.

맹수진, 「1990년대 한국 호러장르의 경향 연구」, 동국대 석사논문, 1999.

백문임, 「한국 공포영화 연구―여귀의 서사기반을 중심으로」, 연세대 박사논문, 2002.

제7장

『삼국지』라는

서사의 제국

# 『삼국지』들의

# 역사

『삼국지』는 살면서 꼭 읽어야 할 고전으로 통한다. 지혜의 보고이며 인생살이의 교과서요, 동양의 정치 철학이 담긴 가독성 높은 전쟁·영웅·역사소설이기 때문이다. 천년의 베스트셀러·사대기서四大奇書·제일재자서第一才子書 등 『삼국지』에 덧붙은 수사들도 화려하다.

그러면 『삼국지』는 누구에 의해서, 또 어떤 경로를 거쳐 『삼국지』가 되었는가. 『삼국지』에는 진수(233~297)의 역사서 『삼국지』와 나관중(?~1400)의 소설 『삼국지』 두 종류가 있다. 위·촉·오를 다룬 진수의 『삼국지』는 모두 65권으로 이루어졌으며, 한국 고대사 연구에서 곧잘 인용되는 「동이전」은 「위지」 30권에 포함된 일부분이다. 진수의 『삼국지』는 위魏에서 진晉으로 이어지는 역사적 흐름을 중시했다. 호사가들은 촉의 장수였던 아버지 진식이 제갈공명에 의해 참수되는 아픔을 겪었고 후일 진수가 위나라의 관리著作郎가 되었기 때문에 위 중심의 역사서를 남겼다고 말하지만, 그의 사서는 비교적 공정하고 객관적인 저술로 평가받는다.

우리가 아는 소설『삼국지』의 정식 이름은 '삼국지통속연의三國志通俗演義'이다. 연의란 유교적 역사관에 입각하여 이야기 형식으로 풀어낸 문학작품을 말한다. 한국과 일본에서는 이를 '삼국지'로 중국과 북한에서는 '삼국연의'로 지칭한다. 오늘날의『삼국지』는 진수의『삼국지』에서 배송지의『삼국지주』와 민간 설화들을 집대성한 원대元代『전상평화삼국지』, 그리고『이탁오 선생 비평 삼국지』를 거쳐 나관중의『삼국지통속연의』로 집대성된다. 그리고 청대淸代 출판업자였던 모종강毛宗崗 부자父子의『삼국지』에 이르러 현재와 같은『삼국지』의 구조와 원형이 완성된다. 이 점에서『삼국지』는 단일한 저자의 개념을 설정할 수 없는 누가적累加的 텍스트로 지금도 끝없이 다시 쓰이고 또한 변용과 갱신을 거듭하고 있는 진행형의 작품이라 할 수 있다.

현존하는『삼국지』최고 판본은 가정嘉靖 임오년(1522)에 간행된『삼국지통속연의』이다. 지난 1990년 중국 학계에서는 나관중의 '가정본嘉靖本'(1522)보다 20년 이상 앞서 나온 황정보黃正甫의 '신각고정안감통속연의전상삼국지전新刻考訂按鑿通俗演義全像三國志傳'의 존재를 확인하고,『삼국지』의 저자를 나관중으로 보는 통설에 의문을 제기한 바 있다. 이처럼 『삼국지』 이전의 『삼국지』는 물론 『삼국지』 이후의 『삼국지』들이 계속 발견되고 또 출현하고 있어 『삼국지』는 그 자체가 하나의 '장르'라 할 수 있는 거대한 서사의 제국이다.

# 『삼국지』의
# 진실과 거짓

　『삼국지(연의)』를 읽다 보면 궁금한 게 많아진다. 문득 무엇이 사실이고 무엇이 허구인지 궁금해지는 진리 시험에 빠지는 것이다. 실제 사건과 실존 인물을 다룬 역사소설이 흔하게 직면하는 문제는 바로 역사적 사실의 간섭이다. 이는 역사적 사실을 소재로 한 문학작품들이 겪는 숙명 같은 것으로 『삼국지』도 여기서 자유롭지 못하다.

　『삼국지』를 칠실삼허七實三虛라고 하여 7할의 진실과 3할의 허구로 이루어진 작품이라 한다. 그러나 전공자의 입장에서 보면 『삼국지』는 절반의 사실과 절반의 '허구'가 공존하고 있는 서사체다.

　『삼국지』의 대표적 허구는 다음과 같다. 우선 유비 삼형제의 도원결

의는 없었으며, 호뢰관 전투에서 화웅을 죽인 장수는 관우가 아닌 손견이다. 적벽대전에서 초선草船을 이용해 조조의 화살 10만 개를 소비시킨 이는 제갈공명이 아닌 손권이다. 유비가 안위현의 현령으로 있을 때 황제의 칙사 독우를 때린 장본인은 장비가 아니라 유비이며, 화용도에서 관우가 조조를 살려주는 이야기 또한 꾸며낸 것이다. 삼국정립三國鼎立 곧 천하삼분지계天下三分之計를 이루는 계기가 된 적벽대전에서 화공전술은 주유의 계책이었고, 조조군의 패인의 하나는 설사와 같은 풍토병이었다. 번성전투에서 독화살을 맞은 관우를 당대의 명의 화타가 치료해 주는 장면이 있는데 이때는 서기 219년의 일로 화타는 서기 208년경에 이미 죽고 세상에 없었다.

반면『삼국지』에 등장하는 주요 정치적 사건들과 삼국 분할 및 등장인물은 대부분 사실이며, 조조가 유비와 함께 청매정青梅亭에서 천하의 영웅에 대해서 논의하고 유비가 천둥소리에 놀란 척한 것은 사실이다. 소설에서 조조의 윤리적 위치는 아예 천하의 간웅奸雄으로 설정돼 있으나 역사서에서 조조는 빼어난 정치인·군사전략가·시인으로 기록되어 있다. 진수는 그를 "비범한 사람이요 세상에서 으뜸가는 인걸非常之人 超世之傑"로 평하고 있으며, 조조는 악부시樂府詩 등에서 특출한 문학적 재능을 보여준 시인이기도 했다.『위무제집魏武帝集』30권을 남겼다고 하나 지금은 150편의 산문과 30여 편의 시가 전해진다.

역사소설 장르에서 실제의 역사적 사실과 미적 허구 사이의 갈등은 유서 깊은 논란의 하나다.『삼국지』도 이런 운명에서 시종 자유롭지 못했다. 대단히 유연한 사고를 했을 법한 실학자 이덕무도「사소절土小節」이란 글에서, "연의나 소설은 음란한 말을 기록한 것이니 보아서는 안 된다. (…중략…)『삼국지연의』는 진수의 정사와 혼동하기 쉬운 것이니 엄격히 구분해야 한다"고 했다. 이래저래『삼국지』는 화제를 몰고 다니는 흥미 만점의 스테디셀러다.

남덕현,「『삼국연의』의 구성과 민간전설」,『중국연구』34집, 한국외대 중국연구소, 2004.12.

# 『삼국지』의
# 명품들

　『삼국지』는 누가 썼을까. 『삼국지』 판본사版本史에 큰 획을 그은 이
탁오·나관중·모종강도 실제로는 단순한 필자 혹은 편찬자에 가깝다.
진수나 배송지는 창작자가 아닌 역사서 집필자들이다. 기실 『삼국지』
는 오늘날 같은 작가의 개념을 전제로 만들어진 텍스트가 아니다. 그
것은 수많은 필자들과 독자들이 함께 만든 공동창작물이자 적층문학
積層文學이며, 작가들의 도전 의지를 자극하는 경연장이었다.

　『삼국지』는 1천 8백년이란 긴 세월 동안 끝없는 변용과 숙성을 거쳐
탄생한 진행형의 작품이다. 수많은 판본들의 존재와 끝없는 다시 쓰
기rewriting 그리고 다양한 장르로의 몸 바꾸기remaking가 그 증거다. 일례

로 1904년부터 2004년까지 한국에서 백 년간 간행된『삼국지』만 해도 400종이 넘는다. 해마다 40종 이상의『삼국지』가 쏟아져 나온 셈이다.

수많은『삼국지』들 속에서 어떤 작품을 읽어야 할지 망설여질 때가 있다. 패션뿐만 아니라『삼국지』들 가운데서도 우뚝한 명품, 명작이 있는 것이다.

『이문열 삼국지』는 단순한 번역물이 아니라 날카로운 해설을 담은 평역으로 유려한 문체가 돋보인다. 문장을 읽는 맛도 그만이다. 그의『삼국지』에 이르러 마침내 한국『삼국지』는 하나의 정점에 이르게 됐다.

『박태원 삼국지』는 현대『삼국지』의 조종이다. 해방 이후 현대 한국 『삼국지』는『박태원 삼국지』에서 시작됐다고 해도 과언이 아니기 때문이다. 그의 월북으로『박태원 삼국지』는 출판인이자 동화작가인 최영해에 의해 완역되거니와, 세칭『최영해 삼국지』는 실제로는『박태원 삼국지』였던 것이다. 최영해는 누구인가. 그는 한국 출판의 역사이자 동화작가였다. 또한 그는 한글학자 최현배의 아들이면서 동학의 창시자인 수운 최제우 선생의 후손이기도 하다.

『박종화 삼국지』는 할아버지가 들려주는 역사소설을 읽는 것처럼 구수한 매력을 지닌 것이 최대의 장점이다.『이문열 삼국지』가 나오기 전까지『최영해 삼국지』와 함께 한동안 한국판 삼국지의 양대 산맥으로 군림했다.

『김구용 삼국지』는『모종강 삼국지』의 가장 충실한 완역으로 인해 그 원본성을 널리 인정받고 있으며,『황석영 삼국지』는『박태원 삼국지』를 계승한 모종강 계열의 삼국지로 21세기 독자들을 고려한 가독성 높은 정통 텍스트로 평가할 수 있다.

끝으로『고우영 삼국지』는 개성이 넘치는 캐릭터들의 창소, 재치 만점의 입담과 날카로운 풍자, 그리고 풍부한 인생 경험이 녹아들어 있는 독창적인 재해석으로 인해 스포츠신문에 연재되던 당시 폭발적인 인기를 끌며 대중문화의 아이콘이 되었다.

조성면, 「상품의 미학과 리메이크의 계보학─『삼국지』의 경우」,『경계를
넘고 간극을 메우며─장르문학과 문화비평』, 깊은샘, 2009.

# 『삼국지』를 뒤흔든

# 5대 전투

클라우제비츠(1780~1831)의 『전쟁론』은 다시 봐도 명저다. 전쟁의 본질을 날카롭게 꿰뚫고 있을 뿐만 아니라 전쟁에 대한 깊은 통찰을 제공해 주기 때문이다. "전쟁은 나의 의지를 관철시키기 위한 다른 수단에 의한 정치의 연속"이란 그의 명언은 『삼국지』해석에도 고스란히 적용된다.

『삼국지』의 크고 작은 전쟁들과 신출귀몰한 전략 그리고 영웅들의 활약상은 우리가 밤을 새워가며 책장을 넘기게 만드는 이유이기도 하다. 『삼국지』의 구도를 바꾼 5대 전쟁이 있다.

첫째는 호뢰관 싸움이다. 동탁이 헌제를 옹립하고 국정을 장악하자

파사현정破邪顯正의 기치를 내걸고 전국에서 제후들이 떨쳐 일어난다. 원소를 좌장으로 세우고 스스로 근왕군이라 자처했지만, 실제로 그것은 입신양명과 함께 권력을 움켜쥐려는 잠재적 대권주자들의 경연장에 불과했다. 이 전투에서 동탁은 화웅을 잃고, 낙양에서 장안으로 수도를 옮긴다. 사실상 한나라의 붕괴를 알리는 신호탄이었다.

둘째는 관도대전이다. 조조의 세력이 커지자 이를 견제하기 위해 화북 지역의 실력자인 원소가 조조의 근거지인 허도 정벌에 나선다. 조조가 기병 5천으로 '오소'에 감춰져 있는 원소군의 군량미와 전쟁 물자를 모두 불태워 버리면서 전쟁은 싱겁게 끝난다. 조조가 중원을 장악, 최고의 실력자로 부상하고 원소는 몰락한다.

셋째는 삼국시대를 성립시킨 적벽대전이다. 이 전투를 계기로 제갈공명의 천하삼분지계天下三分之計가 완성된다. 오나라의 손권은 강남을 완벽하게 지배하게 되며, 정치 식객으로 천하를 떠돌던 노마드 유비가 형주라는 근거지를 얻게 된다. 온갖 전략과 전술이 충돌하는 『삼국지』의 클라이맥스다.

넷째는 유비의 '유비스러움'을 보여준 이릉대전이다. 관우에 대한 복수와 의형제에 대한 의리 실천 외에는 아무것도 건질 것 없는 실익 없는 전쟁임에도 모든 것을 내던지는 유비의 인간적 매력과 답답함을 잘 보여준다. '의리'는 유비를 지탱케 하는 명분이었으며, 동시에 그를 파멸의 길로 몰아넣은 야누스였다.

다섯째는 육출기산六出祁山이라고 하여 유선에게 출사표를 올리고 북벌을 감행하는 제갈공명의 여섯 차례의 중원원정이다. 빈사 상태의 촉이 회복하기 어려운 손실을 입는 계기가 됐다. 가정 싸움에 패한 마속을 참수하는 '읍참마속泣斬馬謖'의 고사와 오장원 싸움이 압권이다.

'삼국지 5대 전투'는 읽는 재미도 그만이지만, 전쟁이 단순한 물리력의 사용이 아니라 고도의 정치 행위이며 냉혹한 국제관계와 정치 역학 그리고 인간의 내면세계를 이해하게 되는 에듀테인먼트edutainment라 할 수 있다. 『삼국지』에서 한반도의 영구평화와 민족상생의 길을 찾을 수 있다면 이를 천 번, 만 번이라도 읽겠다.

# 촉한정통론과

# 『삼국지』정치학

유비-조조의 대립은 『삼국지』 최고의 흥행카드다. 그런데 이를 대립으로 볼 수 있느냐가 관건이다. 통상 대립은 견해나 처지 등이 어느 정도 대등한 상태에서 서로 반대되거나 길항하는 관계여야 하기 때문이다.

조조는 탁월한 리더십을 지닌 중원의 패자이나 유비는 모든 면에서 조조에 미치지 못한다. 도무지 게임이 되지 않는다. 그럼에도 유비는 조조와 대등하게 묘사되며, 작품의 주인공으로 극진한 대접을 받고 있다. 심지어 조조의 야심은 비난받지만, 유비의 야심은 옹호되거나 지지를 받는다. 이런 서술태도(유비-조조 담론)를 옹유반조擁劉反曹 또는 존

유억조尊劉抑曹라 한다.

옹유반조론의 다른 이름은 촉한정통론蜀漢正統論이다. 촉한정통론은 정치적으로나 도덕적으로 '촉'을, '한'을 계승한 유일한 나라로 보는 관점이다. 촉한정통론을 주창하며 이를 정설화한 이가 바로 주희이다. 주희는 『자치통감강목』을 통해서 '위'와 '오'를 참국僭國으로, '진'을 윤국閏國으로 규정하고 있다. 주희에 앞서 촉의 유비를 한 왕실의 정통 계승자라 주장한 이는 『한진춘추』를 쓴 습착치習鑿齒였다. 반면 진수와 구양수 그리고 『자치통감』을 남긴 사마광은 조조의 '위'를 정통으로 보고 있다.

유비를 정통으로 보고 유비 삼형제에게 열광적인 지지를 보낸 것은 민중적 독자들이었다. 역사적 패배자에 대한 동정심리와 유비 삼형제의 인간미에 대한 공감 그리고 엄격한 신분제 사회에서 한미한 출신의 유비 삼형제가 입신양명한 것을 보고 큰 대리만족을 느꼈기 때문이다. 이런 군중심리를 이해한 동진東晋의 습착치는 진이 북방의 호족들에 밀려 장강 이남으로 남도南渡한 정치적 상황과 촉이 중원을 내주고 변방으로 간 것을 동일하게 생각했고, 주자 역시 요를 패퇴시키고 중원을 장악한 금에 밀려 남쪽으로 천도한 남송南末의 국가적 위기가 촉과 '유비관계'에 있다고 보았다.

그렇다면 촉한정통론은 보수파의 논리요, 중국판 민족주의의 변종인 중화주의에 지나지 않은 것인가. 조조를 중심에 놓고 보는 보수파들의 입장과 무슨 차이가 있단 말인가. 촉한정통론을 주장한 중국의 맑스주의 문예이론가 주여창은 황건적의 난을 농민혁명으로 해석하며, 유비 삼형제의 입신과 애민사상을 높이 평가한다. 유비 삼형제에 대한 일반 독자들의 열광적 지지 뒤에는 가혹한 신분제 사회에 대한 '흙수저'들의 항의와 분노가 깔려 있으며, 동시에 유비의 봉건적 애민주의와 이를 수렴하는 촉한정통론을 전근대가 도달할 수 있는 최대치의 진보로 보는 것이다. 이 관점에서 보면『삼국지』는 대중적이고 오락적인 동시에 매우 정치적인 독물讀物인 셈이다.

# 관우,

## 신이 되다

소설 속의 주인공이 신이 되어 경배의 대상이 되는 소설 같은 일이 가능할까. 이런 일이 진짜 일어났다. 『삼국지』가 낳은 스타 관우(160～219) 얘기다. 그는 후한 환제 3년에 태어났으며, 출생지는 산서성 해주이고, 자는 운장雲長이다. 『춘추좌씨전』을 즐겨 읽었고 무력과 용력은 여포에, 지략은 책사들에 못지않았다. 80근 청룡언월도靑龍偃月刀를 비껴들고 적토마를 타고 전장을 누볐다.

동탁이 자랑하는 용장 화웅, 원소의 맹장 안량과 문추, 관문을 지키던 조조의 다섯 장수들, 위의 무장 방덕 모두 그의 압도적 무력 앞에 추풍낙엽처럼 쓰러졌다. 화용도에서 목숨을 구걸하는 조조에게 인정을 베풀었으며, 바둑을 두며 태연하게 뼈를 깎아 독을 치료하는 수술을 받았다. 영웅적 삶으로 일관하던 도중 형주에서 조조-손권 연합군에 패해 맥성에서 농성전을 벌이다 여몽의 계략에 빠져 아들 관평과 함께 참수됐다. 사후, 옥천사 보정 스님에게 나타나는 신성神性을 보여 줬으며, 오나라 장수 반장은 그의 혼령에 우왕좌왕하다 관흥에게 죽임을 당한다. 이런 대인배의 풍모로 그는 관공關公 또는 관왕關王으로 칭송되더니 기어코 관제關帝로 등극 곧바로 만인의 경배를 받는 신이 됐다.

그런데 관우는 엉뚱하게도 군신軍神이 아닌 재신財神으로 숭배됐다. 이 특이한 현상을 놓고 여러 해석들이 분분하나 "관우가 신이 된 것은 아무래도 그의 생애나 성격과는 관계가 없고, 그가 태어난 고향 때문"일 것이라는 김문경 교수의 설명이 가장 설득력 있어 보인다. 그의 고향 해주는 소금 산지로 막후에서 경제·정치적으로 큰 영향을 끼쳤다. 온갖 정변과 막대한 군비를 해주 소금 상인들이 담당했던 것이다. 해주 소금 상인들은 자신의 자랑거리인 관우의 신상을 깎아 가지고 다녔고, 이때부터 그가 재신으로 민간신앙의 대상이 되었다는 것이다.

이와 함께 관우에 대한 신성화, 성역화 사업도 계속 이어졌다. 『육조단경』의 주인공인 육조 혜능선사는 관우를 옥천사 수호신으로 모셨고, 명 신종 황제는 그를 '삼계복마대제신위원진천존관성대제三界伏魔大帝神威遠鎮天尊關聖大帝'로 추존했다. 청의 누르하치도 중국인의 민심을 달래기 위해 관우 숭배를 장려했다. 순치제 때 관우는 '충의신위관성대제'로 격상됐고, 함풍제는 관우의 조상들에게까지 왕王의 봉작을 내렸다. 당시 북경에 관우사당만 116곳이 넘게 있었다 한다.

임진란 와중에 한국에 들어온 관우신앙은 점차 확산되어 갔다. 개혁 군주 정조도 동묘에 '사조어제무안왕묘비'를 세우고 관왕묘 제사를 중 사中祀(국가에서 모시는 제사)로 격상시켰다. 관우가 신으로 추앙받게 된 데에는 나관중도 크게 한몫했다. 나관중은 관우와 같은 산서성 출신이 었다. 아직까지도 관제묘가 국내 방방곳곳에 남아있다.

이경선, 『삼국지연의의 비교문학적 고찰』, 일지사, 1976.
김문경, 『삼국지의 영광』, 사계절, 2002.

# 『삼국지』,
# 게임이 되다

　세 종류의 '삼국지'가 있다. '읽는 삼국지'와 '보는 삼국지'와 '실행하는 삼국지'가 그러하다. '읽는 삼국지'는 소설·만화·실용서를, '보는 삼국지'는 영화와 드라마를, '실행하는 삼국지'는 게임을 가리킨다.

　멀티미디어 시대의 현대 독자들은 이제 '읽는 자'이기를 멈추고 스스로 작품을 만들어가는 주인공이 되고자 한다. 상황에 따라 그들은 적토마를 타고 전장을 누비는 관우가 되기도 하고, 때로는 필마단기로 조조의 진영 속에 뛰어들어 주군의 혈육을 구해오는 조자룡이 되거나 백우선을 들고 대군을 지휘하는 공명 같은 전략가가 된다.

　영상문화와 멀티미디어가 일상화한 지금 '삼국지'는 점점 읽지 않고 참여하여 즐기는 형태로 진화(?)하고 있다. 1989년 코에이사社에서 출시한 전략시뮬레이션 게임 '삼국지 1'은 게임 삼국지의 향전響箭으로 현재 '삼국지 13'까지 나와 있는 상태다. '삼국지'에 바탕을 둔 게임은 전략시뮬레이션 · RPG(역할놀이 게임) · 아케이드 · 콘솔 · 모바일 등으로 다양하며, 최근에는 스마트폰 게임으로 나아가 소셜 네트워크 게임으로 발전하였다.

이런 삼국지 게임들이 바로 '실행하는 삼국지'이다. 개발자들이 원작back story을 바탕으로 만들어낸 게임을 텍스트톤texton 그리고 게이머(혹은 유저)가 게임을 실행하여 개인의 경험치로 내면에 쌓인 새로운 생성적 텍스트를 스크립톤scripton이라 한다.

'삼국지'에서는 조조의 '위', 유비의 '촉', 손권의 '오'가 각축을 벌이다 사마염이 '진'을 건국하는 것으로 끝나지만, 게임의 세계에서는 딱히 결말이 정해져 있지 않다. 배경과 시점도 다르고 서사의 단순화와 변조도 일어난다. 유저의 능력에 따라 삼국통일의 주인공이 유비가 될 수도 있고, 마초나 여포가 천하의 주인이 될 수 있다. 게임 속에서는 '왕후장상의 씨'가 따로 없고, 금수저나 흙수저도 없다.

'게임 앞의 평등'이라는 이 놀라운 사태는 게임 개발사와 문화자본이 만든 신기루요, 상품의 세계가 구축한 환영에 불과한 것이겠으나 게이머들에게 실제 역사와 현실이 아닌 새로운 역사와 다른 현실을 경험하게 만든다는 점은 매우 유의미한 일이다. 문학도 미디어 환경의 변화와 수용자에 따라 맥락이 달라지는데, 유학자에서 강담사·위정자·작가·게임개발자·출판업자·혁명가·게이머·독자에 이르기까지 '삼국지'는 항상 사람들의 상상력을 자극해온 영원한 페이지 터너<sup>page</sup>turner(흥미로운 책)였다.

조성면, 「고전『삼국지』의 현대적 수용과 변용의 양상 – 소설에서 만화와 소설게임 콘텐츠까지」, 『대중서사연구』 통권27호, 대중서사학회, 2012.

# 일본의

# 『삼국지』

『삼국지』는 일본에서도 오래전부터 애독되어 왔다. 일본 최초의 주자학자로 알려진 하야시 라잔(1583~1657)의 문집 독서 목록에『삼국지통속연의』가 기록돼 있는 것이다. 하야시 라잔은 도쿠가와 이에야스(1542~1616)의 바쿠후 정권의 정치고문이자 이데올로그였다.

일본 최고最古의『삼국지』판본은 에도시대인 겐로쿠 5년(1692)에 일본어 가나로 번역된『통속삼국지』로 알려져 있다. 이보다 3년 앞서 고난분잔이『삼국지』를 번역했다는 연구도 나와 있다. 만화의 나라답게 고난분잔의『삼국지』이후인 덴포 7년(1836) 400여 점의 그림과 삽화가 들어간『회본통속삼국지』가 출판되었으며, 우키요조시의『풍류삼국지』(1708)와 키뵤우시 곧 일종의 그림책소설이라 할 수 있는 『통속 삼국지』 등도 큰 인기를 끌었다. 또 중국의 경극처럼 '삼국지' 일부를 가부키로 만들어 공연하기도 했다.

근대에는 기쿠치 간(1888~1948) · 나오키 산주고(1891~1943) 등과 함께 일본을 대표하는 대중소설가 요시카와 에이지(1892~1962)가 쓴 『삼국지』(1939)가 특히 유명하다. 요시카와 에이지는 중일전쟁 당시 『마이니치신문』의 특파원으로 활동했으며, 일본 해군의 전사戰史를 집필하기도 한 체제 내적 인물이었다. 그는 『미야모토 무사시』(1935) 등 사무라이를 다룬 소설로 유명세를 얻었다. 이노우에 다케히코의 인기 만화 〈배가본드〉는 그의 『미야토모 무사시』를 토대로 극화한 작품이다.

요시카와의 『삼국지』는 전시 체제하에서 큰 인기를 끌었다. 국운이 달린 전쟁에서 전쟁 자체는 물론 전쟁을 위한 명분과 이념을 만들어 내는 것과 국민들을 설득하는 일 모두 중요하다. 전쟁과 국가의 흥망을 다룬 『삼국지』를 통해서 요시카와는 동아시아를 무력으로 통일하여 대동아의 세계를 구축한다는 제국주의 일본의 침략주의를 역사적으로 늘 반복되어 온 불가피한 일로 정당화하고자 했다. 요컨대 『삼국지』를 일본의 추악한 침략전쟁을 합리화하는 데 이용하려 했던 것이다.

요시카와의 『삼국지』는 『추카이쇼교신포』에 1939년 8월 26일부터 1943년 9월 5일까지 4년 동안 연재됐고, 식민지 조선에서도 일본어 신문『경성일보』에 일주일의 시차를 두고 연재된 바 있다. 그의『삼국지』
는 모종강『삼국지』와 달리 유비가 황하의 포구에서 차를 구입하는 장
면에서 시작되며 로맨스와 등장인물의 내면 묘사를 가미하는 등 근대
소설의 면모를 보여준다.

요시카와의『삼국지』가 한국어로 번역된 것은 한국전쟁기인 1952
년 서인국에 의해서였다. 일본에서는 요코야마 미츠테루에 의해〈전
략삼국지〉(1974)란 이름으로 만화화되기도 했다. 요코야마 미츠테루는
SF만화〈바벨 2세〉(1971)로 명성을 얻은 작가이며, 패전을 겪은 일본인
들의 힐링만화였던〈철완 아톰〉(1952)의 작가 데스카 오사무手塚治蟲의
제자였다. 이후 일본에서『삼국지』가 전략 시뮬레이션게임으로 개발
되었다. 일본은 '삼국지'의 나라였다!

이은봉,「『삼국지연의』의 수용 양상 연구」, 인천대 박사논문, 2007.

# 〈고우영 삼국지〉

　고우영(1938~2005)의 〈고우영 삼국지〉(1978)를 보노라면 뜬금없이 켄 키시의 소설 『뻐꾸기 둥지 위로 날아간 새』(1962)가 떠오른다. 소설은 잭 니콜슨이 영화(1975)의 주연을 맡아 더 유명해졌다. 인간을 길들이려는 정신병원의 음모와 억압에 맞서던 나이롱 환자 맥 머피가 환우들 위에서 군림하던 수간호사 랫 치드의 상의를 잡아당겨 적나라하게 젖가슴이 드러나도록 한 대목이 유명하다. 권위에 대한 도전과 조롱, 그리고 꺾이지 않는 자유의지를 표현했다.

　〈고우영 삼국지〉는 『삼국지』의 권위를 해체하고 대중적 고전을 더 대중화한 만화다. 1978년 1월 1일부터 1980년 7월 31일까지 790회에 걸쳐『일간스포츠』에 연재됐다. 박정희 대통령 시해, 5 · 18광주민주화운동, 신군부의 등장 같은 역사적 격랑으로 인한 불안과 분노 등 정치적 피로에 시달리던 대중들에게 큰 위안과 웃음을 안겨줬다.

『삼국지』는 시간에 대한 내구성이 매우 강한 영웅서사요, 전쟁서사다. 고우영은 이 전쟁 · 영웅서사를 해학과 풍자서사로 진화(?)시켰다. 한 텍스트를 다른 장르의 텍스트로 바꾸는 것—특히 문자 텍스트를 이미지 텍스트로 전환하는 작업을 각색이라 하는데, 〈고우영 삼국지〉는 모종강『삼국지』에 대한 비판적 각색에 해당한다. 비판적 각색은 원작의 틀을 유지하되, 작품을 재해석하고 다소의 허구적 창작을 가미하는 것을 말한다. 원작 그대로의 각색은 말 그대로 원작의 명성에 의존한 채 원작의 재현에 치중하는 것을, 자유각색은 원작을 아예 새로운 텍스트로 만들어내는 작업을 가리킨다.

고우영은 질펀한 입담과 코믹한 화풍으로 유비의 인仁, 관우의 의義, 공명의 충忠처럼 추상적 관념성과 유교계몽주의로 가득한『삼국지』를 웃음과 해학이 넘치는 라블레적 서사로 만들어냈다. 유비를 인의仁義의 뒤에 숨어 권력의 의지를 불태우는 내숭 떠는 쪼다로, 제갈량을 유비에게 황제 자리를 주는 대신 자신은 역사적 명성을 얻으려는 야심가로 묘사하고 있으며, 여기에 관우—제갈량의 라이벌 의식과 심리적 갈등을 새롭게 가미했다. 작가 자신의 캐리커처를 유비의 모습으로 삼은 것이라든지, 스토리 중간에 불쑥 끼어들어 서사에 참견하고 토를

다는 주석적 시점註釋的 視點이라든지, 포복절도케 하는 거친 입담과 다양한 성적 모티브의 활용은 〈고우영 삼국지〉를 가장 개성 넘치는 텍스트로 만들어낸 비결이다.

〈고우영 삼국지〉는 요코야마 미츠테루의 〈전략삼국지〉(1974)와 차이즈종의 〈삼국지〉(1991) 등과 함께 한·중(대만)·일 각국을 대표하는 삼국지 만화다. 한·중·일 삼국지 만화를 비교해 가며 읽는 것도 재미있고, 이 만화 삼국지들이 보여줄 쟁패의 결과를 지켜보는 것도 흥미로운 관전 포인트다.

정호웅, 「〈고우영 삼국지〉와 『삼국지』의 서사 전환」, 『한국언어문화』 30집, 한국언어문화학회, 2006.

인하대학교 한국학연구소 기초학문연구단 편, 『『삼국지연의』 한국어 번역과 서사변용』, 인하대 출판부, 2007.

조성면, 「고전 『삼국지』의 현대적 수용과 변용의 양상 — 소설에서 만화와 소설 게임 콘텐츠까지」, 『대중서사연구』 27호, 대중서사학회, 2012.

# 『삼국지』의

## 이모저모

　『삼국지연의』는 무엇이며, 어떤 작품인가. 후한 영제 원년(184)부터 진 무제 원년(280)까지 97년 간의 전쟁과 정치적 사건을 다룬 방대한 대하소설이다. 현존하는 가장 오래된 판본은 가정 임오년(1522)에 간행된 나관중의 『삼국지』(가정본)이다.

　현재 우리가 『삼국지』의 원본으로 알고 있는 120회 장회소설 『삼국지통속연의』는 순치 원년(1644)에 출판된 것으로 청대 출판업자인 모종강이 김성탄의 비평문을 첨부하고 성탄외서聖嘆外書라 이름붙인 판본이다.

　한국에서 가장 나이가 많은 판본은 명종 치세인 1552~1560년 사이에 간행된 병자자丙子字『삼국지』다. 중국의 가정본(1522)이 세계 최고最古의 목판본이라면, 한국의 병자자『삼국지』는 세계 최고의 금속활자본이다. 한국에서 『삼국지』는 조선 중기인 선조 때부터 크게 성행했는데, 이를 우려하고 비판하는 글들로 기대승의 상소문 '상계'(선조 2, 1569)를 비롯하여 허균의 시문집 『성소부부고』, 이식의 『택당집』, 김만중의 『서포만필』, 홍만종의 『순오지』 등이 있다.

인물 중심의 영웅서사인 『삼국지』에서 무력만 놓고 보면 여포를 첫손에 꼽을 수 있겠으나 무력과 리더십에 인간의 품격 등을 종합하면 관우가 단연 으뜸이다. 천재 전략가로는 제갈공명을 필두로 방통과 사마의가 거론되나 혹자는 조조의 책사였던 가후를 첫손에 꼽기도 한다.

『삼국지』에는 다양한 무기들이 등장하여 독자들의 마음을 사로잡는데, 여포의 상징인 '방천화극方天畵戟'은 초승달 모양의 창이며, 장비의 '장팔사모丈八蛇矛'는 뱀 모양의 무기(창)다. 관우의 상징인 80근 '청룡언월도靑龍偃月刀'를 지금 기준인 1근 600g, 곧 48kg으로 생각하는데, 후한 당시의 1근은 222.73g이니 실제 무게는 18kg가 웃도는 정도이다. 그래도 20kg에 가까운 육중한 무기를 사용하는 것은 어깨와 관절 등 몸에 많은 무리를 주며, 스피드와 정확성이 핵심인 백병전에서 이 같은 무기는 그다지 실전적이지 못하다. 청룡언월도는 실전에서 사용하는 무기라기보다는 관우의 무용과 지휘권을 표상하는 상징물 정도로 봐야 할 것이다.

마니아급 만화 삼국지로는 〈고우영 삼국지〉, 요코야마 미츠테루의 〈전략 삼국지〉, 차이즈종의 〈삼국지〉, 〈이희재 삼국지〉, 카와나베 류川 辺優의 〈폭풍 삼국지〉와 이학인의 〈창천항로蒼天航路〉, 〈박봉성 삼국지〉 등을 꼽을 수 있다.

"젊어서는 『수호지』를 나이 들어서는 『삼국지』를 읽지 말라"는 중국의 격언도 있는데, 과연 『삼국지』는 온갖 책략과 술수의 보고이기도 하다. (이 말의 표면적 의미는 『수호지』는 피가 뜨거운 젊은이들을 더 자극할 수 있고 『삼국지』는 책략과 술수가 횡행하여 노회老獪한 노인들을 더욱 더 노련하게 만들 수 있으니 읽지 말자는 것이나, 속뜻은 그 정도로 훌륭한 작품이라는 찬사이다.) 연환계·공성계·차도살인계·고육계에 '강한 상대를 이용해 적을 공격하는' 구호탄랑지계驅虎呑狼之計와 불난 집에서 물건 훔치기처럼 '상대의 곤경을 틈타 타격을 입히는' 진화타각지계趁火打却之計 같은 계책도 있다. 읽어보면 반드시 뭔가 얻어가는 고전적 명작이 바로 『삼국지』다.

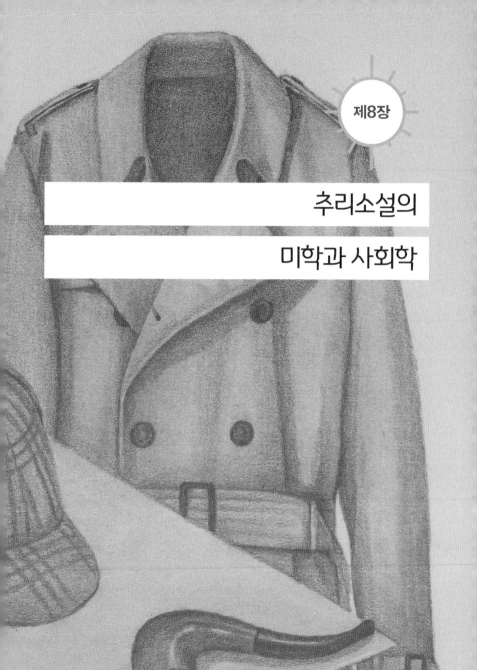

제8장

추리소설의

미학과 사회학

# 에드거 앨런 포와

# 탐정소설의 탄생

강력 범죄는 대중들의 공분을 일으키며, 우리의 법가적法家的 충동을 자극한다. 세상의 모든 범죄를 단숨에 일소할 묘방은 무엇인가. 영구 미제 사건을 통쾌하게 해결해 줄 백기사는 어디에 있는가. 인간의 이성과 합리성으로 현존하는 모든 문제를 해결할 수 없단 말인가.

세계 추리소설사를 빛낸 셜록 홈즈·에르퀼 포와로·미스 마플·브라운 신부·파이로 번스·엘러리 퀸·손다이크 박사·메그레 경감·아르센 루팡·오귀스트 뒤팽 등의 명탐정들의 출현은 대도시화와 함께 온갖 범죄가 범람하던 19세기 이후 현대사회의 사회적 고민을 반영하는 현상이었다. 동시에 탐정소설(추리소설)은 이성의 힘으로 모든 문제를 해결할 수 있고 보다 나은 세상을 만들어낼 수 있다는 근대 철학의 이념과 자신감을 반영하는 장르였다.

최초의 탐정소설은 1841년에 발표된 에드거 앨런 포(1809~1849)의 「모르그가의 살인사건」이다. 불가해한 사건과 이성적 주체인 탐정 그리고 사건의 논리적 해결이라는 탐정소설의 구조와 서사명제를 갖추고 있고, 오귀스트 뒤팽이라는 탐정의 전형을 만들어낸 작품이기도 하다. 「모르그가의 살인사건」은 범인이 누구인지를 밝혀내는 데 서사의 초점이 맞춰진 후더닛whodunit('who done it'의 약어) 장르다. 참고로 이 괴이한 살인사건의 중심에 서 있는 오랑우탄은 '정글 속에 사는 사람'이란 뜻을 지닌 말레이시아어語 'oran hutan'에서 유래했다.

에드가 앨런 포는 탐정소설의 창시자일 뿐만 아니라 타고난 천재성으로 숱한 문제작을 써냈다. 또 후대 문학인들에게 지대한 영향을 끼쳤다. 포의 대표적 명시名詩 「까마귀」는 이태준(1904~?)이 동명의 단편소설(1936)을 쓰게 되는 동기가 됐으며, 시의 음악성을 매우 중시한 프랑스 상징주의의 기원이 됐다. 나폴레옹의 즉위 등 거듭되는 앙시앙레짐에 절망한 말라르메(1842~1898)·베를렌느(1844~1896)·랭보(1854~1891) 등의 젊은 시인들이 을씨년스럽고 건조한 포의 시 세계와 언어에서 큰 위안을 받고 또 깊은 시적 감화를 받았기 때문이었다.

포는 「어셔가의 몰락」 같은 기괴한 스토리 등을 통해서 아메리칸 드림이 어쩌면 인류의 악몽이며, 문학적 나이트메어가 될지도 모른다는 묵시록적 전망을 보여주기도 했다.

포가 창안한 새로운 형태의 문학 장르인 탐정소설은 곧바로 대서양을 건너 코난 도일(1859~1930)의 『셜록 홈즈』 시리즈를 탄생시키는 등 탐정소설의 진원지가 됐다. 이 같은 포 신드롬은 태평양 건너 일본에까지 퍼져나갔다. 일본 추리소설의 아버지로 꼽히는 히라이 타로(1894~1965)는 자신의 필명을 에도가와 란포江戸川亂步로 삼았을 정도다. 명백히 이는 에드가 앨런 포에 대한 오마주였다. 다시 봐도 포는 위대한 작가다.

# 명탐정 셜록 홈즈

## 행장行狀

셜록 홈즈 공은 세계 공인 명탐정이시다. 공은 영길리英吉利가 전성기를 누리던 빅토리아 시대 신사계급gentry의 후손이었다. 큰형 '마이크로프트'가 출사出仕하여 미관말직으로나마 공직생활을 했다.

공은 함풍 4년 곧 철종 5년(1854)에 태어나 퍼블릭 스쿨을 거쳐 18세가 되던 고종 7년(1872)부터 대학에서 2년간 수학·온축하였다. 홈즈 공은 고종 24년(1887) 잡지 『비튼』 크리스마스호에 발표된 「주홍색 연구」로 세상에 나오셨다. 공은 화학실험·바이올린 연주·사격에 특출한 재능을 보이셨으며, 권투에도 일가견이 있으셨다.

의과대 출신 작가 코난 도일(1859~1930)이 본업을 버리고 문리를 얻은 덕택에 공의 활약상을 그린 장편 4권과 단편소설 56편이나마 발표될 수 있었다. 공은 파이프로 남령초南靈草, 담배를 즐겼고, 주로 사냥 모자를 쓰고 다녔다. 공의 진영은 시드니 파젯(1860~1908) 화백의 삽화를 통해 세상에 널리 퍼져 나갔다.

공은 베스커빌가의 저주, 글로리아 스콧 호의 비밀, 보헤미아의 스캔들 등 숱한 미제 사건을 명석한 추리와 논리로 해결하시어 일약 근대 시민 사회의 아이콘이 되시었다. 급속한 도시화에 따라 점증하는 범죄를 낱낱이 밝혀내 근대 자본주의 사회를 지키는 파수꾼으로 독자들의 두터운 신망을 얻으신 것이다. 작가 코난 도일도 공의 눈부신 활약과 높은 인지도에 힘입어 고종 39년(1902) 에드워드 7세로부터 기사 작위를 받으시었다. 도일 경은 『지킬 박사와 하이드』로 유명한 로버트 루이스 스티븐슨(1850~1894)에게 자신의 에딘버러 의과대학 시절의 스승인 조셉 벨 교수를 모델로 공의 모습을 만들어냈노라 털어놓은 바 있다.

공은 평생 여색을 삼가고 멀리 하시었다. 고작 「보헤미아의 스캔들」의 주인공 아이린 애들러를 잠시 연모해 본 정도였다. 또 공은 왓슨 박사로 하여 자신의 이야기가 세상에 전해지는 것을 묵인했을 뿐 특별한 인간관계가 없어 후세에 전할 종유록從遊錄을 남기지 못했으니 이 점이 셜록키언Sherlockian들이 늘 통탄하는 바다.

「마지막 사건」(1893)이란 작품에서 천재적 범죄자인 숙적 모리아티

교수와 대결하던 중 폭포에 떨어져 목숨을 잃을 뻔 했다 「빈집의 모험」 (1903)이란 작품으로 10년 만에 다시 세상으로 복귀하셨다. 오호라! 공께서는 『셜록 홈즈 사건집』에 수록된 13편의 작품에서 보듯 뭇 사건 해결을 위해 동분서주하시다가 「베일 쓴 하숙인」(1927)이란 작품을 끝으로 종적을 감췄으니 향년 73세였다. 공은 "무관無關이 유관有關이"요, "알 수 없는 것은 보이지 않기 때문이 아니라 부주의하기 때문"이라는 숱한 명언과 함께 놀라운 일화들을 세상에 전하셨으니, 아아 공이야말로 추리소설사의 전설이시요 장르문학의 귀감이시다.

마틴 피도, 백영미 역, 『셜록 홈즈의 세계』, 황금가지, 2003.

# 추리소설의
# 플롯과 트릭

'미스터리'는 미스터리의 제시와 논리적 해결을 기본 줄기로 삼는다. '미스터리' 곧 추리소설에는 두 개의 이야기가 존재한다. 하나는 범죄의 이야기고, 다른 하나는 조사의 이야기다. 추리소설은 조사의 이야기일 수밖에 없다. 범죄의 이야기는 작품 뒤에 은폐돼 있으며, 미스터리로 남겨져 있기 때문이다. 조사의 이야기는 논리적 해결을 향해 가는 작품의 여정이면서 동시에 범죄의 이야기를 재구성해 가는 과정이기도 하다.

작품이 미스터리를 풀어가는 탐정의 활약상에 초점화돼·있으면 탐정소설이고, 캐릭터보다 플롯에 중점을 두고 있으면 미스터리요, 범죄라는 작품의 제재와 그에 대한 사회학적 성찰에 서사의 무게가 실려 있으면 범죄소설이 된다.

추리소설의 플롯은 탐정의 소개introduction, 범죄와 단서의 제시 crime&clue, 조사investigation, 복잡화complexity, 설명explanation, 대단원denouement 등 대개 여섯 단계로 이뤄져 있다. 이를테면 독자들에게 탐정의 비범한 능력을 보여주고 범죄와 사건의 단서들에 대한 정보가 남김없이 제공 된다. 그리고 탐정의 조사가 진행된다. 조사 과정 중에서 복잡한 트릭 등 난관에 부딪히게 되나 명쾌한 추리를 통해 트릭을 풀고 결말에 가서 이 에 대한 탐정의 논리적 설명이 제시된다.

추리소설의 매력은 수수께끼에 있다. 추리소설을 퍼즐러puzzler라 하 는 것은 이 때문이다. 수수께끼 곧 범죄는 밀실트릭이나 알리바이의 조작 등으로 정교하게 위장돼 있다. 이것들이 책을 읽는 동기요, 독자 의 호기심을 자극하는 흥미 요소며, 작품의 성패를 좌우하는 요소다.

코난 도일의 「얼룩 끈」(1892)은 밀실트릭의 전형이다. 어머니의 막대 한 유산을 물려받은 쌍둥이 자매 헬렌 스토너와 줄리아 스토너를 살 해하려는 사악한 범죄를 홈즈는 어떻게 막아낼 것인가. 외부와 철저하 게 단절된 실내에서 일어나는 미스터리한 범죄의 비밀은 무엇인가.

해답은 단순하다. 자매의 죽음으로 가장 큰 이익을 보는 자를 찾으 면 될 것이다. 또 독자와 탐정의 눈길을 속이는 범인의 마술 곧 그릇된 방향misdirection을 지시하는 트릭에 속지 않으면 되는 것이다. 범인은 양부인 그림스비 로일롯. 딸들의 결혼으로 인한 금전적 손실을 막으려 맹수들을 이용해 꾸민 범죄였다.

밀실트릭은 추리소설의 전가의 보도이다. 최초의 추리소설인 E. A. 포의 「모르그가의 살인사건」(1841)이나 아가사 크리스티의 『오리엔트 특급 살인』(1934)도 밀실트릭이다. 폭설로 갇힌 특급열차에서 벌어진 살인사건. 완벽한 알리바이를 가지고 있는 승객들. 잘난 척하길 좋아하는 괴짜 탐정 에르큘 포와로는 과연 이 난국을 또 어떻게 헤쳐 나갈 것인가.

# 비독과

## 프랑스 경찰소설

프랑수와 외젠 비독(1775~1857)은 문제적 인물이었다. 그는 전설적 범죄자이자 전설적 경찰이었다. 도시화와 함께 점증하는 범죄에 골머리를 앓고 있던 프랑스 정부는 희대의 범죄자 비독에게 함께 범죄를 소탕하자는 기상천외한 제안을 한다. 비독이 그 누구보다도 범죄의 세계를 잘 이해하고 있으며, 범죄자들의 심리와 습성을 꿰뚫고 있다는 점을 알고 있었기 때문이다.

정부의 제안을 받아들인 비독은 곧 사복경찰 제도를 도입하고 범죄로 얼룩진 파리의 암흑세계를 휩쓸었다. 수만 건의 범죄사건을 해결한 후 1827년 비독은 이때 경험담을 책으로 묶어내니, 『회고록Mémoires de

Vidocq』이 바로 그것이다. 또 은퇴 후 비독은 1834년 '비밀경비대Brigade de Sûteté'라는 사립탐정 사무소를 열어 세계 최초의 탐정이 된다.

비독의 회고록이 세계문학에 끼친 파장은 엄청났다. 미국 작가 E. A. 포는 여기에서 영감을 받아 세계 추리소설사의 기념비적 작품 「모르그가의 살인 사건」(1841)을 발표했다. 비독에 대한 오마주의 표시로 작품의 배경도 미국의 도시가 아닌 파리로 설정했다. 프랑스 혁명기 공화파의 이념이 투영된 빅토르 위고(1802~1885)의 혁명소설『레미제라블』(1862)은 비독의『회고록』에 직접적인 영향을 받은 작품으로 평가받는다. 심지어 작품의 주인공인 착한 범죄자 장발장과 자베르 경감은 범죄자이자 경찰이었던 비독의 양면이라 할 수 있다. 또 에밀 가보리오(1832~1873)의『르루주 사건』(1866)을 비롯해서 20세기 최고의 경찰소설로 손꼽는 벨기에 출신의 프랑스 작가(?) 조르주 시므농(1903~1989)의『메그레 경감』시리즈도 비독의 범죄문학과 같은 맥락에 있는 작품들이라 할 수 있다.

그러나 비독의『회고록』을 계승한 프랑스 최고의 탐정소설이자 범죄문학은 단연 모리스 르블랑Maurice M. E. Leblanc(1864~1941)의『뤼팽』시리즈일 것이다. 아르센 뤼팽Arsène Lupin은 기존의 문학사에서 유례가 없는 매력적인 캐릭터였다. 그는 권력의 반대편에 서서 민중을 위해 정의로운 범죄(?)를 저지르며, 품격 넘치는 귀족적 풍모와 매너로 스타덤에 올랐다. 그러자 셜록 홈즈와 아르센 뤼팽이라는 두 영웅이 맞붙는

다면 어떨까 하는 엉뚱한 가정이 인구에 회자되기 시작했고, 이런 상상은 곧바로 현실화했다. 르블랑이 1910년 이를 소재로 한 소설을 발표한 것이다. 홈즈와 뤼팽은 여러모로 대비된다. '홈즈'는 범죄를 밝히는 탐정의 이야기인 반면, '뤼팽'은 거꾸로 범죄를 성사시키는 이야기다. 전자는 영국산 소설이요, 후자는 프랑스산 소설이며, 또 탐정소설과 경찰소설이라는 차이도 있다.

19세기 없는 20세기가 존재할 수 없듯 비독 없는 프랑스의 경찰소설, 나아가 탐정소설은 상상하기 어렵다. 비독은 추리소설의 숨겨진 역사다.

김용언, 『범죄소설 – 그 기원과 매혹』, 강, 2012.

# 석학이 쓴 최고의 추리소설, 『장미의 이름』

움베르토 에코(1932~2016)의 『장미의 이름』(1980)은 유례를 찾기 힘든 명작이다. 강영안 교수의 말마따나 세계적 석학으로 꼽히는 학자가 쓴 추리소설이라는 화제성도 그렇고, 주변부 장르인 추리소설로 문학 장champ에 내재한 특권적 위계를 돌파하려는 그의 아방가르드적 실험이 특히 압권이다.

『장미의 이름』은 14세기 신성로마제국을 시대적 배경으로 이탈리아 북부의 한 수도원에서 벌어지는 연쇄 살인사건을 다룬다. 바스커빌의 윌리엄 신부가 홈즈의 역할을, 순진한 귀족 출신의 청년 수사 아드소가 왓슨의 역할을 맡았다. 사건 수사 책임을 맡은 윌리엄은 프란체

스코 수도회 출신의 신부로 초자연적인 것에 의지하는 광신자가 아니라 너그러운 합리주의자이며 매우 이성적인 인물이다. 사건의 전모는 아드소가 남긴 수기를 토대로 재구성된다. 삼중, 사중의 복잡한 액자형 이야기구조를 가지고 있으나 작품 전개는 물 흐르듯 자연스럽다.

작품은 범인이 누구인지 밝혀내는 후더닛whodunit이나 실제로는 시대의 진실을 추적, 탐색하는 인문학적 도정이라 할 수 있다. 에코는 토마스 아퀴나스의 교부 철학을 비롯해서 비트겐슈타인의『논리철학 논고』는 물론 방대한 중세연구와 고전을 작품에 인용, 활용하는 화려한 지적 글쓰기를 선보인다.

에코는 기호학자 · 미학이론가 · 평론가 · 역사학자 · 철학자를 겸한 저명한 학자인데, 여기서는 능청스럽고 노련한 이야기꾼으로서의 면모를 유감없이 보여준다. 1968년 에코는 우연히 아드소의 수기를 소개한 책을 발견하고 번역까지 해뒀으나 분실한다. 끝내 원본은 찾지 못했으나 발레 수사의 필사본을 입수한다. 그러니까『장미의 이름』은 아드소의 회상기를 소개한 발레 수사의 판본과 자신의 번역본을 토대로 에코가 쓴 작품인 셈이다. 물론 이는 다 '뻥'이다. 기실 문학작품을 볼 때 작가와 독자 사이에는 언제나 모종의 공모가 일어난다. 작품의 진실 여부에 이의를 달지 않고 서로 믿어주기로 하는 계약 — 이른바 '허구의 약정patto finzinonale'이라는 신사협정이 그것이다.

알려진 대로 범인은 호르헤 신부. 웃음이 가진 전복성과 폭발력에

대한 두려움을 느낀 노회한 종교권력이 희극(웃음)을 다룬 아리스토텔
레스의 『시학』 제2부를 읽지 못하도록 극약을 묻혀 사람들을 살해한
것이었다. 범인을 호르헤 다 부르고스Jorge da Burgos 신부로 설정해둔 것
은 20세기 최고의 작가 보르헤스Jorge Luis Borges에 대한 에코의 오마주
요, 질투의 표현이다. '장미의 이름Il nome della rosa'란 작품 제목은 "태초의
장미는 이름으로 존재하나 우리는 빈 이름만을 가지고 있다"는 베르
나르의 시 「속세의 능멸에 대하여」에서 따온 것으로 알려져 있다. 추
리소설에 무상無常과 공空 철학이라니! 비단에 꽃을 얹은 격이다.

김성곤, 「『장미의 이름』과 『참을 수 없는 존재의 가벼움』 – 포스트모더니
  즘, 포스트리얼리즘적 책읽기」, 『외국문학』 21호, 열음사, 1989.
강영안, 「기호와 진실 – 움베르토 에코의 『장미의 이름』」, 『기호학연구』 제
  1집, 한국기호학회, 1993.

# 탐정소설에서

# 추리소설로

추리소설은 본래 탐정소설이었다. E. A. 포의 「모르그가의 살인사건」 이후 코난 도일(1859~1930)과 아가사 크리스티(1890~1976)까지 탐정소설은 아무런 흔들림 없이 탐정소설로서 의연했다. 물론 앵글로색슨 계열에서는 탐정소설detective story을, 프랑스에서는 경찰소설roman policier을, 미국에서는 추리소설mystery이란 용어를 더 선호하는 관습적 차이가 있긴 했다.

탐정소설이나 경찰소설은 사건 해결 주체가 누구인가를 기준으로 한 신원론적身元論的 정의다. 반면 추리소설은 인물보다는 사건의 해결 과정에 주안점을 두거나 탐정소설 장르의 다변화에 따라 유개념처럼 사용되던 총칭이었다.

한국에서는 1910년대까지 송사소설, 공안소설 또는 정탐소설이란 말이 널리 쓰였다. 송사소설은 「까치전」, 「황새결송」처럼 관부에서 백성 간의 분쟁을 해결하는 이야기들을, 공안소설은 '관청의 책상 위에 쌓인 서류더미公府之案牘'를 뜻하는 말에서 나왔다. 이들 사건 관련 서류 가운데서 흉악한 범죄와 극적이고 흥미로운 사건들을 따로 가려 뽑아 작품화한 것이 공안소설이다.

1918년 10월 19일 코난 도일의 「충복」이 『태서문예신보』에 번역·소개된 이후부터는 '정탐소설' 대신 '탐정소설'이란 말이 널리 사용됐다. 그러다가 어느새 추리소설이라는 말이 대세를 이루게 됐다. 법적으로 탐정 자체를 아예 인정하지 않는 풍토에서 계속 '탐정소설'이란 말을 고집하기 어려웠고, 후더닛whodunit 같은 정통파 탐정소설armchair이 사라지고 다양한 하위장르가 출현하며 새로운 실험적 시도들이 거듭되는 문학적 상황이 함께 고려된 것이었다.

그런데 이보다 직접적인 이유가 또 있다. 바로 일본의 한자 정책의 변화다. 일본도 우리처럼 탐정을 제도적으로 인정하지 않는 국가다. 현실과 장르의 불일치라는 뻘쭘한 상황 속에서도 에도가와 란포나 요코미조 세이시(1902~1981) 같은 걸출한 작가들로 인해 탐정소설이란 말이 통용될 수 있었던 것이다.

그런데 상황을 뒤집는 반전이 일어났다. 연합군 최고사령부GHQ 치

하에 있었던 1945년 일본 문부성에서는 한자교육의 합리화를 추진하면서 2,500자에 이르던 당용한자當用漢字를 1,850자로 축소하였다. 이때 정偵 자가 빠지면서 탐정소설을 한자와 히라가나를 합성하여 '探てい小說(단테쇼세츠)'라 표기하게 됐다. 이런 불편을 해소하기 위해 개발된 것이 추리소설推理小說(스리쇼세츠)란 용어였다. 세계 각국에서 탐정소설 대신 추리소설 또는 미스터리란 말이 대세가 됐고, 지금은 추리소설이 유개념이자 장르명으로 널리 통용되고 있다.

# 범죄문학의 걸작,

# 『대부』

우리는 왜 어두운 이야기에 열광하는가? 여성들은 어째서 나쁜 남자에게 더 큰 매력을 느끼는가? 범죄심리학은 피해자가 가해자에게 동화되는 이 불합리한 역설을 '스톡홀름 증후군'이라 명명한다. 범죄문학의 정전으로 꼽히는 마리오 푸조(1920~1999)의 『대부』(1969)는 범죄의 낭만화를 넘어 현대사회의 범죄성을 낱낱이 보여주는 사실이 아닌, 사실 같은 사실적 스토리다. 생활고를 탓하는 아내의 바가지에 못이겨 홧김에 쓴 소설 『대부』로 마리오 푸조는 단숨에 부와 명성을 얻었으며, 프랜시스 포드 코폴라(1939~)는 영화 〈대부〉 시리즈로 연거푸 아카데미상을 거머쥐며 명장의 반열에 올라선다. 범죄소설 『대부』가 대박을 터트린 것은 전적으로 현대사회의 현실 때문이었다.

친근한 서민의 이미지로 29대 대통령이 된 워런 하딩(1865~1923)은 재임 당시 미국에서 발생한 범죄의 몸통이었다. 또 1970년대 초 교황청·바티칸 은행·마피아 등이 이탈리아 금융업자 미카엘 산도나(1920~1986)가 이끌던 산도나 그룹의 검은 스캔들과 관련이 있다는 사실이 드러나면서 엄청난 충격을 안겨준 적도 있었다. 이런 상황에서 이탈리아 출신의 신입 이민자들과 이른 시기에 건너온 다른 유럽 정착자들 사이의 갈등으로 몸살을 앓던 미국사회의 현실과 기업범죄 및 정경유착 같은 미국의 어둔 뒷모습을, 돈 콜레오네 패밀리의 가족사를 통해 재현한『대부』가 신드롬을 일으킨 것은 별반 놀라운 일이 아니다.

『대부』의 주인공 비토 콜레오네는 혈혈단신으로 이탈리아에서 미국으로 건너와 뉴욕 최대의 범죄조직을 일궈낸 인물이다. 막내아들 마이클은 마약 같은 반사회적 사업을 배격하고 합법적인 사업을 통해 피로 얼룩진 가족사와 절연하고자 몸부림치나 그의 간절한 소망은 출구를 찾지 못한 희망으로 끝난다. 비록 콜레오네 부자가 범죄자이긴 했어도 가족을 위해 헌신하는 모범적 가장이요, 이탈리아 동포들의 어려움을 외면하지 않았던 의인의 면모를 가지고 있기도 해서 이들은 독자(관객)의 지지와 공감을 얻어낸다.

『대부』가 지닌 최대의 미덕은 정치와 사업의 은폐된 이면(본질)을 사실적으로 재현하고 있다는 점일 것이다. 인간은 안중에 없고 오직 경제성과 이윤만을 중시하는 현대 자본주의의 범죄성과 물신주의를 극복하지 못하는 한, "정치와 범죄의 본질은 같다", "금융과 총은 동일하며 다만 정치는 언제 방아쇠를 당길지 결정하는 것일 뿐"이라는 『대부』의 명대사들은 강렬한 현실성과 설득력을 가질 수밖에 없다.

현대사회의 이 어둠을 극복하지 못하는 이상 범죄는 반복될 것이며 또 범죄를 문학으로 전유하는 범죄서사는 계속해서 읽히고 또 쓰일 것이다.

# 간추려 본

# 한국 추리소설 100년

한국에도 추리소설도 있을까? 당연히 있다. 세계시장의 문을 두드릴 만한 작품도 있을 뿐 아니라 백 년의 역사를 넘긴 지 이미 오래다. 한국 추리소설사의 맨 앞자리에 놓이는 작품은 이해조(1869~1927)의 『쌍옥적』(1908)이다. 근대적 경찰의 효시인 '순검'이 등장하고, 사건이 발생한 공간이 한국 최초의 철도인 경인선(1899년 개통)이라는 점에서 『쌍옥적』은 매우 근대적인 소설이다.

앵글로색슨 계열의 '탐정소설'과 프랑스의 '경찰소설' 등에 익숙해진 현대 독자들의 눈높이에서 보면, 『쌍옥적』은 다소 기준에 미치지 못한다. 그러나 『쌍옥적』은 근대적 매체인 『제국신문』에 49회 연재

(1908.12.4~1909.2.12)된 신문 연재소설이고, 사건이 초자연적으로 해결되는 게 아니라 논리적으로 끝나며, 정탐소설偵探小說이라는 분명한 장르 의식을 보여준다는 점에서 손색없는 탐정소설이다. 번역 탐정소설로는 『태서문예신보』에 소개된 코난 도일의 「충복」(1918)이 가장 빠르다.

『쌍옥적』 이후, 방정환의 『칠칠단의 비밀』·박병호의 『혈가사』를 비롯해서 최독견의 『사형수』·채만식(서동산이란 가명으로 발표)의 『염마』·김동인의 『수평선 너머로』 등 주정적主情的 아마추어 탐정들이 등장하는 토종 추리소설들이 있다. 또 동경제대 출신 언론인이었던 김삼규(1908~1989)도 『조선지방행정』이란 잡지에 「말뚝에 선 메스杭に立つたメス」(1929.11~1930.1)라는 일본어 탐정소설을 발표한 적도 있다.

그러나 한국 추리소설사에서 가장 획기적인 작품은 김내성(1909~1957)이 일본의 탐정소설 전문잡지 『프로필』에 발표한 「타원형의 거울」(1935.3)이다. 이 작품은 후일 『조광』에 '살인예술가'(1938.3~5)란 제목으로 번역·발표된다. 「타원형의 거울」 이후 『백가면』(1937), 『마인』(1939), 『가상범인』(1940) 등 그의 작품이 연이어 발표되고 문단 안팎에서 호평을 받으면서 토종 추리소설의 시대가 화려한 개막을 알린다. 김내성 이후에는 방인근과 허문녕 등이 명맥을 이었으나 서구 번역 추리소설에 밀려 토종 작가의 작품은 한동안 적막강산이었다.

김성종(1940~)의 『최후의 증인』(1974)은 한국 추리소설의 새로운 분기를 이룬 문제작이다. 이 장편은 근대화와 반공주의 같은 국가 이데 올로기가 착종된 작품이라는 한계와 '113 수사본부' 같은 반공 방첩의 서사를 넘어서 한국전쟁이 만든 비극적 상황을 그려낸 작품이라는 중층적 의미를 갖는다. 최근에는 이인화의 『영원한 제국』(1993)과 김탁환의 '백탑파 시리즈' — 곧 『방각본 살인사건』(2003)·『열녀문의 비밀』(2005)·『열하광인』(2007)을 위시하여 이정명·김상현 등의 역사추리소설이 대세를 이루고 있다.

조성면, 「한국추리소설사를 위한 변명」, 『플랫폼』, 2008.

# 한국 추리소설의 별,
# 김내성

아인 김내성(1909~1957). 그는 한국 추리소설계의 큰 별이었다. 평남 대동군 월내리에서 중소지주 아들로 태어나 평양고보를 거쳐 와세다대학 독법학과를 졸업했다. 학창시절 변호사 공부는 뒷전이었고, 문학과 추리소설에 빠져 지내다 일본에서 덜컥 추리소설가로 데뷔했다. 『마인』(1939) ·『청춘극장』(1952) ·『쌍무지개 뜨는 언덕』(1956) ·『실낙원의 별』(1957) 등 탁월한 대중성을 이룩했다.

그의 스타성은 탐정소설 전문잡지 『프로필』에 「타원형의 거울」(1935)을 발표하면서 빛을 발하기 시작했다. 「타원형의 거울」은 기발한 트릭과 절묘한 반전이 돋보이는 작품으로 추리소설의 새 장을 연 것으로 평가된다. 다만, 일본에서 일본어로 발표되었다는 점에서 많은 논란의 여지를 남겨두고 있다. 「타원형의 거울」은 후일 '살인 예술가'란 이름으로 『조광』(1938.3~5)에 한국어로 번역·발표된다. 김내성의 추리소설은 중일전쟁과 태평양전쟁 등 탄압과 유혈로 점철된 암흑기 식민지 조선의 독자들을 위한 작은 탈출구였고, 위안의 문학이었다. 장편 『마인』을 포함, 일본어 소설 「탐정소설가의 살인」(1935)을 개작한 『가상범인』(1937)·『백가면』(1938)·『태풍』(1944) 등이 이 시기에 발표된 주요 작품들이다.

『마인』은 비서구 지역 탐정소설의 특징과 한계를 대변한다. 유불란이 총독부 경무국의 의뢰(허락)를 받아 조사에 착수하는 것이라든지 1930년대 식민지 경성에서 생일파티를 겸한 가장무도회가 열리며 자동차 추격 같은 비현실적 장면들이 그러하다. 살인사건과 수사는 대도시 경성에서 진행되나 정작 사건의 해결은 〈전설의 고향〉 로케이션 장소로 어울릴 법한 오지의 촌락에서 이루어지는 부조화가 작품의 신뢰도를 크게 떨어뜨리는 것이 또한 그러하다. 나아가 독자의 이해를 돕기 위해 작품에 작가가 개입하여 상황을 설명하는 '주석적 시점'이나 과도한 영탄법의 남발은 비서구 탐정소설의 미성숙을 반영하는 현상이다. 그럼에도 『마인』의 정교한 스토리라인과 1인 2역, 3역의 트릭 그리고 박진감 넘치는 서사구성은 식민지 조선문학의 외연을 넓히고 새로운 가능성을 보여준 성과로 평가할 수 있겠다.

김내성에게 가장 큰 영향을 준 인물은 와세다대학 동문 선배이자 일본 추리소설의 대부인 에도가와 란포(1894~1965)이다. 이들의 교류는 1957년 김내성이 타계할 때까지 계속됐다. 고가 사부로(1893~1945)는 정신병리학이나 변태 심리에 기초한 변격탐정소설 배격하고 퍼즐 풀이와 미스터리 해결에 치중하는 본격탐정소설을 고수했는데, 김내성은 에도가와 란포처럼 본격과 변격을 오가며 작품을 썼다. 탐정예술론을 주창했던 기기 다카타로(1897~1969)와 불건전파·변격파로 평가받는 고사카이 후보쿠(1890~1929)의 영향도 많이 받았다. 김내성은 한국 추리소설의 개척자이며, 걸출한 스토리텔러였다.

조성면, 「김내성과 장르문학」, 『전환기, 근대문학의 모험』, 민음사, 2009.

# 김성종과
# 한국 추리소설의 3김金

추리소설에도 3김金이 있다. 정치에만 3김이 있는 게 아니다. 김내성
(1909~1957)·김성종(1941~)·김탁환(1968~)이 바로 한국 추리소설의 3
김이다. 김내성은 한국 추리소설의 개척자요, 김성종은 한국 현대추리
소설사의 '증인'이며, 김탁환은 한국형 역사추리소설의 전범을 보여준
최고의 스토리텔러다.

김성종은 치열한 통과의례를 자처한 작가다. 통상 단 한 번의 당선으
로 끝나는 등단절차를 무려 세 번이나 거친 것이다. 「경찰관」(1969)으
로 『조선일보』 신춘문예에 당선됐으면서도 『현대문학』에 「17년」(1971)
이란 작품으로 다시 추천의 과정을 밟았으며, 그리고 『최후의 증인』

(1974)으로 『한국일보』 장편소설 공모에 도전하여 당선되는 긴 입사식을 치른 것이다.

「경찰관」은 김성종 문학의 원형이라 할 수 있다. 우선 김성종 표 추리소설의 상징인 오병호 형사가 등장한다. 오병호는 대실 해밋(1894~1961)이 창조한 비정한 탐정 샘 스페이드와 달리 시대와 사람들의 아픔을 외면하지 못하는 인간적인 캐릭터다. 『최후의 증인』에서 오병호는 양조장 사장 양달수과 변호사 김중혁 피살사건을 수사하던 중 한국전쟁과 빨치산 투쟁 같은 역사적 사건들과 대면한다. 양달수는 빨치산 대장의 딸이었던 손지혜의 재산을 가로채고 첩으로 삼은 파렴치한 인물이며 김중혁은 양달수와 공모, 검사라는 직위를 이용하여 손지혜의 정인인 황바우에게 누명을 씌워 감옥에 보내는 등 권력형 비리를 저지른 인물이다. 반공주의의 도덕적 타락과 반공이란 서슬 퍼런 국가 이념 앞에서 피해자들을 지켜주지 못했다는 자책감에 오병호는 자살을 선택한다. 무기력한 양심과 완강한 현실 사이의 갈등을 그린 『최후의 증인』은 2001년 배창호 감독에 의해 〈흑수선〉이란 영화로 제작됐으나 흥행에 성공하지는 못했다.

김성종의 추리소설은 인간적인(?) 하드보일드 계열의 소설이다. 뜨거운 복수와 순수한 증오가 있으며, 아찔한 금기의 소재와 함께 등장인물들을 아낌없이 희생시키고 로봇처럼 다루는 전제적專制的 인형조종술을 보여준다. 근친상간을 다룬 『어느 창녀의 죽음』, 남편의 복수를

그린 『일곱 개의 장미송이』, 4·3항쟁을 등장시킨 『여명의 눈동자』 등
이 그러하다.

그의 시도가 물론 다 성공적이었던 것은 아니다. 여성들을 희생자로
그리거나 남성의 보호를 받는 수동적인 인물 또는 관음증의 대상으로
전유하는 남근주의가 있으며, 정교한 추리서사보다는 애정과 복수 같
은 뜨거운 스토리들로 넘친다. 그럼에도 대중적인 형식으로 시대의 아
픔과 진실을 녹여내고자 한 그의 노력과 우리의 정서에 맞는 한국형
추리소설을 창안해내기 위해 평생을 바친 도저한 작가주의는 존중받
아야 마땅하고, 또 정당하게 평가돼야 한다.

조성면, 「김성종 문학과 추리소설」, 『작가와 사회』 45호, 산지니, 2011.겨울

# 김탁환의

# 역사추리소설

역사는 모두 사실인가. 포스트모던 역사학은 역사도 문학과 동등한 서사 장르로 본다. 역사 역시 사료와 사관과 역사적 상상력으로 직조된 글쓰기라는 것.

보수 유학과 실학이 맞서고 붕당정치와 탕평이 충돌하는 백가쟁명의 정조 시대(1776~1800)를 가장 먼저 역사추리소설로 영토화한 이는 『영원한 제국』(1993)의 이인화였다. 김탁환(1968~)은 이인화를 넘어, 그리고 이해조에서 발아하여 김내성이 꽃을 피우고 추리소설 전문작가 시대를 연 김성종을 이어 한국 역사추리소설의 모범을 만들어 냄으로써 한국 추리소설계의 세 번째 3김金으로 합류한다. 이른바 『방각본 살인사건』(2003)에서 『열녀문의 비밀』(2007)·『열하광인』(2007)·『목격자들』(2015)로 이어지는 '백탑파 시리즈'가 바로 그것.

김탁환은 다양한 장르의 소설로 『조선왕조실록』을 써가는 작가인데, 그의 추리소설은 모두 정조 시대가 배경이다. '백탑파'는 탑골공원의 원각사지 십층석탑 아래에서 모임을 가졌던 박지원·홍대용·박제가·유득공·이서구 등 북학파 지식인 서클을 말하며, 그 이름이 조지훈·박두진·박목월이 공동시집 『청록집』을 묶어내서 '청록파'라 불리는 것처럼 이들 역시 공동문집 『백탑청연록』을 펴낸 데서 유래했다. 『백탑청연록』은 기록상 제명만 확인될 뿐 실전된 상태다.

『방각본 살인사건』은 의금부 도사 이명방이 탑전榻前의 명을 받아 화광花狂이란 별호를 지닌 천재 김진과 함께 도성(한양)을 공포로 몰아넣은 연쇄 살인의 수사를 맡는다. 이명방은 사건의 현장에 놓여 있는 소설책을 단서로 당대 최고의 매설가賣說家(소설가를 가리키는 경멸적 표현) 청운몽을 체포, 범행을 자백받고 곧바로 공개 처형을 집행한다. 범인이 누구인지를 밝히는 싱거운 후더닛으로 끝나는가 했는데, 살인사건의 배후에 거대한 정치적 음모가 있음이 밝혀지면서 작품은 범행의 이유와 동기를 캐내기 위한 와이더닛whydunit으로 전환된다. 추리소설의 전가보도가 반전과 의외성이라는 점을 상기한다면, 이후의 결말을 예상하는 것은 어렵지 않다.

『방각본 살인사건』에서 명백히 세월호 참사의 은유이기도 한 '목격자들'로 이어지는 백탑파 시리즈는 한국 고전소설로 박사 학위를 받고 카이스트 교수를 역임한 작가의 이력이 말하듯 매우 지적인 오락물—곧 중간소설들이라 할 수 있다. 18세기 지식인 사회에서 통용될 법한 전 분적인 용어와 함께 담배를 지칭하는 남령초南靈草 · 수면 중의 가위눌림을 뜻하는 몽엽夢魘 등 고어를 활용하는 지적 화용론을 보여주며, 조선 후기 한양의 풍속을 재현해내는 솜씨가 특히 일품이다. '백탑파 시리즈' 는 한국 역사추리소설의 성과이자 소설로 쓴 18세기 문화사다.

# 사실의 공백을 메우는 정치적 상상력

『북의 시인 임화』

임화(1908~1953)는 한국 근대문학사가 낳은 최고의 평론가다. 임화가 빠진 한국 근대문학비평은 상상하기 어렵다. 그는 평론가일 뿐 아니라 다재다능한 예술인이었다. 무려 842쪽에 이르는 평론집 『문학의 논리』(1940)를 비롯해서 『현해탄』(1938)·『찬가』(1947)·『회상시집』(『현해탄』의 재출간, 1947) 등의 시집을 펴낸 전위적 서정 시인이었으며, 『상록수』(1935)의 심훈(1901~1936)과 함께 당대 최고의 '얼짱' 문인으로 유명했다. 인물이 너무 출중하여 〈혼가〉·〈유랑〉 등의 영화에 출연하여 주연을 맡기도 했고, 독일 표현주의 영화로 유명한 프리츠 랑의 〈메트로폴리스〉(1927)에 대한 영화 평론도 썼다.

또 1935~1940년에 걸쳐 '신문학사'를 집필한 문학사가였고, 카프 KAPF의 서기장을 역임했으며, 해방공간에서는 '조선문학가동맹' 출범을 주도했다. 1947년 남로당계 인사들과 함께 월북했으나 1953년 8월 6일 미국과 내통한 스파이라는 혐의를 받고 형장의 이슬로 사라졌다. 이후 남북한 문단에서 배척받는 비극의 주인공이 됐다. 그 누구보다 드라마틱한 삶을 살았던 것이다. 조선의 신문학은 서양문학이라는 이른바 그의 이식문학론은 아직도 한국문학 연구의 쟁점으로 남아 있다. 임화의 이식문학론을 한국 근대의 특수성을 이해하지 못한 속류사회학으로 볼 것이 아니라 식민지 지식인의 고뇌가 투영된 방법론적 사유로 넓게 이해할 필요가 있다.

이처럼 화려한 문학 활동과 비극적인 그의 삶은 일본 추리소설의 소재가 된다. 초등학교 졸업이라는 학력의 사회적 차별을 딛고 일본 최고의 사회파 추리소설가가 된 마츠모토 세이쵸(1909~1992)의 『북의 시인』(1974)이 바로 그것이다. 마츠모토 세이쵸는 추리소설가면서도 「어떤 고쿠라 일기전」(1951)으로 제28회 아쿠타가와상을 수상했다. 그는 트릭과 반전 같은 상투화한 추리소설의 틀에서 벗어나 사회 현상의 이면을 탐색하면서 범죄의 동기를 찾아내는 '와이더니트whydunit'에 특별한 관심을 기울였다.

『북의 시인』이 국내에 소개된 것은 1987년으로 '북의 시인 임화'라는 제목으로 번역됐다. 작품은 1953년 8월 3일 북한 최고재판소의 특별군사법정의 판결문에 의거, 임화가 미군정 스파이라는 가설을 다루고 있다. 미군정 방첩대<sup>CIC</sup>가 폐결핵으로 고생하는 임화에게 신약(페니실린)을 미끼로 접촉하여 남로당과 조선공산당 운동에 대한 정보를 얻어낸다는 내용이다. 『북의 시인 임화』(1987)는 광주의 벽돌공장 노동자로 숨어 지내던 박헌영, 고향에서 헌책방을 운영하던 한설야의 이야기가 언급되는 등 디테일이 풍부한 작품이다. 또 추리소설 같은 장르문학도 한국문학의 저변에 흐르고 있는 정론성과 근대성의 문제에서 비켜갈 수 없음을 잘 보여준다.

# 한국 추리소설의 전통과

# 〈별순검〉

추리와 역사가 케이블 TV드라마에 동시에 초대됐다. 드라마가 추리소설을 활용한 것인지 추리소설이 드라마에 활용당한 것인지 모호하지만, 어쨌든 이 조합은 성공적이었다. 방송드라마의 운명이 대개 그렇듯 방영 당시에는 누리꾼들과 시청자들에게 뜨거운 호응을 받았으나 시간이 흐르면서 지금은 이 드라마 이름마저 아득한 과거가 됐다. MBC에브리원의 시즌 드라마 〈조선과학수사대 별순검〉(2007·2008·2010, 이하 〈별순검〉) 얘기다.

〈별순검〉은 갑오경장 직후에 창설된 근대적 경찰조직인 경무청 소속의 순검들을 소재로 한 드라마다. 한국 추리소설의 아버지로 거론되는 이해조의 『쌍옥적』(1908)은 순검들의 활약상을 그린 공안계公案系 탐정소설로서 설화적 구소설이 아니라 이 같은 역사적 현실이 반영된 뚜렷한 근대소설이었던 것이다.

〈별순검〉은 유명 미드인 〈CSI 수사대〉(2000~2015)의 한국판 버전으로 서구 드라마라는 외부적 시선을 통해서 발견한 역사적 사실의 드라마화다. 비서구 근대의 주요 특징은 서구적 근대의 충격 속에서 토착성과 내적 정체성을 발견한다는 특징을 보여준다는 것인데, 토착성과 신토불이라는 의식은 명백히 외부적 시선에 의해 주어진 자각이다. 즉 〈별순검〉은 〈CSI 수사대〉라는 미드의 충격과 케이블방송 시대의 개막이라는 미디어 환경적 변화에 기민하게 대응하려는 케이블방송사의 기획이 낳은 작품이다.

〈별순검〉은 조선 후기와 대한제국을 과학의 시대로 호명한다. 그 역사적 근거가 바로 순검이라는 근대적 경찰과 법의학서인 『무원록無冤錄』이다. 『무원록』은 어의語義 그대로 '백성들의 원을 없애준다'는 법의학서이자 법령집이다. 〈별순검〉은 원대元代 왕여에 의해 편찬된 텍스트를 영·정조 연간에 개정하고 보완한 『증수무원록』과 『무원록언해』 같은 수사지침서를 활용하고 인용하는 충실한 디테일을 보여준다.

습첩拾屍 풍속을 비롯한 정교한 디테일과 함께 전 근대와 근대적 가치가 충돌하는 이행기 시대 21세기 미국의 CSI 수사대 못지않은 별순검의 탈역사적 과학성 사이의 조마조마한 불화는 역사추리 장르의 숙명이다.

　홍성원(1937~2008)의 대하소설 『먼동』이 잘 보여주고 있듯 순검은 백성의 편에서 사회정의를 지키고 억울함을 해소해 주던 '백성의 지팡이'가 아니라 암행·감찰·황실 경호를 전담하던 국가기구었고 또 을사늑약 이후에는 일본군을 도와 의병을 체포·구금하고 애국지사들의 동향을 감시하는 등 반민족적 활동의 혐의를 안고 있다. 장르문학이든 본격문학이든 역사소설은 이래서 어렵다.

# 탐정소설과

# 가추법

탐정소설의 묘미는 추리에 있다. 실타래처럼 얽힌 난해한 사건과 견고한 트릭의 미세한 틈새를 파고드는 탐정의 추리야말로 탐정소설의 압권이다. 그렇다면 작가들은 복잡한 스토리 속에서 어떻게 헤매지 않고 작품을 쓸 수 있는 것이며, 탐정들은 어떤 방법으로 사건을 해결하는 것일까? 정답은 간단하다. 탐정소설을 쓰는 방법은 거꾸로 쓰는 것이다. 결론을 미리 정해 놓고 해결 방법과 트릭 등을 고안한 다음, 작품을 순서대로 써내려 가는 것이다. 그러면 탐정들은 어떤 방법을 쓰는가. 바로 가정적 추론hypothetical inference, 이른바 가추법abduction이다.

가추법은 무엇인가. 추론의 과정을 삼단논법syllogism으로 압축하여 설명하는 형식논리학에 따르면, 그 절차는 법칙·사례·결과의 조합에 따라 연역법·귀납법·가추법으로 나뉜다. 연역법은 법칙(대전제)과 사례(소전제)를 통해 결과(결론)를, 귀납법은 사례(소전제)와 결과(결론)을 토대로 법칙(대전제)을 찾아내는 반면, 가추법은 법칙(대전제)과 결과(결론)를 이용하여 사례(소전제)를 만들어낸다. 사례는 얼마든지 가정하고 상상할 수 있기 때문에 기호학 등 극소수의 분야를 빼고 치밀한 논증을 요구하는 학문의 세계에서는 잘 사용되지 않는다.

탐정소설의 주인공들 가운데서 가추법을 가장 잘 활용하는 인물은 단연 셜록 홈즈다. 그는 고도의 추론과 가정을 통해 매번 자신의 조수이자 친구인 왓슨과 의뢰인들을 놀라게 한다. 그에 비해 조르주 시므농(1903~1989)의 주인공 메그레 경감은 가정이 아닌 인물들의 심리변화를 꿰뚫는 관찰력으로 사건을 해결하는 현대적 탐정이다.

한국 추리소설에서 가추법을 활용한 사례로 김내성의 「타원형의 거울」(1935)을 들 수 있다. 소설가 모현철 부부와 두 명의 하녀 그리고 젊은 신진 시인 유시영이 하숙하고 있는 밀폐된 2층집에서 소설가 모현철의 아내(김나미)가 의문을 죽음을 당한다. 범인은 누구인가. 피해자가 타살된 것이 분명하기에 범인은 둘 중 하나다. 외부의 침입자이거나 내부인물 4명 중 1명이다. 주인공 유시영은 가능성 없는 전제(가정)들을 하나씩 소거하여 범인이 남편 모현철이며, 아울러 이를 현상응모 문제로 출제한 잡지의 편집자 백상몽이 자살로 위장한 모현철임을 밝혀낸다.

구체적인 사례(명제)들을 모아 일반법칙으로 나가는 귀납법과 큰 법칙에서 구체적인 명제(판단)으로 이행해나가는 연역법이 주어진 정보와 명제를 활용하는 추론의 방법이라면, 가추법은 현상과 법칙을 토대로 창의적 가설을 설정하여 새로운 지식을 생산해 내는 사유방법이다.

# 추리소설의 숨은 걸작,
# 「9마일은 너무 멀다」

"아버지를 죽여라."

인류의 문명과 법과 예술은 부친살해patricide에서 시작됐다. 이는 프로이트의 『토템과 터부』(1913)의 대전제요, 라캉의 상징계 이론의 핵심이기도 하다. 또 20세기 독일 표현주의운동의 모토였다. 아버지로 대표되는 기성세대의 질서와 패러다임을 극복하는 것은 언제나 후대 문명과 예술가들에게 주어진 지상과제다.

해리 케멜먼(1908~1996)의 「9마일은 너무 멀다」(1947)는 앞선 추리소설의 아버지들을 죽임으로써 다시 고전과 추리소설을 되살려낸 단편 추리소설의 걸작이다. 작가 본인이 영문학과 철학을 전공한 대학 교수

출신이었기 때문인지 주인공 닉 웰트가 영문과 교수로 설정돼 있다. 또 「사다리 위의 카메라맨」(1967)에서 보듯 지식인(교수) 사회의 모습을 잘 재현해 낼 수 있었다. '닙비 시리즈'(1964~1996)로 잘 알려져 있으며, 단숨에 그를 유망작가의 반열에 올려준 「9마일은 너무 멀다」는 착상에서 작품화까지 무려 14년이 걸렸다.

「9마일은 너무 멀다」는 화자인 검사 '나'와 주인공 닉 웰트의 대화의 형식으로 이어지는 추론의 연쇄가 압권이다. 섣부른 추론을 전개하다 난처한 상황을 겪은 내게 닉 웰트는 열 마디 안팎의 문장을 제시하면 여기에서 추론을 끌어내 보겠노라고 제안한다. 화자는 무심코 "9마일은 멀다. 그리고 빗속이라면 더욱 힘들다"는 문장을 제시한다. 그러자 웰트는 이야기하는 사람이 넌더리를 내고 있다, 비가 오리라는 것을 예상하지 못했다, 9마일은 먼 거리가 아니기에 말하는 사람이 운동선수는 아닐 것이다, 그가 걸었던 시간대는 자정에서 오전 5시 사이일 것이다, 교통편을 이용할 수 없는 상황에서 오전 5시 30분까지 중요한 약속을 지켜야 했을 것이다, 급수 중인 급행열차 워싱턴 플레이어를 타야 했다, 이어 오늘 발견된 타살된 시체의 사망 추정시간으로 미루어 보니 허들리역에서 멈춘 것과 일치한다, 당신의 말은 무심결에 누군가에 들은 말일 것이다, 9마일을 걸었으니 배가 고팠을 것이다, 우리가 방금 전에 나온 카페에 들렀다 마주친 2인조 남성이 범인일 것이라는 엉뚱하지만 놀라운 결론을 이끌어낸다.

우연한 대화를 통해서 합리적 추론을 끌어내고 뜻하지 않게 살인사건을 해결하게 되는 기막힌 추론과 용의주도한 논리적 구성으로 인해 「9마일은 너무 멀다」는 단숨에 명작의 반열에 등극한다. 주어진 단 두 개의 문장에서 다양한 논리적 가능성을 끌어내는 날카로운 합리성과 군더더기 없이 전개되는 경제적 구성 그리고 추론을 뒷받침하는 서사적 상황을 만들어내는 깔끔한 솜씨는 케멜먼 추리소설의 특장이다. 「9마일은 너무 멀다」는 기호학적 상상력으로 논리의 아름다움과 재미가 무엇인지 보여주는, 나아가 잠자는 뇌세포들을 깨우는 역대급 추리소설이다.

# 그리고 최고의 추리소설이 되다

## 『그리고 아무도 없었다』

『그리고 아무도 없었다』(1939)는 추리소설의 여왕 아가사 크리스티(1890~1976)의 대표작이다. 원제는 '열 개의 검둥이 인형'이었으나 인종 차별의 소지가 있다 하여 미국에서는 '열 개의 인디언 인형'으로 제목이 바뀌었다. 『해리포터』 시리즈 제1부작 『마법사의 돌』이 영국에서는 'Sorcerer's Stone'(1997)으로, 미국에서는 'Philosopher's Stone'으로 다르게 출판되는 사례에서 보듯 영국과 미국에서는 동일한 작품이 다른 제목으로 출판되는 경우가 있다. 같은 영어권 국가지만, 엄연히 다른 국가이고 세금 문제로 인해 제목을 달리 한다는 설이 있다.

워그레이브 판사·여교사 베라 클레이슨·롬바드 대위·에밀리 브렌트·매카서 장군·의사 암스트롱·앤소니 마스턴·사립탐정 블로어 등 여덟 명이 U. N. 오언Owen이란 미지의 인물로부터 의문의 초청장을 받는다. U. N. 오언을 붙여 읽으면 'unknown' 즉 '정체불명의'란 뜻이 된다. 하인으로 고용된 로저스 부부를 포함한 열 명의 사람들이 폭풍으로 고립된 인디언 섬에서 동요의 가사에 따라 차례로 죽음을 맞이한다. 이들은 모두 법률의 범위 밖에서 법률이 처벌할 수 없는 죄를 지었다. 가령 의사 암스트롱은 술에 취한 채 수술하다 메리 클리스를 죽이는 의료사고를 일으켰고, 워그레이브는 죄 없는 에드워드 세튼에게 사형선고를 내렸으며, 매카서 장군은 부인의 정부였던 아서 리치몬드를 사지死地로 내몰았다는 것이다. 폭풍으로 인해 거대한 밀실이 되어버린 고립된 인디언 섬에서 동요처럼 사람들이 극도의 공포와 분노 속에서 죽어가고, 또 거실의 인디언 인형도 한 사람이 죽을 때마다 하나씩 사라진다. 사람들은 서로를 의심하기 시작하고 경계하다 죽음을 맞이하며, 최후의 생존자인 베라 클레이슨마저 필립 롬바드를 총으로 쏘아 죽이고 자살함으로써 열 명의 사람들이 모두 죽어버리는 참극이 벌어진다. 완전범죄 그 자체이며, 살인의 예술이 완벽하게 구현되는 것이다.

범인은 도대체 누구인가. 어떻게 이런 초超논리적 범죄가 가능하단 말인가. 논리와 추론이 닿지 못하는 끔찍한 미스터리를 보고 메인 경감은 영구 미제로 결론을 내린다. 살인사건이 있다면 당연히 범죄를 저지른 당사자가 있게 마련이다. 작품 속에서 사립탐정 블로어는 전혀 역할을 하지 못하며 사건을 논리적으로 풀어나가고 주도하는 이는 오히려 워그레이브 판사이다. 완벽한 사회정의를 실현하겠다는 광기에 사로 집힌 자의 이 치밀한 예술적 범죄는, 희생자 중 한 사람의 고백서로 전모가 드러난다. 역설을 잘 이해하면 범인이 누구인지 알 수 있다. 원작의 반전도 절묘하지만, 르네 클레르 감독 영화(1945)의 반전과 재해석도 출중하다.

# 추리소설의 사회학 또는
# 정치경제학

　추리소설사는 문학사이자 사회사로 존재한다. 인간의 본성과 사회 문제 등을 다루며 또 널리 읽힌다는 점에서 그렇다. 프리드리히 뒤렌마트(1921~1990)나 마츠모토 세이초(1909~1992)의 작품은 사회적 모순과 부조리를 고발하는 사회파 추리소설이며, 에르네스트 만델(1923~ 1995)의 『즐거운 살인—범죄소설의 사회사』(1984)는 추리소설(=범죄문학)과 근대 시민사회와의 연관성을 분석한 탁월한 이론서다.

　『즐거운 살인』은 추리소설 속의 범죄와 추리소설 장르의 변화 과정이 "마치 거울처럼 부르주아 이데올로기, 부르주아 사회의 사회적 관계" 나아가 "자본주의적 생산 양식 그 자체의 변화 과정까지도 반영하고" 있다는 만델 자신의 명제를 입증하는 데 초점을 두고 있다.

추리소설에서는 살인 등의 범죄가 수수께끼로 주어지고, 여기서부터 지적 대결이 펼쳐진다. 이 대결은 두 개의 차원에서 일어난다. 하나는 탐정과 범죄자 사이에서, 다른 하나는 작가와 독자 사이에서. 고전파 추리소설의 주인공 탐정은 부르주아 사회의 질서를 깨뜨리는 범죄와 반反합리적 불안 요소들을 제거하는 자본주의 사회의 파수꾼이자 개인의 사생활을 지키는 수호자들이다. 뒤팽·셜록 홈즈·에르큘 포아로·파이로 번스·엘러리 퀸·네로 울프 등 주요 탐정들 모두 하나같이 괴짜 귀족이거나 부유한 부르주아 출신이다.

반면 대실 해밋과 레이먼드 챈들러 등이 주축이 된 하드보일드 추리소설은 유럽 이민자들이 우글대는 미국 대도시 사회에서 발생한 조직범죄들에 대한 문학적 대응이었다. 기관총으로 무장한 조직범죄가 기승을 부리고 범죄가 기업화하는 현실에서 응접실의 안락의자에 앉아서 머리로만 사건을 해결하는 추리소설이 설득력을 발휘하기가 쉽지 않았다는 것이다. 그래서 등장한 것이 완력으로 사건을 해결하는 터프 가이 탐정들의 이야기—바로 하드보일드 장르다.

두 차례의 세계대전을 거치면서 범죄는 마피아와 기업·국가 및 국가 간의 문제로 더욱 확장된다. 알 카포네 같은 범죄자들, 마피아 출신의 기업인들, 혹은 이들과 결탁한 경영자들이 그러하다. 마리오 푸조의 『대부』(1969)나 이언 플레밍의 '007 시리즈'는 기업의 범죄가 점증하는 현대사회를, 또 동서갈등 같은 국제적 냉전 시대를 반영하는 작품들이다.

이처럼 추리소설이 근현대 부르주아 사회의 역사와 복잡하게 얽혀 있기에 만델은 추리소설 장르의 변천사가 "하나의 사회적 역사"가 될 수밖에 없다고 본다. 수많은 탐정들이 나와서 수많은 범죄를 해결해도 범죄가 멈춰지지 않는 것은 자본주의와 "부르주아 사회 자체가 범죄를 조성하고", 범죄를 양산하는 "범죄사회"이기 때문이라는 것이다. 전적으로 동의하기 어려우나 일리 있는 분석이다.

에르네스트 만델, 이동연 역, 『즐거운 살인 – 범죄소설의 사회사』, 이후, 2001.

# 추리소설의
# 모더니티

"나는 생각한다, 고로 존재한다Cogito ergo sum."

근대 서구철학은 데카르트(1596~1650)의 이 선언으로부터 시작됐다. 그의 명제에서 생각과 사고 작용의 문제는 칸트(1724~1804)에게, 존재성의 문제는 하이데거(1889~1976)에게, 그리고 이를 구조화하는 언어 논리는 비트겐슈타인(1889~1951)에게로 이어지기 때문이다.

추리소설은 데카르트의 명제에 가장 충실한 장르다. 추리소설 작법과 인물과 스토리가 그 증거다. 초자연적이거나 불가사의한 작용은 배제돼야 한다(녹스의 추리소설 10계), 범인은 논리적인 연역법에 의해 추론돼야 한다, 살인의 방법과 그것을 추리하는 방식은 이성적이고 과학적이어야 한다(반 다인의 추리소설 작법 20칙) 등의 규칙은 추리클럽The Detection club 소속 작가들이 꼭 지켜야 할 창작의 대원칙이었다. 추리클럽은 G. K. 체스터튼·아가사 크리스티·로날드 녹스·도로시 세이어즈 등의 작가와 편집자들이 1931년에 결성한 작가들의 모임이다.

추리소설의 모더니티는 등장인물의 면면에서도 잘 드러난다. 탐정이나 범인들은, G. 들뢰즈(1925~1995)와 F. 가타리(1930~1992)의 표현을 빌리면 모두 '생각하는 기계들'이었다. 또 완전범죄를 위해 트릭을 상상하고 알리바이를 구성하는 범죄자나 정교한 사고와 추론ratiocination 으로 난해한 미스터리를 실증적인 논리의 세계로 인도히는 탐정은 생각하는 인간— 즉 코기토cogito 그 자체였다.

아가사 크리스티의 주인공 에르퀼 포와로는 이성의 알레고리라 할 수 있다. 팔자수염에 땅딸보인 그에게 '에르퀼'이란 이름을 붙여준 것이 단적인 예다. '에르퀼'은 헤라클레스Heracules 또는 Hercules의 불어식 발음이다. 프랑스에서 에이취H 곧 아쉬는 묵음이다. 추리소설 독자들은 에르퀼이 바로 헤라클레스의 불어식 발음이라는 점을 의식하지 않았기에 아가사 크리스티의 이 은유와 유머를 아마 무심코 지나쳤을 것이다. 기실 옛날에는 파워 넘치는 근육질의 남성이 '헤라클레스'였지만, 데카르트 이후의 근대사회에서는 근육의 힘이 아니라 '이성'과 '사고' 그리고 생각할 줄 아는 능력을 가진 자가 헤라클레스이기 때문이다.

프랑코 모레티(1950~)는 추리소설을 근대적 이성과 대도시의 산물로 본다. 그의 말대로 『셜록 홈즈』 시리즈의 대다수가 대도시 런던, 특히 웨스트엔드처럼 중산층 이상이 거주하는 도심을 배경으로 삼고 있다. 근대소설이 부르주아의 서사시라고 한다면, 합리적 사고와 과학적 설명을 중시하는 추리소설은 이성의 서사시인 동시에 계몽이성의 통속화이다. 이 점에서 추리소설은 이성의 힘으로 세계를 해석하고 통제할 수 있다는 근대적 신념의 반영이면서 동시에 온갖 범죄와 부작용을 양산하는 근대의 허위와 근대의 거짓말을 날카롭게 재현하는 사회학적 장르라 할 수 있다.

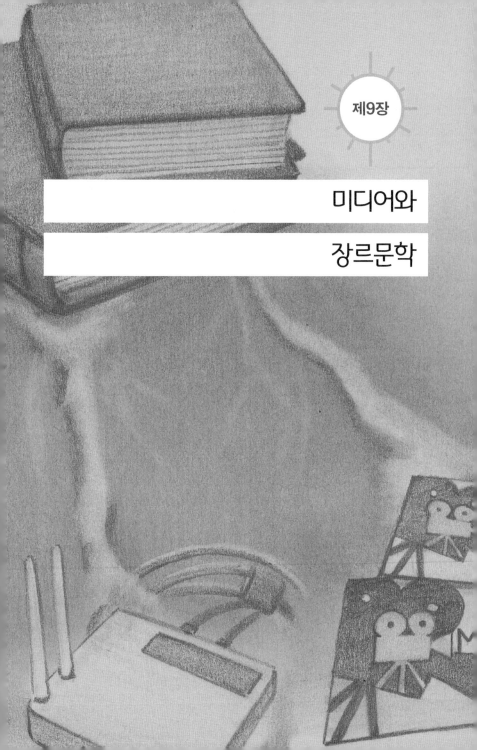

제9장

미디어와
장르문학

# 웹소설과
# 장르문학

웹은 우리의 삶에 획기적인 변화를 가져왔다. 빈튼 서프와 밥 칸의 컴퓨터 통신 규약 프로토콜(1973), 팀 버너스 리의 월드와이드웹(1989), 마크 앤드리슨의 웹 브라우저 모자이크(1993) 등을 거치며 구축된 이 거대한 온라인 시스템이 없는 현대적 삶은 상상하기 어렵다. 문학도 마찬가지다. PC통신문학·게시판문학·인터넷소설·사이버문학·블로그문학 등이 서로 겹치고 혼용되더니 지금은 웹소설이라는 단일한 용어로 수렴돼 가고 있다. 웹소설은 웹을 기반으로 생산·유통·소비되는 소설을 가리킨다. 좁혀 말하면 네이버·북팔·조아라·문피아 등 온라인 전문 사이트들에서 생산, 소비되는 장르문학들이다.

웹소설은 작품의 창작과 수용의 방식이 책에서 웹 공간으로 옮겨갔다는 것만을 의미하지 않는다. 우선 문학의 중심축이 예술과 이념에서 소비와 오락으로 이동했다. 또 작가와 독자의 경계가 해체되면서 작독자wreader가 출현했고, 종이책에서 시도될 수 없는 새로운 표현이 등장했으며, 모든 것이 조회수로 환원되는 극단적 대중추수성을 보여주고 있다. 우리가 웹소설과 일반문학과의 차이를 느끼지 못하는 것은 독자의 거부감을 줄여주기 위해 아날로그 시대의 익숙한 형식들을 채택하는 이른바 경로의존성path dependence에 기존 미디어의 표상방식을 차용하는 재매개화remediation 현상 때문이다.

그런가하면 웹소설들이 자주 사용하는 이른바 절단신공切斷神功은 결정적 대목(장면)에서 이야기를 중단하는 신문 연재소설의 단절기법의 변용이며, 가독성을 높이기 위해 구어체와 대화를 많이 활용하는 것 또한 무협소설·판타지·만화(그래픽 노블) 등의 종이책에서 익히 보아왔던 문학관습들이다.

웹소설은 별로 새롭지 않다. 그것은 장르문학마저 잘 읽히지 않고 잘 안 팔리는 시대 스마트폰과 웹 포탈을 활용하여 읽히려는(팔아먹으려는) 문학 비즈니스의 소산이기 때문이다. 작가가 되고 싶어 하는 젊은 열망, 가벼운 기분전환용 읽을거리에 대한 대중적 욕망, 이를 사업으로 활용하는 전문 사이트의 이해가 서로 공모하여 만들어낸 웹 2.0 시대의 장르문학이 바로 웹소설인 것이다.

웹소설은 새롭되 새롭지 않으며, 획기적이되 여전히 관습적이다. 웹소설이 매체상의 변화를 넘어서는 새로운 미래문학이 될지 그냥 장르문학으로 남게 될지 조금 더 지켜봐야 한다. 마이클 조이스의 하이퍼텍스트문학 『오후, 이야기』(1987), 마크 아메리카의 하이퍼픽션 『그래머트론』(2000) 등 종이책의 품에서 벗어난 디지털 미디어문학들도 실험문학으로 끝났을 뿐 현실의 문학으로 견실하게 뿌리내리지 못했다는 점에서 그렇다.

제이 데이비드 볼터·리처드 그루신, 이재현 역, 『재매개: 뉴미디어의 계보학』, 커뮤니케이션북스, 2008.

최배은, 「한국 웹소설의 서술형식 연구」, 『대중서사연구』 41호, 대중서사학회, 2017.2.

# 필립 K. 딕의 퓨처 리포트

『안드로이드는 전기양을 꿈꾸는가』

인간은 누구이며, 누가 인간인가? 생명공학과 인공지능 같은 첨단 과학기술의 발전은 데카르트 이후 흔들림 없이 군건했던 인간에 대한 정의마저 혼돈 속으로 밀어 넣는다. 생각하는 존재cogito로서의 인간은 인공지능의 발달로 인해 더 이상 의심할 수 없는 제1명제의 지위를 내주어야 하며, 인간의 생물학적 특성은 생명공학의 발전과 유전자합성인간android의 등장으로 인간의 인간다움의 지표로서의 기능을 잃게 된다.

리들리 스콧(1937~)의 영화 〈블레이드 러너〉(1982)의 원작이기도 한 필립 K. 딕(1928~1982)의 『안드로이드는 전기양을 꿈꾸는가』(1968)는 진짜 인간과 가짜 인간을 구별 짓고, 진짜 인간이 가짜 인간들을 제거하는 끔찍한 얘기다. 지옥의 묵시록을 전경화한 이곳은 세계대전 이후 방사능으로 오염되어 지구상의 모든 생명체들이 멸종의 위기에 내몰린 샌프란시스코이다. 닉 데커드는 유전자 합성인간인 안드로이드 전문 사냥꾼으로 전기 양electric sheep아닌 진짜 자연산 양을 기르고 싶어 한다. 아침마다 그는 기분 전환기 펜피드의 자동 알람을 이용하여 기상하며, 하루의 일정에 따라 기분 전환기의 채널을 조정한다. 닉이 안드로이드와 진짜 인간을 구별하는 방법은 보이그트-감프 테스트 곧 감정이입의 반응 속도를 통한 시험이다. 기억은 얼마든지 주입될 수 있기에 과거의 추억이나 인간의 유전적 특질이나 생각하는 능력 따위는 이제 인간의 정체성을 규정하는 정의로서 효용성이 없다.

반면 지능이 너무 떨어져 오염된 지구를 떠나 다른 행성으로 이주할 자격조차 부여받지 못한 이지도르는 경찰의 추적을 피해 도망 다니는 안드로이드들을 도와주는 인간다운 인간이다. 모자라는 인간 이지도르는 권력화한 기업 집단 로젠 연합이 공장에서 만든 유전자 합성인간도 사랑과 외로움과 공포를 느끼는 똑같은 인간이라는 휴머니티와 공존의 윤리를 보여준다.

필립 K. 딕은 평생 공황장애와 모진 생활고에 시달리면서도 암울한 묵시록적 전망과 획기적 상상력으로 세계SF 팬들을 사로잡는 다수의 걸작을 남겼다. 스토리의 초점이 흔들리고 어수선해 보이지만 이는 2019년 이후 지구라는 미친 행성의 분위기를 창출하는 데 대단히 효과적이다. 사이버펑크 장르 특유의 스토리와 분위기를 통해 그는 고차원 첨단과학과 저차원의 삶이라는 미래사회의 참상과 갈수록 모호해져 가는 시뮬라시옹의 상황―즉 진짜와 가짜 나아가 인간과 비인간의 경계가 무엇인지에 대해 질문을 던진다. 『안드로이드는 전기양을 꿈꾸는가』는 생명마저 상품화하는 섬뜩한 자본의 논리, 정신문명이 뒷받침되지 않는 물질문명과 과학기술의 폭주에 대한 경고, 나아가 인간과 기술의 결합이라는 포스트휴머니즘 시대 인간의 정체성 문제 등을 담아낸 충격적 퓨처 리포트다.

# 첨단기술사회와 근미래에 대한 물음

## 『뉴로맨서』

　인간과 기술, 인간과 인공지능과의 공존은 가능한가? 윌리엄 깁슨 (1948~)의『뉴로맨서』(1984)는 인공지능과 트랜스휴먼이 보편화한 미래사회의 윤리와 문제점에 대해 철학적 물음을 던지는 사이버펑크 미래학이다. 알파고와 이세돌의 세기의 바둑대결 이후, 인공지능AI은 이제 문학적 상상력이 아닌 현실의 당면 과제로 부상했다.

　『뉴로맨서』는 매우 '핫'한 화제작이다. 휴고상·네뷸러상·필립 K. 딕상 등을 모두 석권했으며, 근미래에 닥칠 재앙적 미래를 다루고 있기 때문이다. 또 당시까지 생소했던 '사이버스페이스'라는 신조어를 널리 퍼뜨리는 기점이 됐으며, 〈공각기동대〉·〈코드명 J〉·〈매트릭스〉

등 SF만화 및 영화의 원본이 됐다. 사이버스페이스란 인간의 두뇌와 신체의 각 부분이 컴퓨터 통신망과 연결됨으로써 형성되는 가상의 공간을 가리키는 말이다. '뉴로맨서'는 신경망neuro이란 단어와 조정자·마법과 연관성을 지닌 의미의 접미사 −mancer를 결합한 신조어로,『뉴로맨서』는 신경체계를 조작하여 정보를 캐내는 정보사냥꾼, 컴퓨터 카우보이, 해커의 이야기다.

주인공 케이스는 정보 네트워크에서 정보를 해킹하는 컴퓨터 카우보이다. 고용주의 데이터를 훔치다가 신경망이 손상된 채 일본 치바의 어두운 뒷골목을 배회한다. 약물에 취해 실의의 나날을 보내던 그는 아미티지라는 정체불명의 의뢰인의 부탁을 받고 사이보그인 몰리와 함께 임무(?)를 수행한다. 의뢰인의 정체는 다름 아닌 윈터뮤트라는 인공지능. 윈터뮤트는 새로운 정신적 인격체가 되기 위해 다른 인공지능인 뉴로맨서와의 통합을 꿈꾸며 이를 위해 케이스를 고용한 것이다.

케이스와 몰리가 활약하는 사이버스페이스는 다국적 기업이 구축한 정보 네트워크로 1983년 윌리엄 깁슨의 초기 단편들을 모은 작품집『불타는 크롬』에서 이미 선보인 바 있다. 키아누 리브스가 주연을 맡았던 〈코드명 J〉의 원작인『조니 니모닉』도 이 앤솔로지에 수록돼 있다. 인간의 기계화와 기계의 인간화라는 양방향의 이야기를 등장시킨『뉴로맨서』는 저급한 펑크문학이자 뉴웨이브의 실험정신을 구현하고 있는 뛰어난 작품이라는 등의 엇갈린 평가를 받고 있으나 첨단 과학기술의 발전이 동반한 윤리적 문제와 다국적 기업이 지배하는 재앙적 미래 세계를 다룬 문제작임에는 틀림없다. 덧붙여 인공지능이 등장하는 고도화한 첨단 정보 네트워크시대를 그린 이 작품이 지독한 '컴맹'인 윌리엄 깁슨이 타자기를 사용하여 썼다는 것도 무척 흥미로운 부분이다.

# 『장자』와 보르헤스,
## 그리고 〈아바타〉와 〈인셉션〉

　보르헤스 문학은 언제나 난해함과 경이와 독창성으로 번득인다. 「원형의 폐허들Las ruinas circulares」(1944)은 그러한 호르헤 루이스 보르헤스(1899~1986) 문학의 특장特長이 살아있는 단편소설이다. 세상에 존재하는 모든 것이 꿈이며 물거품 같다는 『금강경』 일구와 『장자』 「제물편」에 등장하는 호접지몽胡蝶之夢의 고사를 소설로 옮겨 놓았다.

　작품의 주인공은 마법사다. 그는 오래전 불에 타 폐허로 변한 신전에서 인간에 대한 꿈을 꾸고 싶어 한다. 여러 차례 시도 끝에 마침내 그는 꿈속에서 완벽하게 한 소년을 만들어내고 그 소년에 대한 꿈을 꾸어낸다. 그런데 불길 속에서도 죽지 않는 자신을 지켜보면서 자신

역시 다른 이에 의해 꿈꾸어진 꿈이요, 환영이라는 사실을 알게 된다. 소설은 나비가 되어 노니는 꿈을 꾸었는데 중국에는 자신이 나비인지 나비가 자신인지 분간하지 못하게 되었다는 장자의 호접지몽 고사 그대로다. 현실과 허구가 교차하고 진짜와 가짜가 뒤섞이는 몽환성과 애매모호함, 또 꿈속의 꿈을 설정하는 이 치밀한 유희는 「원형의 폐허들」의 가장 빛나는 부분일 것이다. 우리네 인생과 존재 자체가 한바탕의 꿈이라 설파하는 『금강경』과 『장자』의 가르침, 그리고 이를 문학적으로 차용하여 자아의 비실재성을 극적으로 드러낸 보르헤스 문학은 장르문학과 블록버스터 영화로 이어진다.

제임스 카메론의 〈아바타〉(2009)와 크리스토퍼 놀란의 〈인셉션〉(2010)은 보르헤스의 「원형의 폐허들」이 만들어낸 꿈이다. 〈인셉션〉의 주요 이미지들과 영상언어는 보르헤스에 더해 안과 밖, 위와 아래, 시작과 끝 같은 구분이 해체되고 원근법마저 와해돼 버린 마우리츠 코르넬리스 에셔(1898~1972)의 〈상대성〉(1953), 〈손을 그리는 손〉(1948) 같은 초현실적 그림들을 연상케 한다. 〈아바타〉는 자원을 약탈하려는 지구인들과 이에 맞선 판도라 행성의 나비족 간의 대립과 전쟁을 그린 영화다. 하반신 마비라는 장애를 딛고 자신의 아바타를 통해 영웅으로 거듭난 제이크는 나비족의 편에 서서 전설의 신수神獸 토루크 막토(그레이트 리오놉테릭스)를 타고 전장을 누비며 판도라 행성을 지켜낸다.

『장자』와 보르헤스와 SF영화로 이어지는 상호텍스트성의 흥미로운 연쇄도 그러하고, 이들 작품을 통해서 무엇이 현실이고 무엇이 환영인지 모호해진 〈매트릭스〉와 시뮬라시옹 상황 속의 현대사회와 우리의 삶을 문득 돌아보게 된다. 인생이란 꿈속에서 꿈을 꾸는 '나'는 도대체 누구이며, '나'를 '나'라고 인식하는 그것은 또 무엇이란 말인가.

# 제10장

# 북한의

# 대중문학

# 북한의

# SF

북한에도 SF가 있을까. 당연히 있다. 주체사상이 전면화한 1972년 이후에는 혁명적 수령관·종자론·전형성 이론 같은 주체문예이론에 따라서, 이전에는 인민성·계급성·당파성·혁명적 낭만주의 같은 사회주의 리얼리즘론에 입각하여 창작되거나 발표되었다는 특징을 보여준다. 인민경제와 인민복리 발전에 기여하고 어린이들에게 과학정신과 탐구심을 심어줘야 한다는 대원칙에 충실해야 하고, 그런 작품들만 심의를 통과할 수 있었을 것이다. 이 말은 북한의 SF가 국제정세와 국가 정책의 영향을 심하게 받고 있다는 뜻이다.

제2차 세계대전 이후부터 본격화한 동서 냉전은 갈수록 확장되어 우주탐사와 과학소설 분야로까지 불똥이 튀었다. 1957년 구소련이 세계 최초의 인공위성 스푸트니크를 쏘아 올리자 이에 자극을 받은 미국이 절치부심한 끝에 1969년 유인 우주선의 달 착륙에 성공한다. 이같은 미소 간의 우주탐사 경쟁 및 냉전 상황을 반영한 북한SF가 바로 『혹성 간 비행선 달 1호』(1954)이다.

소련을 비롯한 동구권 국가들의 SF에 대한 관심은 매우 지대했다. 소련은 일찍부터 쥘 베른의 소설을 적극적으로 받아들였으며, 그 결과 『안드로메다의 시대』(1957)와『인간의 세계』(1963) 등으로 널리 알려진 이반 A. 예프레모프(1905~1972) 같은 걸출한 작가를 배출하기도 했다.

북한에서는 과학소설을 '과학환상소설'이라 하는데, 이는 중국의 과환소설科幻小說이란 용어의 영향을 받은 것이다. 북한의 SF는 일반문학들이 그렇듯 체제와 이념의 선전 수단으로 활용되며, 교시의 장르문학적 해설이라 해도 틀리지 않는다.

북한의 창작 SF는 1950년대 말부터 집중적으로 나오기 시작했다. 「별나라로 가자」, 「저축되는 태양열」, 「미래의 려행」, 「동해에 원유가 있다」 등이 1950년대의 주요 작품이다. 북한을 대표하는 SF작가로 황정상이 있다. 청년 과학자들의 연구와 사랑을 그린 그의 『푸른 이삭』(1988)은 1995년 국내에서도 출판된 적이 있다.

또 그의 『과학환상문학강좌』(1993)는 북한판 SF평론집으로 주요 고전들에 대한 비평과 작품해설을 시도하고 있다. 그는 쥘 베른과 웰스

등의 서구의 대표적 고전들을 "생활적 타당성이 없는 흥미본위"의 작품이라 비판한다. 쥘 베른의『해저 2만리』는 미지의 인물인 주인공 네모 선장처럼 작품의 주제사상이 모호하고, 웰스의『우주전쟁』등은 인류의 위기 앞에 무기력하기만한 영국사회의 위선과 한계를 잘 보여주며 계급모순을 해결할 명쾌한 관점을 제시하지 못한 채 비관적 세계관으로 일관하고 있다고 지적했다. 그럼에도 일반문학들에 비해 북한의 SF들이 상상력과 발상이 기발하고 유연하다는 점은 꾹 인상적이다.

고장원,『세계과학소설사』, 채륜, 2008.

마성은,「1960년대 조선 아동문학과 프롤레타리아 국제주의」,『아동청소년문학연구』12호, 한국아동청소년문학학회, 2013.

# 북한식 대중문학,
## 〈꽃 파는 처녀〉

북한에도 대중문학이 있을까. 있다. 있되, 다르다. 〈꽃 파는 처녀〉가 그렇다. 〈꽃 파는 처녀〉는 북한에서 불후의 고전적 명작으로 통하는 작품이다. 불후의 고전적 명작이란 김일성과 김정일의 창작 혹은 지도로 만들어진 혁명예술을 통칭하는 북한식 문학예술의 한 범주다.

〈꽃 파는 처녀〉는 김일성의 지도로 1930년 만주 오가자 지역에서 초연됐다고 한다. 1972년 영화화되어 같은 11월 체코 카를로비바리에서 개최된 제18회 국제영화제에서 특별상을 받았고, 2012년 12월 단일 가극으로 1,500회 공연을 돌파했다. 1977년 4·15창작단에 의해 장편소설로 각색(?)됐다. 영화의 주연을 맡았던 인민배우 홍영희가 북한의 지폐

도안으로 채택될 만큼 이 작품은 북한문학의 대표주자로 꼽힌다.

〈꽃 파는 처녀〉는 혁명가극·영화·소설·동화 등으로 만들어진 주체예술의 모범이자 정전正典으로 꼽히는 작품이다. 그러나 이념을 걷어내고 스토리 자체와 이야기 구조를 따져보면 신파극과 대중소설에 가깝다. 작품은 꽃분이와 동생 순희 그리고 어머니와 오빠 철용 등 일가족을 중심으로 한 배지주 부부와의 계급적 갈등과 투쟁을 중핵으로 삼고 있는바, 병든 몸으로 배지주집에서 종살이하는 어머니 약값을 마련하기 위해 꽃을 팔러나간 꽃분이와 당사주를 봐주는 노인의 대화가 비근한 예다. 꽃분이의 사정을 듣고 난 노인이 "그러니 아버지는 머슴살다 돌아가시구, 오빠는 감옥소에 잡혀 가구 어머니마저 병들어 앓고 계시는데 어린 동생은 눈까지 멀었단 말이냐? 허참 세상에!"라며 장탄식을 하는 장면이 나오는데, 노인은 꽃분이의 수난을 다시 독자들에게 환기시켜 주는 역할을 하면서 동시에 일반 독자(청중)의 반응과 감정을 대변하는 인물이라 할 수 있다.

〈꽃 파는 처녀〉는 주요 플롯이나 모티프 등을 볼 때 오스트리아의 작가 아르투어 슈니츨러(1862~1931)의 단편소설 「눈 먼 제로니모와 그의 형」(1900)과 강한 유사성 혹은 상호텍스트성을 보여준다. 슈니츨러의 소설은 1938년 2월 유치진의 번역으로 16회에 걸쳐 공연됐으며, 1954년 10월 소설가 안수길이 학생잡지 『학원』에 번역한 바 있고, 1959년 김진성이 독한대역문고로 펴낸 바 있다. 『꽃 파는 처녀』를 통속 대중소설로 규정하는 것은 무리가 있겠으나 뚜렷한 선악 이분법·감정의 과잉·우연의 남발과 비약 등 신파극과 대중소설적 성격이 분명한 것은 사실이다. 대중계몽을 위한 이념형의 작품은 필연적으로 강한 대중성을 추구한다. 이처럼 대중소설, 장르문학은 정치적 색채가 강한 선전, 선동형의 작품에서도 핵심적 요소로 채택, 활용될 만큼 문학예술의 중핵을 이룬다. 북한의 『꽃 파는 처녀』가 이를 입증한다.

조성면, 「〈꽃 파는 처녀〉의 신파성과 대중성 그리고 상호텍스트성」, 『대중서사연구』 20호, 대중서사학회, 2014.

# 제11장

일본의 대중소설,

그토록 경쾌하고 대중친화적인

# 하루키의 『1Q84』와

# 일본소설

불과 한 세대 전만 해도 '문학의 본질은 영구혁명 중에 있는 사회의 주관성'이라는 사르트르(1905~1980)의 명제는 흔들림 없이 굳건하였다. 근대문학의 사망을 선언한 가라타니 고진(1941~)이나 새로운 감각과 스토리로 두터운 팬덤을 구축한 무라카미 하루키(1949~) 열풍은 종래의 문학의 핵심이 미적 가치보다는 이념에 있으며, 사회변혁의 완수라는 역사적 텔로스에 두어져 있었음을 보여준다.

하루키의 『1Q84』는 새로운 문학의 세기가 개막됐음을 알리는 신호였다. 소설의 핵심은 시공간이 뒤틀려버린 1Q84년 헬스 트레이너이자 전문 킬러인 아오마메 마사미와 수학강사이자 대필작가인 가나와 덴고라는 두 남녀의 사랑을 그리고 있다는 데 있다. 1Q84는 1984년이 아닌 또 다른 1984년을 가리키는 조어로 여기서 'Q'는 '9'의 대체어이자 'Qestion'의 약어이다. 상처받은 여성의 보호자임을 자처하는 노부인 (오가타 시즈에)의 살인청부를 받고 여성을 학대한 남성을 은밀하게 처리하는 아오마메는 야나체크의 심포니에타 음악이 흘러나오는 가운데 고속도로의 비상계단을 통해 불쑥 시공이 뒤틀린 1Q84의 세계로 진입한다. 초등학교 시절 아오마메와 짧지만 강렬했던 인연을 간직한 채 수학강사로 살아가던 덴고는 후카에리의 대필작가로『공기의 번데기』라는 작품을 발표하면서 정체불명의 유사 종교 집단인 선구先驅의 추적을 받으며 현재의 세계와 병행하여 존재하는 또 다른 세계— 패럴렐 월드parallel world 속으로 말려든다.

소설은 아오마메의 이야기와 덴고의 이야기를 교차시키면서 전공투 학생운동 실패 후 고도성장 시대로 접어들면서 정치적 전망을 잃고 애니메이션과 대중소설에 빠져 지내는 후일담 세대의 삶과 내면을 반영한다. 가령 덴고/후카에리의『공기의 번데기』를 기획한 편집자 고마쓰는 도쿄대학 문학부 출신으로 1960년대 안보투쟁을 전담하던 학생조직의 간부였고, 유사종교단체 선구는 전공투 실패 이후에 생겨난 자급자족형 농업공동체인 코뮌에서 발전한 비밀결사조직이며, 초자연적 능력을 보여주는 리틀 피플은 "일하고 일하다 의미도 없이 죽"어가는 일본인의 상징이다. 김홍중 교수의 날카로운 지적대로 끔찍한 성실성과 집단적 통일성으로 무장한 채 자기에게 주어진 일을 수행하는 '리틀 피플'이야말로 개인을 발명하는데 실패한 일본의 답답한 모더니티의 은유일 것이다.

하루키 소실의 문세성은 용의주도한 소설적 구성과 강렬한 흡인력을 지닌 스토리텔링 그리고 언어의 감촉이 다른 새로운 문체와 신화적 상상력을 보여주었다는 것이 아니라 사랑 외에는 더 이상 이념도 종교도 대안이 될 수 없다는 현실인식과 그와 같은 주장이 갖는 설득력이다. 단 한 번도 혁명을 경험하지 못한 일본적 현상이 바로 하루키 팬덤의 원인이며, 『1Q84』의 세계다.

김홍중, 『마음의 사회학』, 문학동네, 2009.
김홍중, 「하루키에 대한 몇가지 단상들」, 『문학동네』 61호, 2009.

# 참을 수 있는 소설의 가벼움

『기사단장 죽이기』

하루키(1949~)의 소설에는 라이트모티프처럼 반복되는 특유의 지표들이 있다. 삼십대 중반으로 설정된 남성 주인공들, 세련된 라이프 스타일을 보여주는 인물들, 뜨거운 정사, 감각적인 문체, 예술에 대한 열망, 그리고 신비로운 요소 혹은 초자연적인 존재의 등장이 그러하다. 『기사단장 죽이기』(2017) 역시 이 패턴을 반복한다. 우아한 고독과 매력적인 문장들과 독자의 감성을 자극하는 스토리들로 두터운 팬덤을 구축하고는 있으나 읽고 나면 어딘가 모르게 공허한 뒷맛까지 여전하다. '색채 없는'이란 뜻을 지닌 멘시키 와타루免色渉란 작중인물의 이름처럼, 주인공의 머릿속에서 흐릿한 이미지로만 부유하는 '흰색 스바루 포레스터를 타는 중년 남자'처럼, 또 뭐라 이름 붙일 수 없는 "무형의 이데아"인 스피릿추얼처럼 그냥 무채색이다.『색채가 없는 다자키 쓰쿠루와 그가 순례를 떠난 해』(2013) 같은 또 하나의 무채색 이야기다.

초상화 전문작가인 '나'는 결혼 6년 만에 아내로부터 이혼 통보를 받고 그 길로 집을 나와 이곳저곳을 전전하다 대학 친구의 주선으로 그의 아버지이자 유명 화가인 아마다 도모히코가 살던 오다와라의 빈집에서 살게 된다. 잠시의 "외딴섬처럼 고독하고 평화로운" 일상이 흐른 뒤 '나'는 괴이하고 신비로운 사건에 휘말린다. 오페라 〈돈 조바니〉를 아스카 시대의 일본화로 재해석한 아마다 도모히코의 그림 〈기사단장 죽이기〉의 발견, 한밤중에 들려오는 방울소리, 멘시키의 초상화 그리기, 멘시키의 딸로 추정되는 아키가와 마리에의 초상화 작업과 그녀의 난데없는 실종, 메타포라 불리는 초자연적 존재를 따라 경험하게 되는 시공을 초월한 공간 여행, 아내 유즈와의 재결합 등까지 흥미진진한, 그러나 이야기의 중심을 형성하지 못하고 그저 다채로운 사건과 이야기가 뷔페처럼 나열된다.

무명의 초상화 작가의 예술적 정체성 찾기에 이혼이라는 상처를 치유하기 위한 힐링 여행이 이야기의 근간을 이루며, 난징 대학살과 루거차오 사건, 빈 유학중 안슐루스(독일과 오스티라아 합병)에 저항하다 본국으로 추방된 아마다 도모히코의 이야기 등 세계대전에 제국으로 참여한 일본의 역사적 경험이 끼어들어 있는 점이 조금 특이하다. 하루키 자신이 명명한 "캔버스 참선", 요컨대 텅 빈 캔버스 앞에서 무념무상의 상태로 앉아 있다 번뇌 망상뿐 아니라 최소한 정치의식마저 방기해 버린 격이다. 보석처럼 반짝이는 문장들과 깊은 성찰, 그리고 편폭 넓은 다양한 예술적 인유들은 하루키 소설 읽기 특유의 즐거움이라 할 수 있다. 그러나 뭐라 할 수 없는 작품 속에 등장하는 무형의 이데아처럼 『기사단장 죽이기』는 소설novel을 '小說'로 만들어버린 소설이다.*

---

* 여기서 소설(novel)은 이념과 미적 형식을 갖춘 예술로서의 문학을, 소설(小說)은 『장자』에 나오는 말처럼 쇄말적인 파적거리용 오락물을, 술어부의 소설은 예술 장르명으로서의 소설을 의미한다.

# 히가시노 게이고의

# 휴먼 스토리들

아무래도 현대 추리소설사에 히가시노 게이고(1958~)란 이름을 한 줄 더 추가해야 할 것 같다. 저마다의 개성으로 제각기 빛나던 역대급 걸작들처럼 그의 작품은 이제 잘 팔리는 베스트셀러 소설을 넘어 새로운 유형의 추리소설로 호평받고 있다. 히가시노 게이고형 추리소설이란 무엇인가. 인간의 얼굴을 한 추리소설 — 바로 감동적 휴먼 추리소설을 말한다. 그의 소설은 우선 쉽고, 잘 읽힌다. 기괴하고 엽기적인 스토리에 복잡한 트릭으로 독자들을 들볶지 않는다. 편안하고 감동적이다. 1985년 『방과후』로 에도가와 란포상을 수상하며 등단한 이래 지금까지 66편이 넘는 장편소설과 작품집을 발표했다. 일 년에 두 권 이상의 작품을 쓴 것이다.

히가시노의 추리소설은 가가 교이치로 형사가 등장하는 '가가 시리즈'와 천재 물리학자로 테이도帝都대학 물리학과 조교수 유가와 마나부가 등장하는 '갈릴레오 시리즈'로 대별된다. 여기에 '덴카이치 다이고로 시리즈' 등이 뒤를 잇는다. 그의 작품 대다수가 드라마와 영화로 만들어졌다. 마치 스티븐 킹의 작품을 '읽지' 않고 '보게' 되는 것처럼 히가시노 소설도 매체를 넘나드는 압도적 대중성을 보여준다.

『용의자 X의 헌신』(2005)에서는 유가와 교수와 그의 대학 동문으로 수학 천재로 통하는 이시가미 데츠야의 지적 대결이 흥미롭다. 가정폭력에 시달리다 남편 도미가시 신지를 살해한 옆집 여자 하나오카 야스코를 위해 자신의 천재적 두뇌를 사용하는 이시가미의 헌신이 핵심이다. 남편의 가정폭력에 시달리던 야스코의 우발적 살인을 은폐하고, 그녀로 하여금 거짓말을 하지 않도록 하는 상황을 만들어 나가는 트릭들, 이시가미의 시체 바꿔치기 같은 트릭이 절묘하다. 기하학문제인 줄 알았는데, 함수문제였다는 위장술, 사람들의 눈길을 속이는 "그릇된 방향misdirection을 지시하는 트릭"이 기막히다.

『기린의 날개』(2011)는 적당하게 통속적이며 적당하게 감동적인 휴먼 추리소설이다. 살해당한 아버지 아오야기 다케아키와 아들 유토의 화해가 감동적이며, 청운의 꿈을 안고 도쿄로 올라온 야시마와 가오리 두 청춘남녀의 순수한 사랑과 비정규직 노동자들의 애환 그리고 야오야기와 야시마에 대한 누명을 풀고 진실을 밝히기 위해 헌신하는 가가 교이치로 형사의 수사와 추리가 볼만하다.

『나미야 잡화점의 기적』(2012)은 우연히 나미야 잡화점에 숨어든 어설픈 삼인조 절도범 청년들이 시공간이 뒤틀려버린 이곳에서 32년의 시간을 오가며 사람들의 상담역을 해주는데, 그들의 엉뚱한 조언이 절망에 빠진 사람들을 돕는 상황이 재미있다. 모든 사건과 스토리들이 환광원이라는 보육원 출신의 사람들과 연결되는 과정을 그린 인간적인 타임 슬립물이다. 장르문학이든 본격문학이든 좋은 작품은 반드시 읽히고 또 살아남는 법이다.

「번역가 양윤옥― 히가시노 게이고의 문체는 번역자에게 고마운 텍스트」,
『채널 예스』, 2017.7.21(http://ch.yes24.com/Article/view/33903).

제12장

한국의 대중소설과
작가

# 한국 최초의 베스트셀러 소설,
# 『장한몽』

대중문학의 큰 특징은 '보고 또 본다'는 것이다. 예측 가능한 스토리 전개와 반전 그리고 인물과 상황만 바뀔 뿐 매번 그 내용에 그 이야기다. 『장한몽』(『매일신보』, 1913.5.13~1913.10.1)의 등장은 고소설 시대의 종언과 '보고 또 보는' 신파문학, 한국 근대 노벨의 출현을 알리는 개막선언이었다. '로미오와 줄리엣의 발코니신'만큼 유명한 '이수일과 심순애의 대동강가 부벽루신' 그리고 '김중배의 다이아몬드 반지'로 표상되는 그 이야기, 그 연극, 그 영화가 바로 『장한몽』이다.

무려 한 세기 이상의 세월을 뛰어넘어 대중들의 사랑을 받고 있는 『장한몽』의 원본은 『요미우리신문』에 절찬리 연재됐던 오자키 코요

(1867~1903)의 『금색야차金色夜叉』(1897)이다. 곤지키야샤? 우리말로 풀이하면 돈이라는 저승사자(두억시니)란 뜻이다. 애정의 삼각관계를 다룬 순정소설이되, 전례 없이 남녀의 연애사에 돈이라는 자본주의적 요소를 개입시킨 근대적 작품이다. 그런데 『금색야차』 또한 오자키 코요의 순수 창작이 아니라 영국의 여류소설가 샬롯 메리 브레임(1836~1884)의 『여자보다 더 약한Weaker Than a Woman』의 번안소설이었으니 조중환(1884~1947)의 『장한몽』은 번안의 번안인 셈이다.

조실부모한 이수일은 아버지 친구 심택에 의해 양육되며, 그의 딸 심순애와 약혼한다. 심순애는 김소사의 집에서 우연히 동경 유학생 김중배를 만나게 되고 그의 물질공세에 그만 이수일과의 혼약을 파기하고 김중배와 결혼한다. 상심한 이수일은 고리대금업자가 되고, 죄책감과 불행한 결혼생활로 심순애는 자살을 기도한다. 대동강에 투신자살을 하려던 그녀는 이수일의 친구 백낙관의 도움으로 구출되고, 그의 중재로 두 사람은 다시 재결합한다.

스토리는 잘 알려진 대로 또 누구나 아는 바 그대로다. 그러나 『장한몽』은 전래의 한국 고소설들과 달리 '사랑이냐 돈이냐'(이들의 사랑은 사랑이라기보다 오히려 의리에 가깝다)하는 통속적인 물음에 여성의 선택을 도덕적 심문의 대상으로 다루고 있으며, 문체의 근대성을 보여주고 있다는 점에서 노벨로서의 성격이 분명하다. 『장한몽』은 소설사적 획기성뿐 아니라 한국 근대문학 최초의 베스트셀러로서 그 문화적 파급력이 상당했다.

고복수·황금심 콤비의 대중가요 〈장한몽가〉를 비롯해서 이기세·신상옥 등 여러 감독들에 의해 일곱 차례나 영화화됐고, 만담과 연극(신파극)은 물론 유랑극단의 단골메뉴로 국민적 사랑을 받았다. 이 장한몽'들'은 여전히 한국인의 감수성과 눈물샘을 자극하는 신파문학, 통속애정소설의 아이콘으로 통한다. 대중소설은 근대문학이라는 동전의 양면이다.

최원식, 「『장한몽』과 위안으로서의 문학」, 『민족문학의 논리』, 창작과비평사, 1982.

박진영, 「이수일과 심순애 이야기의 대중문예적 성격과 계보」, 『현대문학의 연구』 23집, 한국문학연구학회, 2004.

# 『무정』에

## 대하여

한국문학의 금자탑인가, 계몽을 가장한 연애소설인가. 엇갈린 평가 속에서도 춘원 이광수(1892~1950)의 『무정』(1917)은 변함없이 우뚝하다. 임화는 『조선신문학사론서설』(1935)에서 『무정』을 행동이냐 순응이냐 하는 갈림길에서 표출된 토착 부르주아지의 옹색한 낭만적 이상주의요 "왜곡된 자유의 표현"이라 비판했다. 그럼에도 『무정』은 근대계몽기 최고의 베스트셀러였던 최찬식의 『추월색』(1912)과 조중환의 『장한몽』(1913) 등 신파소설 시대를 넘어 근대소설사의 맨 앞자리를 차지하는 기념비적 작품이라는 찬사를 받고 있다.

『무정』은 경성학교 영어교사이자 신문학을 공부한 이형식, 개화 선각자를 자처하는 김 장로와 그의 딸 선형, 전통적 여인상을 대표하는 박영채, 지사형 선비의 품격을 지닌 박 진사, 신문기자 선우선, 박영채의 멘토이자 후원자인 김병욱 등의 인물을 통해 구질서의 붕괴와 문명개화라는 시대적 화두를 다룬다. 개화사상과 근대의식을 전파하겠다는 목적적론 글쓰기를 앞세웠으나 『무정』은 애정과 애증의 삼각관계가 서사의 중핵을 이루는 멜로드라마이기도 하다.

『무정』은 이른바 '과잉의 양식mode of excess'과 도덕률의 작동이라는 통속소설의 문법에 의외로 충실하며, 이를 통해서 대중들의 감수성을 적절하게 자극하고 또 위무한다. 파란곡절 많은 영채의 삶을 통해 구현되는 감정의 과잉, 극적인 사건과 운명의 엇갈림 같은 '과잉의 양식'에 권선징악·자유연애·문명개화·근대의식 같은 도덕적 요소를 배치하고 작동시킴으로써 서사의 정당성을 확보하고 대중적 설득력을 높이는 기제로 활용하는 기민함을 보여준다.

『무정』 한 편으로 당시 와세다대학 철학과에 재학 중이던 이광수는 단숨에 조선 문단의 기린아로 떠오른다. 열한 살 때 콜레라로 양친을 잃고 이집 저집을 떠돌다 일진회(동학의 일파) 일본 유학생으로 선발되어 육당 최남선·벽초 홍명희 등과 함께 조선의 삼대 천재, 곧 동경삼재東京三才로 이름을 날리던 약관의 대학생이 일약 조선을 대표하는 문사로 등극한 것이다.

한일병탄, 톨스토이의 죽음, 2·8독립선언서 집필과 독립운동의 좌절, 수양동우회의 좌절 등 "강철로 된 무지개"처럼 견고한 역사적 현실 앞에서 야심만만한 식민지 지식청년 이광수가 할 수 있는 일이란 무엇이었을까. 그가 할 수 있는 일은 그저 문학을 하는 일, 그리고 대중들의 환호를 받는 명사가 되는 길이었다. 『무정』은 지사이자 문사가 되고 싶었던 대학생 이광수의 열망이 투영된 작품이면서 문학 속에 내재한 예술성과 대중성이라는 두 개의 충동을 모두 만족시킨 근대문학 혹은 대중문학이었다.

김윤식, 『이광수와 그의 시대』 1·2, 솔, 1999.
천정환, 『근대의 책읽기』, 푸른역사, 2003.
임선애, 「『무정』과 대중성 획득의 서사구조」, 『한국사상과 문화』 39집, 한국사상문화학회, 2007.

# 한국 통속소설의 전형, 『찔레꽃』

한국의 통속멜로를 논함에 거쳐야 할 관문들이 있다. 『추월색』(1912), 『장한몽』(1913), 『찔레꽃』(1937), 『순애보』(1938), 『머무르고 싶었던 순간들』(1964), 『별들의 고향』(1972), 『겨울여자』(1975), 『레테의 연가』(1983), 『나는 소망한다, 내게 금지된 것을』(1992) 등의 소설들이 대략 이 범주에 들어온다. 이 가운데서도 김말봉(1901~1961)의 『찔레꽃』(1937)은 뚜렷한 선악 이분법, 도덕적 지상명령, 삼각관계, 매력적 신여성의 헌신, 희생에 대한 정당한 보상 등 통속멜로가 요구하는 장르의 관습과 클리셰를 완성한 연애소설의 전형이다.

　『찔레꽃』은 "보아주는 이가 없어도 홀로 피어, 알아주는 이가 없어도 향기를 보내주는" 평범하고 고결한 꽃 — 바로 여주인공 안정순의 알레고리다. 『찔레꽃』은 안정순과 애인 이민수 그리고 조경애·조경구·윤영환 등 다양한 인물들이 빚어내는 갈등과 오해의 중층적 삼각관계를 다룬다. 방학기의 동명 역사만화를 원작으로 한 TV드라마 〈다모〉(2003)처럼 갈등구도의 중층성과 참신성이 돋보인다. 예컨대 〈다모〉의 대중성은 황보윤―채윤 커플 사이의 신분적 갈등, 채윤―장성백 커플 사이의 인륜적 갈등(후일 이 둘은 오누이였음이 밝혀진다), 새로운 사회를 꿈꾸는 녹림綠林의 수괴 장성백과 사회질서를 지키려는 포도청 종사관 황보윤 사이의 이념적 갈등이 만들어낸 성과다. 『찔레꽃』에도 단선적 삼각관계가 아니라 정순―민수―경애, 경애―민수―영환, 민수―정순―조만호, 정순―조만호―조만호 처 등 여러 겹의 삼각관계가 다채롭게 얽혀 전개되는 것이다.

아버지의 질환(정신병)으로 가족의 생계를 위해 은행의 두취(은행장)인 조만호의 집 가정교사가 된 정순과 몰락한 반가의 후예인 민수의 고난에 덧붙여 금력을 앞세운 윤영환과 조만호의 공세까지 가세하면서 소설은 『장한몽』에서 발화한 '돈이냐 사랑이냐'라는 통속드라마의 관습을 반복한다. 정순과 민수의 결렬된 안타까운 사랑은 오해의 해소에도 끝내 복원되지 못하지만 경애와 민수를 위해 자신의 사랑을 양보하는 정순의 자기희생과 헌신으로 작품의 모럴을 확보하며 안정순과 조경구의 결합 가능성을 암시함으로써 통속소설 특유의 행복한 끝내기마저 완수해 낸다. 『찔레꽃』은 자본주의적 사회관계의 보편화로 더 이상 『춘향전』 같은 전통서사가 불가능해졌음을 알려주는 지표이자 잠시나마 식민지라는 우울한 현실을 잊게 하는 환각성과 함께 상류 소비사회에 대한 일반 독자들의 동경을 자극하고 만족시켜 준 한국의 신문소설이며 통속소설의 장르규범을 완성한 작품이라는 점에서 획기성을 갖는다.

서영채, 「30년대 통속소설의 존재방식과 의미」, 『민족문학사연구』 제4호, 민족문학사학회, 1993.

김한식, 「김말봉의 『찔레꽃』과 본격 통속의 구조」, 『한국학연구』 제12권 1호, 인하대 한국학연구소, 2000.

김종수, 「1930년대 대중소설의 멜로드라마적 성격 연구」, 『한국민족문화』 27호, 부산대 한국민족문화연구소, 2006.

# 박종화와
# 역사소설

　을유해방과 한국전쟁 이후 한국 역사소설은 박종화(1901~1981) 천하였다. 이광수·이태준·한설야·박태원 등 주요 작가들이 대거 납/월북하고 현진건과 김동인마저 타계한 작가 부재의 상황에서 오는 역사소설의 공동화를 막아냈다. 이광수『단종애사』(1928), 김동인『젊은 그들』(1930)과『운현궁의 봄』(1933), 박종화『금삼의 피』(1936)와『여인천하』(1959) 등 한국 역사소설의 주류는 궁중 비화요, 왕조사극들이었다.

　역사를 소재로 하는 역사소설의 최대 난관은 사실과 허구의 충돌—바로 역사적 사실의 간섭이다. 특히 신문연재 역사소설들의 독자 및 대중성에 대한 과도한 집착은 궁중 여인의 쟁총爭寵, 군왕의 성적 편력, 개인에 대한 과도한 영웅화, 정절과 충·효·절의 같은 유교적 덕목을 강조하는 보수주의, 왕조사극임에도 정치는 없고 신파성만 과도하게 강조되는 역작용을 만들어냄으로써 역사가 실종되고 허구가 사실을 압도하는 주객전도 현상을 낳았다. 이처럼 장르문학으로서의 역사소설은 사료적 사실과 허구 사이의 길항이라는 항상적 갈등을 내장하고 있다.

월탄 박종화는 연산군을 다룬 『금삼의 피』, 병자호란을 소재로 한 『대춘부』(1937), 공민왕과 노국공주의 사랑을 그린 『다정불심』(1940), 대원군의 천주교 박해와 양요洋擾의 퇴치를 형상화한 『전야』(1940), 대원군의 집권·경술국치·삼일운동 등 민족의 수난과 저항을 그린 『민족』(1945), 중종시대 궁중의 암투를 배경으로 한 『여인천하』 등 일련의 작품으로 한국 역사소설의 대표 작가가 되었다. 그의 이름이 널리 알려진 것은 『백조』의 동인이나 신경향파에서의 활동이 아니라 이런 역사소설들 때문이었다. 월탄의 출세작은 단연 『금삼의 피』인데, 폭군 연산군의 심리적 파탄 과정을 그렸다. 어머니 폐비 윤씨의 죽음의 전모를 파악하고 난 이후 갑자사화라는 피의 복수극을 벌이는 이야기라든지 후궁들 간의 암투와 음모 등 흥미진진한 이야기로 식민지 독자들을 사로잡았다.

월탄의 역사소설은 김동인처럼 왕실의 부정적인 모습을 흥미 위주로 그려냄으로써 일제의 식민지 문화통치에 상응하는 것이었다는 비판과 함께 그래도 극도의 억압적인 상황에서 민족의 역사와 민족정신을 환기하는 공적이 있다는 견해가 팽팽하게 맞선다. 월탄은 중인中人 명문가 출신이었기에 그 누구보다 반가와 중인의 세계를 탁월하게 재현해낼 수 있었다. 또 한국 문화재 수호자 간송 전형필(1906~1962)과는 사촌지간이었다. 친구 빙허 현진건이 타계하자 그의 외동딸을 거두어 며느리로 삼는 등 각별한 우정을 보여 주었으며 매우 훌륭한 인품을 가진 큰 작가였다. 그의 품안에서는 대중문학과 본격문학도 함께 공존하고 행복한 조화를 이룰 수가 있었다.

강영주, 「박종화의 역사소설」, 『논문집』 18집, 상명여대, 1986.

게오르크 루카치, 이영욱 역, 『역사소설론』, 거름, 1987.

대중서사장르연구회 편, 『대중서사 장르의 모든 것—역사허구물』 2, 이론과실천, 2009.

# 소설공장 공장장

# 방인근

방인근(1899~1975)은 소설공장 공장장이었다. 1923년 시 「하늘과 바다」를 시작으로 『마도의 향불』(1932) · 『방랑의 가인』(1933) · 『국보와 괴적』(1948) 등 무려 90권이 넘는 작품을 출간했다. 문인치고 사업수완도 좋아 1924년 민족주의 계열의 순문예지 『조선문단』을 창간했고, 해방 후에는 영화사 '춘해 프로덕션'의 사장을 맡아 운영하기도 했다.

방인근의 문학활동은 크게 모리스 르블랑의 『813의 비밀』(1941)을 비롯하여 에밀 가보리오의 『르루주 사건』(1953)과 R. L. 스티븐슨의 『보물섬』(1954) 등의 탐정(모험)소설 번역, 『마도의 향불』로 대변되는 애정소설, 『국보와 괴적』(1948) · 『원한의 복수』(1949) 등의 탐정소설 창작으로 분류된다.

『마도의 향불』은 방인근의 출세작이다. 김애희와 윤영철의 사랑이 서사의 중핵을 이루며, 애희의 계모 숙희의 재산을 노린 방화와 살인, 이달의 애희 겁탈 같은 살인과 치정의 스토리가 얽히고설킨다. 소설은 난관을 이겨낸 애희와 영철 커플의 재결합과 숙희의 처벌 그리고 두 커플의 사회사업 투신이라는 대중문학의 장르 규칙과 문법을 충실하게 따른다. 통속성·치정·도덕적 결말 등 통속소설의 삼박자를 모두 갖춘 것이다. 마굴로 묘사되는 식민지 대도시 경성의 악마성과 도시의 일상 그리고 빈민구제 같은 사회사업에 투신하는 남녀 주인공의 이타적 사랑 같은 통속적 소재를 잘 그려냈다. 마도는 대도시 경성의 악마성을, 향불은 두 남녀의 도덕적 사랑philia을 가리킨다.

『국보와 괴적』은 해방 후의 친일파 청산이라는 민족주의적 정서와 테마를 배경으로 한 탐정소설이다. 조선인으로 위장한 하마구치와 그의 사위 피달수가 조선의 국보(신라 금관)를 훔치려다 협력을 거부한 금 세공업자 김선국을 살해한다. 사건 수사를 맡은 탐정 장비호는 민족적 어려움에는 아랑곳하지 않고 댄스파티 같은 향락에 탐닉하는 친일파와 미군 및 한인 고관 등의 권력층에 분노한다. 그는 국가의 보물을 지키기 위해 분투하는 민족주의자이자 당대의 민중적 정서의 대변자로 등장한다. 장비호는 사색과 추리를 중시하는 고전파 탐정이 아니라 행동파 탐정으로 애정문제로 고민하는 순정파 영웅이다. 방인근의 탐정소설을 이끌어가는 서사의 동력은 정교한 플롯과 논리가 아니라 '애욕'과 '치정'이다. 추리는 없고, 애욕과 통속이라는 공감 주술로 대중을 사로잡았던 것이다. 지독한 생활고로 신들린 듯 소설을 썼던 그는 스토리 머신 — 인간 소설공장이었으며, 한국문학의 몸집을 풍성하게 불려준 공로자다.

방인근, 『황혼을 가는 길』, 삼중당, 1963.

곽승숙, 「방인근 탐정소설 연구」, 『Journal of Korean Culture』 34, 한국어문학국제학술포럼, 2016.

김성환, 「『마도의 향불』의 대중성 연구」, 『한국현대문학의 연구』 28집, 한국현대문학회, 2009.

# 백백교와

# 박태원의 『금은탑』

종교가 인간을 위해 존재하는 게 아니라 인간이 종교를 위해 존재하는 경우가 있다. 심지어 전쟁·살인·테러·부녀자 약취·금품강탈·가정파탄 등 천인공노할 범죄를 앞장서 자행하는 일도 비일비재하다. 한국에서도 옴진리교 못지않은 충격적인 사건이 있었다. 백백교白白敎 얘기다. 백백교는 동학교도였던 전정운이 창종한 백도교에서 갈려나온 유사종교다. 교주 전용해는 무려 60여 명의 부녀자들을 첩으로 두었으며, '헌성금'이란 미명하에 신도들의 재산을 강탈했고, 1929년부터 1937년까지 109회에 걸쳐 341명의 신도들을 살해하는 참혹한 범죄를 저지른다. 대홍수로 곧 세상의 종말이 오며, 백백교를 믿어야 산다고 선전했다. 미래에 대한 전망과 현실변혁의 대안이 없는 서세동점의 위기 상황에서 종교를 통해서 위안을 받고 또 새로운 희망을 얻고자 한 민중적 바람과 공포를 악용한 것이다.

『소설가 구보씨의 일일』, 『천변풍경』의 작가 박태원(1910~1986)이 조선 사회를 충격과 경악에 빠뜨린 백백교 사건을 소재로 실화소설 『금은탑』을 발표한다. 소설은 1938년 4월 7일부터 1939년 2월 14일까지 총 219회에 걸쳐 『조선일보』에 연재됐다. 연재 당시의 원제는 '우맹愚氓'이었다. 『금은탑』은 『우맹』을 개작한 작품으로 1949년 한성도서주식회사에서 단행본으로 출판되었다.

작품의 초점인물은 교주 대원님의 아들 김학수다. 모든 이들에게 호감을 끄는 호남형 인물이지만, 아버지 전용호(그는 아들 학수를 폐인이 된 김윤경 호적에 아들로 올려놓고 자신도 김윤경이라는 가명을 쓴다)의 죄악 앞에서 갈등하고 번민하다 출가사문의 길을 걷다 자살로 생을 마감한다. 주동적 인물 최건영은 누이를 교주의 첩으로 바치고 재산을 강탈당하자 복수의 일념으로 교주 일당과 격투를 벌인다. 실존인물 유곤룡이 최건영의 모델이다. 교주의 첩이 되어버린 아내 장봉자를 찾아다니다 불귀의 객이 되는 맹 서방과 장봉자 남매는 백백교에 속아 인생을 탕진하는 어리석은 백성, 곧 '우맹'의 상징이다.

『금은탑』은 예술성보다는 사건수사와 재판이 진행 중에 있는 사건을 거의 실시간으로 소설화한 매우 이채로운 팩션faction형 대중소설이라는 점에서 눈길을 끈다. 1959년 캔사스주에서 일가족 네 명을 살해한 이른바 '클러터 사건'을 소설로 옮김으로써 팩션의 효시가 된 트루먼 캐포티의 『냉혈한In Cold Blood』(1965)보다 무려 한 세대나 앞서는 특이한 작품이 바로 『금은탑』이다. 또 박용구의 『계룡산』(1964), 이문현의 『백백교』(1989) 등 백백교를 다룬 대중소설들의 선례가 된 실험소설이라는 점을 꼭 기억해 둘 만하다.

조성면, 「박태원의 장르실험과 재앙의 상상력 – 실화소설 『금은탑』 다시 읽기」, 『동남어문논집』 제38집, 동남어문학회, 2014.

# 집으로 돌아간 노라,
# 『자유부인』

정비석(1911~1991)의 『자유부인』은 뜨거운 소설이었다. 1954년 1월 1일부터 그해 8월 6일까지 『서울신문』에 총 215회에 걸쳐 연재되는 동안 독자 대중들은 열광했고, 당대 지식인들은 분노했다. 또 때 아닌 '자유부인 논쟁'으로 사회가 후끈 달아올랐다. 황산덕 교수는 『자유부인』은 "야비한 인기욕에만 사로잡히어 저속 유치한 에로작문을 희롱하는 문화의 적이요, 문화의 파괴자요, 중공군 50만 명에 해당하는 조국의 적"이라며 맹공을 가했다. 여기에 변호사 홍순화, 평론가 백철, 작가 정비석 등이 가세하여 한 달 내내 지면을 달궜다.

기혼 여성의 일탈을 다루고 있다는 점에서 『자유부인』은 멜로다. 한국전쟁 직후 미군정과 미군을 통해 흘러들어온 미국문화가 대중의 욕망을 일깨우며, 재래의 가치와 격렬하게 부딪히던 즈음이었다. 『자유부인』은 그런 시대 풍조를 일탈의 기제로 활용하면서 가정이라는 사적 공간에 갇혀있던 여성의 '외출'을 다룸으로써 사회가 술렁거렸고, 엘리트 지식인들은 분개했다.

주인공 오선영은 대학 동창 모임인 '화교회'에 참석하기 위해 "화장"을 하고, 새삼 잊고 있던 자신의 매력과 욕망을 발견한다. 그녀는 신춘호·백광진·한태석 등 남성 인물들과 댄스홀에서 교제하면서 사업가로서의 꿈을 키워나간다. 한글학자이자 국문과 교수인 남편 장태연도 미군부대(!)의 타이피스트인 박은미에게 잠시 매혹되지만, 이내 자신의 책임을 자각하고 남편이자 가장으로 복귀한다.

식민지와 전쟁 등 국가적 고비를 넘긴 신생 공화국은 새로운 시대의 가치인 자유와 민주를 자각하고 사회 진출을 시도한 팜므파탈의 매력과 개성을 감당하지 못한 채 민족과 부도婦道 같은 기존의 가치와 도덕률을 앞세워 오선영의 발걸음을 다시 가정으로 돌려세우는 완고한 젠더의 정치학을 보여준다. 폴리아모리poly-amory라는 다자연애多者戀愛가 일상의 토픽으로 등장하고 온갖 막장드라마가 전파를 타는 지금의 관점에서 보면, '자유부인'이라는 우스꽝스런 제목을 지닌 이 낡은 노벨은 지루하고 순진한 작품에 지나지 않는다. 집을 뛰쳐나온 〈인형의 집〉의 노라는 충격적인 문학적 주제였으나 큰 뉘우침과 함께 가정으로 돌아가는 『자유부인』 오선영의 '외출'은 그저 하나의 해프닝으로 막을 내린 멜로가 됐다.

그러나 『자유부인』은 미국문화가 동반한 새로운 가치와 전통윤리 사이의 갈등을 잘 드러내고 있으며, 동시대 우리 사회의 통념과 인식을 탁월하게 재현해 내고 있다는 점에서 매우 유의미한 작품이라 할 수 있다. 이제는 외출마저 탈주의 의미를 갖지 못하고, 물거품 같은 욕망만을 자극하는 물신주의 사회에 커다란 축복이 있을진저!

정비석, 「탈선적 시비를—『자유부인』 비판문을 읽고 황신덕 교수에게 드리는 말」, 『서울신문』, 1954.3.11.

황산덕, 「다시 『자유부인』 작가에게 — 항의에 대한 답변」, 『대학신문』, 1954.3.14.

홍순화, 「『자유부인』 작가를 변호함」, 『서울신문』, 1954.3.15.

백철, 「문학과 사회의 관계 —『자유부인』 논의와 관련하여」, 『대학신문』, 1954.3.29.

심진경, 「『자유부인』의 젠더 정치 — 성적 가면과 정치적 욕망을 중심으로」, 『한국문학이론과 비평』 46집, 한국문학이론과비평학회, 2010.

# 김내성의

# 『청춘극장』

평론가 조연현(1920~1981)은 『청춘극장』을 "침식寢食을 잊게 하는 소설"이라 했다. 조연현이 누구인가. 그는 주요 문인들이 대거 납/월북하고 타계한 상황에서 김동리와 함께 한국문단을 좌우하던 최대 주주였다. 당대의 문학권력이었던 조연현이 이렇게 말할 정도였으니, 한국전쟁 통임에도 하늘을 찔렀던 『청춘극장』의 높은 인기를 미루어 알 수 있다.

『청춘극장』은 『태양신문』(『한국일보』의 전신)에 1949년 5월 1일부터 1952년 5월(마감일 미상)까지 꼭 3년간 연재됐다. 지금까지 확인된 것만 청운사(1949)·육영사(1953) 등 8곳이 넘는 출판사에서 5권 분량으로 출간되었으며, 무려 15만 질이 팔려나간 것으로 알려져 있다. 홍성기 감독(1959), 강대진 감독(1967) 등에 의해 두 차례 영화화됐고, 당대의 여배우였던 김지미, 윤정희가 주연을 맡아 열연했다. 윤정희는 신인배우 공모를 통해 주연을 맡아 이 영화, 단 한 편으로 스타덤에 올랐으니 『청춘극장』의 대중문화사적 위상을 거듭 확인할 수 있다.

『청춘극장』은 한마디로 극장소설이었다. 청춘들의 고뇌, 복잡한 애정관계, 신파적 스토리, 자유연애, 서사의 남성성, 독립운동, 추리소설적 구성, 자동차 추격전, 식민지 시기를 배경으로 경성과 북경과 동경 등 동아시아 전역을 무대로 펼쳐지는 특유의 '크로노프'로 대중들을 사로잡은, 대중문학의 거의 모든 것이었다.

주인공 백영민은 독립지사의 딸로 조혼한 아내 허운옥과 신여성 오유경 사이에서 심각하게 갈등하며, 와세다대학을 졸업하여 변호사가 됐다 학병으로 끌려가는 고초를 겪고 끝내 아내 오유경의 무덤 앞에서 극약을 먹고 자살로 생을 마감한다. 평양 출신에, 와세다대학 법학과 유학에, 조혼한 아내와 결별하고 재혼한 경력 등 백영민은 작가 김내성의 이력과 거의 일치한다. 백영민의 절친인 장일수는 강건한 독립운동가로, 또 백영민을 흠모하는 기생 박춘섭을 연모하는 신성호는 작가의 길을 걷는다. 『청춘극장』은 작가의 자전적 요소가 상당히 많이 개입돼 있는 소설이다. 여기에 조선 여성의 수난을 대변하는 허운옥의 시련과 헌신, 당돌한 신여성의 자유연애를 표상하는 오유경, 백정 출신으로 친일의 길을 마다하지 않고 입신출세를 꿈꾸는 최달근, 친일 자산가로서 복잡한 면모를 지닌 오유경의 아버지 오창윤, 팜므파탈과 여성 스파이 나미에, 백영민의 중학교 스승이자 교관인 야스다 등 대중문학의 거의 모든 것을 망라한 기법과 인물들이 등장한다. 식민지와 분단과 전쟁에 지친 대중들을 위한 문학이었다는 것 그 하나만으로도 『청춘극장』은 제 할 일 다 한 빛나는 소설이었다.

정한숙, 「대중소설론」, 『인문논집』 21, 고려대 문과대학, 1976.
이호걸, 「김내성의 『청춘극장』과 한국 액션 영화 ─ 민족국가의 상상력과 식민지의 시공간」, 『대중서사연구』 21호, 대중서사학회, 2009.

# 영원한 청년문화 작가 최인호와

# 『별들의 고향』

『별들의 고향』은 1970년대 대중문화의 아이콘이며, 초대형 베스트셀러였다. 1972년 9월 5일부터 1973년 9월 9일까지 총 314회간 『조선일보』에 절찬리에 연재됐다. 연재 직후 예문관에서 두 권짜리 단행본으로 출간되어 기록적인 판매부수를 보여줬으며, 또 흥행영화로 명성을 날렸다.

『별들의 고향』은 호스티스소설이자 연애소설이었고, 고도성장을 구가하던 산업화 시대 대중문화의 총아로서 동시대의 풍속과 세태를 반영하는 풍속소설novel of manners이었다. 작품은 비정한 대도시 공간에서 여주인공 '오경아'의 수난과 추락을 그린 멜로서사다. 경아는 남성들의 욕망의 대상으로 소비되다 버림받고 죽음에 이르는 어이없는 희생자다. 경아의 이 같은 삶은 선택했다기보다는 선택된 것이며 또 조금은 자초한 것이기도 했다. 경아의 첫 번째 남자 영석에게 그녀는 욕망의 대상이었을 뿐이고, 두 번째 남자 만준에게도 그녀는 전처의 분신이자 대체자에 불과했다. 세 번째 남자 동혁마저 그녀를 자신의 소유물처럼 다룬다. 남자 주인공 문오 역시 경아와 동거하며 삶의 위로를 받고 그녀의 몸을 소유함으로써 미술학도로서의 정체성도 되찾게 되지만, 고작 전화 한 통으로 간단하게 그녀와의 관계를 청산하는 파렴치한 남자들의 대열에 합류한다.

『별들의 고향』은 스토리 때문이 아니라 작품이 서 있는 맥락과 그 이전의 신문 연재소설에서 찾아볼 수 없었던 문체의 미학과 도시적 감수성 그리고 동시대 문화의 대변자로서의 성격을 띠고 있기 때문에 각별하게 유의미하다. 유례없는 고도성장에 기본적인 인권마저 제한되고 유린되는 미증유의 정치적 억압에 처해 있던 당대의 청년들은 청바지 · 통기타 · 생맥주 · 장발 같은 청년문화를 통해서 사회적 울분과 답답함을 해소하고 있었던 참이었다. 청바지를 입고 통기타를 치며 포크송을 부르고, 생맥주를 마시는 것 같은 하찮고 사소한 행위들이 반문화이자 저항문화의 의미를 띠게 되는 유신시대가 『별들의 고향』의 시대였다.

국가의 폭력이 횡횡하고 물질주의가 팽배한 울분과 환멸이 교차하는 시대, 출구를 잃은 대중들과 청춘들은 『별들의 고향』에서 위로를 얻었다. 갈피를 잃은 정치적 무의식의 기형적 표출이며, 사회적 억압에 대한 대중소설적 대응이었던 것이다. 『별들의 고향』은 현대의 거대도시 속에서 겪었던 경아의 수난과 그런 경아의 희생을 토대로 겨우삶을 추스르고 주체성을 회복하는 남성들의 입사식initiation이었고, 영원한 청년작가 최인호(1945~2013)의 문학적 통과의례였다.

황정산, 「산업화시대 도시 남녀의 새로운 사랑 — 소설 및 영화 '별들의 고향'을 중심으로」, 『대중서사장르의 모든 것 1 — 멜로드라마』, 이론과 실천, 2007.

박필현, 「꿈의 70년대 청춘, 그 애도와 위안의 서사 — 최인호의 『별들의 고향』을 중심으로」, 『현대소설연구』 제56호, 한국현대소설학회, 2014.

# 『강변부인』,
## 욕망의 덧없음과 강렬함

김승옥(1941~)의 『강변부인』(1977)은 연애소설 아닌 연애소설, 통속소설 아닌 통속소설로 읽힌다. 정비석의 『자유부인』(1954) 등과 함께 부인들의 일탈과 외출을 다루고 있는 경■장편이다. "소설은 질문의 형식"이라는 지론 때문이었을까? 소설은 온통 외도와 일탈로 점철되지만, 결말도 말하고자 하는 바도 모두 무진의 안개처럼 지극히 모호하다. 본격소설도 통속소설도 그렇다고 에로소설도 아닌, 정체성이 없거나 아예 특정한 정체성을 염두에 두지 않은 불편한 작품인 것이다.

소설은 주인공 민희의 정사로 과감하게 시작된다. 그리고 자신이 투숙한 모텔 옆방에서 이루어지는 남편 이영준의 외도를 인지하게 된다.

그녀는 외도를 부부간에 서로 감춰둔 십 퍼센트의 놀이에 지나지 않은 대수롭지 않은 것으로 여겨왔으나 매춘부에게 다양한 성적 취향을 발휘하는 남편에 대해 분노와 심한 배신감을 느낀다. 막장 부부의 외도는 강 의원 집의 신축 기념파티를 계기로 정점에 오른다. 민희는 파티 도중 강 의원 부인 남 여사의 외도를 목격하게 된다. 남 여사는 인기가수 윤하와 벌이는 자신의 외도를 덮기 위해 자신의 조카 최영일을 시켜 민희를 겁탈하게 한다. 민희는 이런 상황을 즐기고, 이들의 비밀스런 행각은 더욱 가속화된다. 예정된 수순대로 그녀의 밀회는 남편에게 발각되고, "이혼은 얼마든지 당해도 좋으니 제발 대면하자고 하지 말고 이대로 돌아가줬으면" 좋겠다는 그녀의 간절한 바람과 달리 민희는 남편과 애인 사이에서 벌어지는 언쟁과 감정의 한복판 속에 갇혀 버린다. 남편과 애인이라는 "병신과 악당" 사이에서 또 남편의 무자비한 폭력 속에서 민희는 "평생토록 이 남자 앞에서는 죄인으로서 얻어맞고 지내야 한다면……"이라는 알 수 없는 결심을 하며 모호하게 작품이 끝난다.

민희가 품은 "단 한 가지 생각"이 이혼인지, 자살인지 알 수 없듯 작품의 지향과 의미는 해석의 언저리를 부유한다. 사랑 없는 욕망의 덧없음을 말하는 것인지, 결혼제도에 대한 회의의 표현인지 고도성장 시대의 이면과 유한 계급들의 타락상을 고발하는 것인지 작가는 침묵하고 스토리는 그저 제 갈 길을 갈 뿐이다. 다만, 감수성의 혁명가, 문체

미학의 기적이라는 세간의 찬사대로 에로소설이되 속되지 않고, 속되지 않되 통속적인 기묘한 형식 실험 속에서 문학의 통속성과 대중성이 속성인지 장르의 문제인지를 다시 고민하게 만든다. 나아가 덧없되 거부할 수 없는 강렬함으로 우리를 지배하는 부질없는 욕망들에 대해 성찰할 시간을 준다.

# 만주滿洲,

# 대중소설이 되다

　위만주국僞滿洲國과 선통제 아이신기로 푸이(1906~1967)가 다시 세
상의 주목을 받은 것은 베르톨루치(1940~2018)의 영화 〈마지막 황
제〉(1987) 때문이었다. 마지막 황제 푸이는 그 삶 자체가 한 편의 소설
이었다. 우선 만 3세의 나이로 황제에 등극했다 강제로 퇴위된다. 망명
객의 신분에서 유사−국가 만주국 황제에 오르는 인생역전의 주인공
이 된다. 그리고 다시 전범으로 몰려 정치범 수용소에 갇혀 있다 식물
원 정원사로 생을 마감하는 반전과 몰락의 드라마를 쓴다. 그런 마지
막 황제 푸이를 그린 한국소설이 있다. 바로 조흔파(1918~1980)의『만
주국』(1969)이다.

조흔파는 평양시 염전리에서 태어나 광성중학교를 거쳐 1943년 센슈대학 신학과를 졸업했다. 경성방송국 아나운서 등 방송계에서 활동하면서 집필한 방송소설 『대한백년』와 학교소설 『얄개전』(1954)으로 인기 작가의 반열에 올랐다.

『만주국』은 실록소설이라는 타이틀을 내걸고 『월간중앙』에 1969년 8월부터 1970년 11월까지 16회에 걸쳐 연재됐다. 『만주국』은 1957년 푸이가 '무순전범관리소'에서 자신의 죄상을 고백하는 '내 죄악의 전반생'을 토대로 소설화된 것이다. 푸이의 반성문은 1964년 『나의 전반생我的前半生』이란 이름의 자서전으로 북경과 홍콩에서 출판된다. 『만주국』은 『나의 전반생』에 항간의 일화와 비화들을 덧붙이고 재구성한 '소설', 곧 정치소설이자 실록소설이며 대중소설이었다. 그래서인지 푸이가 승용차 트렁크로 기어들어가 탈출하는 장면, 일본군 사병에게 모욕당하는 얘기, 마적들에 대한 비화, 일왕日王의 항복 선언 직후 오스카 와일드의 시를 인용하며 자살한 수상 고노에 후미마로, 구두닦이가 된 전 육군 소장 구와오리 기츠시로 등 대중들의 흥미를 자극하는 가십거리용 비하인드 스토리들로 가득하다.

만주는 우리에게도 뜨거운 관심의 공간이다. 만주는 한국고대사의 현장이자 강역이었다. 또 박정희 시대의 근대화 정책과 만주국의 그것이 겹치는 부분이 꽤 많다. 병영국가 만주국과 유신시대의 제4공화국, 관동군의 만주경제개발과 경제개발 5개년계획, 아마가스 마사히코가 만든 만주의 국책영화들과 반공영화들, 위생검사와 국가기념일 제정 등 만주군관학교 및 만주 건국대학 출신자들이 주도한 주요 정책들이 그러하다. 『만주국』을 비롯한 염상섭·이태준·안수길·허준·김만선 등의 '만주문학'들도 그렇고 임권택의 〈두만강아 잘 있거라〉(1962)와 신상옥의 〈무숙자〉(1968)를 비롯하여 정창화·김묵·최경섭 등의 만주 소재 대중적 영화들은 만주가 우리의 역사적·문화적 테마임을 일깨워 준다.

한석정, 『만주국 건국의 재해석』, 동아대 출판부, 2007.

안진수, 「만주 액션영화의 모호한 민족주의」, 『만주연구』 제8집, 만주학회, 2008.

조성면, 「만주·대중소설·동아시아론 — 조흔파의 실록소설 『만주국』」, 『만주연구』 제14집, 만주학회, 2012.

# 『인간시장』,
## 정의에 대한 통속적 물음

의협소설은 사회적 불의不義 속에서 태어난다. 국가폭력과 일상화한 부정과 부패에 대한 대중들의 환멸과 분노가 무협소설·의적소설 같은 의협소설 읽기의 욕망을 추동하기 때문이다. 저항을 조직화하지 못한 경우, 정의에 대한 갈망은 상상과 공상 같은 즉물적 방식으로 해결되기 십상이다. 저항과 전망을 창안해내지 못한 대중이 생각의 세계 속에서 저항과 정의의 실현을 상상하는 것이다.

정의를 학문적 화두로 삼아 평생을 바친 정치철학자 존 롤즈(1921~2002)는 정의의 일차적 주제를 "권리와 의무를 배분하고 사회협동체로부터 생긴 이익의 분배를 정하는 방식"에서 찾는다. 불의와 차별을 평등의 원리로 해결할 수 있겠으나 인간의 이기심과 성과에 대한 보상을 침해할 수 있기에 그는 민주주의적 평등과 차등의 원칙의 공조를 주장한다. 그리고 차등의 원칙에 따른 피해는 "사회의 최소 수혜자들의 기대치를 향상시키는" 복지제도나 공정한 기회의 균등을 통해 해결하자고 제안한다.

정의는 1981년 제5공화국의 시대와 2016년 '최순실 게이트'에서 '촛불혁명'과 2017년 제19대 대통령선거로 이어지는 과정에서 최대의 관심사로 떠올랐다. 김홍신(1947~)의 『인간시장』(1981)은 1980년대 대중들의 정의에 대한 갈망을 자극하고 위무해 준 밀리언셀러였다.

『인간시장』은 원래 1981년 『주간한국』에 '스물두 살의 자서전'이란 제목으로 연재된 옴니버스 소설이다. 주인공 장총찬은 스승 무초스님에게 전수받은 뛰어난 무술 실력과 표창으로 무장하고 사회 도처에 만연한 비리와 탈법의 현장을 누비고 다니며 어둠의 세력을 응징하고 정의를 실천한다. 그는 초인적인 무술 실력을 지닌 정의의 사도이나 애인 다혜 앞에만 서면 순한 양이 되는 순정남이기도 하다. 그런데 정작 그가 해결하는 문제들은 소매치기·인신매매·퇴폐이발소·사이비교단(하나님 주식회사)·사학비리·엉터리 무당 등처럼 사소하고 지엽말단적인 사건들이다. 작품 속에 등장하는 각종 불의와 작은 적폐들은 스토리의 전개를 위한 동력이자 폭력의 서사를 창안하기 위한 『인간시장』의 도덕적 명분에 지나지 않는다.

"기회는 평등할 것입니다. 과정은 공정할 것입니다. 결과는 정의로울 것입니다." 존 롤즈의 『정의론』의 정치 철학을 자기화한 문재인 대통령의 감동적 취임사는 아직도 우리 사회가 『인간시장』이라는 대중소설이 제기한 문제의식이 여전히 진행형의 과제임을 일깨워 준다.

존 롤즈, 황경식 역, 『정의론』, 이학사, 2003.

임성래, 「『인간시장』의 무협소설적 면모」, 대중문학연구회 편, 『무협소설이란 무엇인가』, 예림기획, 2001.

# 풍수지리와
# 대중소설

풍수사상이 한국문화에 끼친 영향은 일일이 거론하기 어려울 정도다. 그것은 역성혁명·건축물·장묘문화·대중문학 등 다양한 영역에 두루 걸쳐 있다. 풍수는 장풍득수藏風得水의 준말로 전前근대 시대의 자연 철학이며 공간학이다. 감여학, 상지학이라고도 하는데, 전한前漢 시대의 『청오경』과 동진東晉 시대 곽박의 『장경』(일명 '금낭경')에서 기본 골격이 완성된다. 왕건·묘청·이성계·홍경래 등 역사적 인물들도 풍수와 밀접한 관련이 있다. 풍수는 항상적 정쟁의 대상이었고, 심지어 조선시대 송사 사건의 8할은 묘터를 둘러싼 산송山訟들이었다.

좋은 땅을 찾고 땅과 자연의 힘을 빌려 태평성세와 삶의 영화를 누리려는 동아시아인들의 이 지력신앙地力信仰은 문학작품들 속에서도 약여하다. 김동리 「황토기」, 송기숙『자랏골의 비가』, 이문구『관촌수필』, 이청준 「선학동 나그네」, 최명희『혼불』등 한국소설사를 빛낸 작품들 속에서도 풍수사상은 생생약동 살아있다.

풍수지리를 소재로 한 대중문학도 상당하다. 이 가운데서 독자들의 호응을 얻어 베스트셀러가 된 작품들도 있다. 비소설로서 손석우의『터』(1993)가 최고의 베스트셀러였다. 또 강영수의『소설 풍수비기』· 김광제의『명당과 풍수』· 김종록의『소설 풍수』· 유현종의『사설 정감록』등이 중장년 남성 독자들에게 인기를 끌었다. 현대소설이 20～30대의 젊은 여성들과 10～20대 청/소년 독자들을 주요 타깃으로 삼고 있는 것을 감안하면, 젠더와 세대를 넘어 중장년 남성을 중심으로 한 '풍수소설'의 인기는 참으로 독특하고 이색적인 현상이다. 소설은 젊은 여성과 청년들의 위한 예술이다. 40대 이상 중장년 남성들을 대상으로 한 문학은 굵직한 역사적 사건을 다룬 역사소설이나 정치소설, 『삼국지』나『대망』같은 동양 고전과 기업소설들이다.

유현종의『사설 정감록』은『조선일보』에 총 654회에 걸쳐 연재(1989.1.1～1990.12.30)된 역사소설로 이 같은 특성을 고루 갖춘 작품이다. 『사설 정감록』은 민중 신앙이라고 해도 좋을『정감록』과 풍수사상을 바탕으로 정조 초기 최고의 실력자였던 홍국영의 부침을 그린 대중소설이다. 거듭되는 가족사적 비극 속에서 낙척불우한 삶을 살던 홍국영이 선승이자 풍수사인 무명대사의 도움으로 아버지의 묘를 명당인 '천풍혈天風穴'에 쓴 다음, 승승장구하여 고립무원의 정조를 탁월한 기지로 조력하며 정치력을 발휘하다 일순간에 몰락하는 이야기다. 소설은 대중들의 정치 개혁의 열망에 반한 3당합당과 민자당의 출범으로 야기된 1990년대 대중들의 정치 허무주의를 반영한 작품으로 기복신앙과 상업화 나아가 생태주의와 대안 인문지리학으로서의 어렴풋한 가능성을 보여준 '또 하나의' 대중소설이었다.

조성면, 「풍수지리와 한국의 대중소설 – 유현종의 『사설 정감록』을 중심으로」, 『민족문학사연구』 제48호, 민족문학사학회, 2012.

# 한국의 대중문학
## 100년

문학은 왜 중요한가? 평론가 김현 선생의 말대로 배고픈 거지 하나 구할 수 없는 문학은 우리의 삶에 구체적으로 어떤 의미를 지니는가? 농사·의술·건축술 등과 같은 실용적인 기술이나 지식의 체계는 아니지만, 문학은 영혼과 정신적 삶을 위한 위안과 통찰을 제공해 준다. 또 정신과 사고의 체력을 키워주며, 정서적 만족을 안겨 준다. 때로는 불의와 권력에 맞서 인권을 옹호하고 보다 나은 삶과 역사 시대를 열어 나가는 강력한 저항담론, 사회담론이 되기도 한다. 인간이 있는 곳에 언어가 있고, 언어가 있는 곳에 문화예술의 총아인 문학이 있다.

대중문학이라 통칭되는 장르문학은 순문학과 함께 문학이라는 언어예술의 세계를 뒷받침하는 두 기둥이며, 문학이라는 동전의 양면이다. 영리를 목적으로 대중들의 욕망과 취향에 영합하기도 하고, 현실에서는 이루지 못하는 꿈과 소망을 충족시켜주는 대리만족을 선사해주기도 한다. 또 그 특유의 당대성으로 인해 동시대인들의 욕망과 내면은 물론 시대상을 환기하고 이해할 수 있는 귀중한 정신사적·문화사적 자산으로서의 의미를 띤다. 지난 100년 동안 한국의 독자 대중들을 웃기고 울리던 대중문학은 어떤 작품들이 있었는가.

근대계몽기와 일제강점기의 주요 대중문학 작품들(번안 포함)로서는 이해조의 『쌍옥적』(1908), 최찬식의 『추월색』(1912), 조중환의 『장한몽』(1913), 이상협의 『해왕성』(1916), 이광수의 『무정』(1917)을 비롯해서 최독견의 『승방비곡』(1927), 양백화의 『삼국지』(1929) 등이 있다. 1930년대는 대중소설 시대라 해도 좋을 만큼 많은 작품들이 쏟아져 나왔고, 큰 인기를 누렸다. 윤백남의 『대도전』(1930), 방인근의 『마도의 향불』(1932), 김동인의 『운현궁의 봄』(1933), 박종화의 『금삼의 피』(1936), 김말봉의 『찔레꽃』(1937), 함대훈의 『순정해협』(1937), 이광수의 『사랑』(1938), 박계주의 『순애보』(1939), 김내성의 『마인』(1939), 김남천의 『사랑의 수족관』(1939), 유진오의 『화상보』(1939) 등이 대표적이다.

해방 이후에는 김내성의 『청춘극장』(1953), 정비석의 『자유부인』(1954), 조흔파의 『얄개전』(1954), 김광주의 『정협지』(1961), 박계형의 『머무르고 싶었던 순간들』(1966), 최인호의 『별들의 고향』(1972), 김성종의『만다라』(1978), 김홍신의『인간시장』(1981), 김정빈의『단』(1984), 정비석의『소설 손자병법』(1984), 이문열의『추락하는 것은 날개가 있다』(1988)와『평역 삼국지』(1990), 이은성의『소설 동의보감』(1990), 이인화의『영원한 제국』(1993), 김진명의『무궁화꽃이 피었습니다』(1994), 이우혁의『퇴마록』(1994), 김정현의『아버지』(1996), 이영도의『드래곤 라자』(1997), 조창인의『가시고기』(2000), 공지영의『우리들의 행복한 시간』(2005), 신경숙의『엄마를 부탁해』(2008) 등이 대중들의 사랑을 받았다.

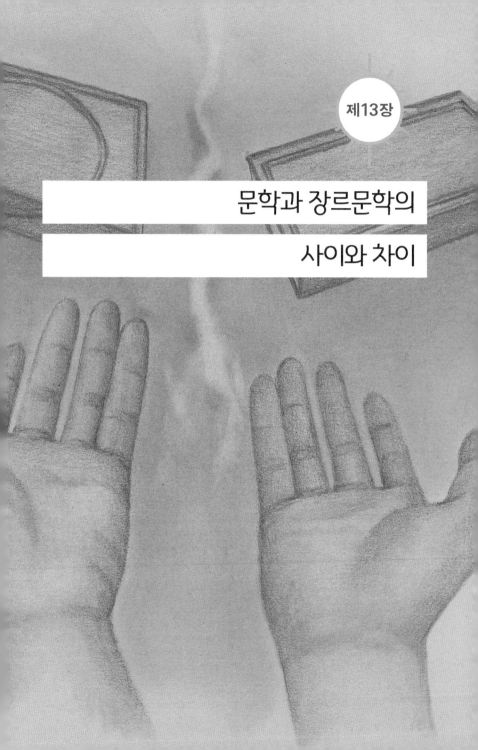

제13장

문학과 장르문학의

사이와 차이

# 『안나 카레니나』와
# 장르문학

레프 톨스토이(1828~1910)의 『안나 카레니나』(1877)는 문학의 문학이다. 영미권 작가들이 꼽은 세계 최고의 소설일뿐더러 예술·사랑·결혼·종교·윤리·계급·서술기법 등 소설의 거의 모든 것을 망라하여 다루고 있기 때문이다. 소설이라는 장르는 『안나 카레니나』에서 완성됐고, 어쩌면 세계소설사는 『안나 카레니나』를 넘어서기 위한 시도이거나 그 영향의 흔적들일지도 모른다. 『안나 카레니나』의 문학성은 주제와 시학의 통일 곧 사상과 서술 형식의 조화로운 융합에서 올연히 빛난다. 『전쟁과 평화』 혹은 『부활』이 아니라 『안나 카레니나』가 톨스토이의 대표작으로 재조정될 필요가 바로 여기에 있다.

한국에서 톨스토이의 수용은 비교적 이른 시기에 이루어졌다. 〈애국가〉 작사가로 언급되는 윤치호(1865~1945)가 1896년 특명전권공사 민영환을 수행하여 러시아 황제 니콜라이 2세의 대관식에 참석했다가 톨스토이의 『전쟁과 평화』 영문판을 읽은 것이다. 이에 대한 기록이 『윤치호 일기』 1896년 7월 11일 자에 등장한다.

톨스토이를 좌표로 삼아 그를 적극적으로 자기화한 작가는 춘원 이광수(1892~1950)다. 대중적 계몽소설 『흙』(1932)의 주인공 허숭은 『안나 카레니나』의 주인공 레빈의 후계자이며, 또 세간을 등지고 시베리아로 떠나는 『유정』(1933)의 최석 이야기와 작품의 분위기에서 얼핏 톨스토이의 그림자가 어른거리기도 한다. 마츠모토 세이쵸(1909~1992)의 사회파 추리소설 『북의 시인』(1974)은 러시아문학이 한국 근대문학의 저변을 이루고 있음을 언급하고 있다. 문학청년 시절의 임화(1908~1953)가 톨스토이와 다다이즘에 심취해 있었다는 점을 감안하면 설득력 높은 주장이라 하겠다. 『부활』과 『인생론』 같은 텍스트가 한국에 널리 유포된 것은 일본의 문학인들이 톨스토이의 무소유·참회·허무주의의 사회적 확산을 통해 일제의 군국주의와 전체주의를 견제하려 한 문학적 기획 때문이었다는 분석도 있다.

『안나 카레니나』는 정계의 실세이나 매력 없는 외모에 무미건조한 남편(카레닌)과 결혼한 여성(안나)이 치명적인 사랑에 빠져 지내다 자살하는 비극적 이야기다. 또 자기완성을 향해 나가는 레빈의 종교에 대한 성찰은 물론 그의 민중 체험을 통해 19세기 러시아가 처한 농민 문제를 드러내고 있으며, 루소적 이상주의자의 면모를 지닌 레빈의 고뇌를 그린 지식인소설이기도 하다. 한 소설 두 이야기인 셈이다. 연애 소설은 플로베르(1821~1880)의 『보바리 부인』(1857)과 톨스토이의 『안나 카레니나』가 구현하고 도달한 사랑의 탈낭만화와 반反낭만적 사랑 이야기를 세속화한 장르다. 정비석(1911~1991)의 『자유부인』(1954)은 『안나 카레니나』의 통속화요, 톨스토이 문학의 또 다른 에피고넨이다.

# 『안나 카레니나』와

# 결혼

당신의 결혼은 안녕하신지요? 질풍노도의 신혼 시기를 지나 문득 삶을 돌아보게 될 때, 결혼생활이 채워주지 못하는 가슴 속의 큰 공허가 발견될 때, 혹은 치명적인 사랑이 운명처럼 찾아왔을 때 돌연 결혼은 행복이 아닌 심각한 물음이자 인생의 장애물로 얼굴 표정을 바꾸게 됩니다. 톨스토이의 『안나 카레니나』는 결혼이라는 완강한 제도와 우발적으로 찾아온 뜨거운 욕망 사이에서, 황홀한 사랑과 함께 여기에 그림자처럼 따라다니는 심리적 불안과 사회적 지탄 사이에서 갈등하다 자살로 생을 마감한 안나 아르카디예브나 카레니나(러시아에서 결혼한 여성은 남편의 성 뒤에 '-아', '-아야'를 붙여 이름을 짓는 관행이 있음)의 비극을 그리고 있습니다. 물론 이 소설은 단순한 연애소설이 아니라 러시아 농노제·계급해방·무신론·서술기법 등을 다루고 있는 지식인소설이기도 합니다.

『안나 카레니나』에 영향을 준 두 계기가 있습니다. 하나는 성호를 긋고 선로에 뛰어든 어느 귀부인의 자살을 목격한 톨스토이의 개인적인 체험이고, 다른 하나는 플로베르의 『보바리 부인』입니다. 『보바리 부인』은 매력 꽝인 시골 의사와 결혼한 낭만주의자 엠마 보바리가 사랑 없는 따분한 결혼생활에 만족하지 못하고 새로운 충족을 갈망하다가 두 번의 불륜 끝에 자살을 선택하고 마는 비극적인 이야기입니다.

엠마 보바리든 안나 카레니나든 이들은 현실의 논리보다는 감정의 명령에 따라 사랑의 만족을 선택한 이들입니다. 일부일처제 이외의 욕망을 모두 불륜으로 간주하는 결혼이라는 제도에 맞서 인간의 열정과 관능적 욕구를 선택했다 침몰한 여성들을 다루고 있는 것입니다. 톨스토이나 플로베르는 모종의 교훈적 메시지를 던져주기 위함이 아니라 결혼이라는 제도의 모순과 욕망의 덧없음에 대한 성찰의 기회를 제공해주기 위해 이런 작품을 쓴 것으로 생각됩니다. 참고로 톨스토이는 최악의 결혼생활을 한 작가였습니다.

편의상 결혼을 좋은 결혼·무난한 결혼·나쁜 결혼·아주 나쁜 결혼으로 나눌 수 있을 듯한데, 최선이 아닌 모두를 위한 차선에 불과한 결혼이라는 제도가 있는 한, 나아가 이를 극복하고 막을 별다른 묘방은 없기에 제2, 제3의 엠마와 안나가 나오는 것을 막을 방법은 없을 것 같습니다. 결국 개개인들이 지혜로운 선택을 하고 정신의 체력을 기르며, 대화를 통해 상호 이해의 폭을 넓혀 나가는 것이 유일한 대안으로 보입니다. 여기에 『안나 카레니나』와 『보바리 부인』 등 결혼을 다룬 고전적 명작들과 함께 잠시나마 우리 내면에 자리 잡고 있는 브론스키와 안나, 로돌프와 엠마를 적절하게 위무해주는 말랑한 연애소설과 멜로드라마를 읽고 보는 것도 하나의 임시방편이 될 듯합니다.

# 장르문학과 문학적 기억

## 『살인자의 기억법』

문학—예술은 기억과 어떤 관계를 갖는가. 문학—예술 모두 기억의 아들과 딸이다. 또 기억은 존재의 집이며, 정체성의 바탕이기도 하다. 프루스트(1872~1922)의 대작『잃어버린 시간을 찾아서』(1913)도 한 모금의 홍차와 한 조각의 마를렌에서 비롯된 기억들이 만들어낸 소설이다. 김영하(1968~)의『살인자의 기억법』(2013)은 장르문학 못지않은 무지막지한 가독성으로 우리의 삶과 정체성이 다 시간과 기억의 구성물임을 확인시켜준다.

기억이란 무엇인가. 다양한 경험과 정보들을 저장했다 회상하고 활용하는 정신적 기능이자 현재와 과거와 미래를 연결하는 인생의 징검

다리다. 우리의 정체성은 자신에 대한 기억과 타자의 기억에 의해 구성된다. 그렇다고 모든 기억이 다 중요하고 정직하며 진실한 것은 아니다. 기억은 매우 충격적이었거나 자신에게 필요하거나 유리한 것만을 선택적으로 저장하기에 사실과 다를 수 있다. 어쩌면 국경일이나 역사서도 민족주의와 국가의 정체성을 만들어내기 위한 문화정치적 기억의 가공물들일 수도 있다.

『살인자의 기억법』은 알츠하이머에 걸린 연쇄 살인범 김병수의 이야기다. 치매 노인이 된 전직 연쇄 살인범 김병수는 또 다른 연쇄 살인범 박주태의 마수로부터 자신의 딸 은희를 지키기 위해 안간힘을 쓴다. 그러나 시간은 박주태와 망각의 편이다. 기억과 단어가 속절없이 사라져가고, 이야기는 치매 노인의 의식을 통해서 서술된다. 서사는 긴박하나 안타깝게도 그의 진술을 신뢰하기는 어렵다. 치매에 걸린 독거노인은 신뢰할 수 없는 화자이기 때문이다. 서사는 치매 노인의 의식의 흐름과 그의 메모에 의존한 채 조각나 있으며, 진실은 깊은 미궁에 빠져 있다. 답답하고 불편하나 독자는 김병수의 의식과 진술을 따를 수밖에 없다. 그리고 이 모든 게 치매 노인의 망상이었다는 반전은 새삼 문학과 삶과 진실의 본질에 대해 생각하게 한다. 진실들은 과연 진실한가. 기억에 의존하고 있는 우리의 의식과 정체성은 자명한 것인가.

얼핏 추리−범죄 문학을 연상케 하는 『살인자의 기억법』은 영화 〈주홍글씨〉의 원작인 김영하의 단편소설 「사진관 옆 살인사건」(2001)으로 인해 그닥 낯설지 않다. 정유정의 『7년의 밤』(2011), 『종의 기원』(2016) 등에서 보듯 이제 본격문학과 장르문학의 경계가 와해되고 그냥 문학으로 수렴되는 큰 흐름을 목격하게 된다. 문학은 버려지고 방치된 잉여의 기억들을 예술의 이름으로 긁어모으고 축조한 문학적 기억이라는 변학수 교수와 어떤 평가든 특정한 관점에서만 가능하므로 총체적이고 절대적 관점은 없다는 박이문 교수의 글을 보면서 문득 장르문학과 본격문학이라는 이항대립의 구도에 대해서도 다시 생각해 보게 된다.

변학수, 『문학적 기억의 탄생』, 열린책들, 2008.
박이문, 『예술과 생태학』, 미다스북스, 2010.

# 한강을

# 읽자

한강(1970~)은 한국문학의 셀럽celeb이다. 2016년 맨부커상에 이어 2017년 말라파르테상 수상 등 현재 한강은 자타공인 노벨문학상에 가장 근접한 작가, 한국문학의 오랜 비원을 풀어줄 작가로 꼽힌다. 신경숙 이후, 한국문학의 빈자리를 거뜬히 메우며 나라 안팎에서 한참 주목받고 있다. 문학이 언어의 모험에만 탐닉하거나 거대 서사가 부재하는 사사로운 이야기들 속에 빠져 있는 상황에서 그는 한국적인 소재의 이야기를 다루되, 세계의 독자들도 공감할 수 있는 보편성으로 문학의 위엄을 지켜나가는 작가라 할 수 있다. 생명의 논리와 육식의 길항이라는 필연적 딜레마 속에서 아예 식물이 되기로 나가는 『채식주의자』(2007) 영혜의 이야기와 국가폭력에 희생된 이들의 고통과 슬픔과 분노를 활자로 호명하여 진혼의 무대를 설판한 『소년이 온다』(2014) 등이 그러하다.

『소년이 온다』는 마음속 깊이 품고 있었을지 모를 5월 광주에 대한 광주 출신 작가의 부채의식에서 나온 것 또는 민주화운동 희생자들을 위한 해원의 진혼가라 할 수 있다. 작품은 일곱 마당으로 구성돼 있다. 각 장마다 주인공을 달리하는 복수의 주체들이 등장하여 진술하는 증언(고발)의 플롯을 보여준다. 이는 5월 광주라는 디스토피아를 경험한 다양한 인물들의 이야기를 통해서 잔혹했던 한국현대사를 생생하게 복원하고, 희생자들을 보듬기 위해서이다. 가령 친구 정대의 죽음을 보고 상무관에서 희생자들의 시신을 관리하는 중학생 동호, 혼이 되어 자신의 상황을 설명하며 애타게 누나 정미를 찾는 정대, 동호와 시신을 관리하던 출판사 직원 은숙의 한없는 자책과 시련, 고문이 남긴 트라우마와 죄책감에 시달리다 자살하는 김진수, 40대의 중년이 된 선주의 후일담, 동호 어머니가 들려주는 동호 이야기, 그리고 동호네에게 광주의 집을 팔았던 집주인 딸인 내가 소설가가 되어 5·18을 소재로 한 작품을 쓰기 위해 옛집 찾아오는 이야기들이 그러하다.

『소년이 온다』는 5월의 광주를 다루되, 광주를 넘어 국가폭력과 시민저항(희생)이라는 세계사적 보편성으로 나가고 있을뿐더러 동호를 '너'라 지칭하는 이인칭 시점과 화법의 다변화라는 미적 실험을 시도

하고 있음에도 주목해 봐야 한다. 미셸 뷔토르의 『변모』(1957) 같은 작품이 이인칭에 도전한 작품으로 알려져 있다. 이론적으로는 자기가 자기 이야기를 하면 일인칭이요, 타인의 이야기를 타인에게 하면 이인칭이 된다. 그러나 이인칭 화자는 자기 체험이나 자기가 알고 있는 이야기를 서술한다는 점에서 일인칭 화자와 본질적 차이가 없다. 모험을 위한 글쓰기가 아닌 글쓰기의 모험이라는 미적 도전과 묵묵히 자기이념을 실천하는 이와 같은 사고 실험과 작가주의는 장르문학의 작가들도 꼭 유념해 볼 대목이다. 한강을, 읽어보자.

# 역사와 장르문학

역사도 문학성을 지닌 글쓰기다. 헤이든 화이트(1928~)의 『19세기 유럽의 역사적 상상력―메타역사』(2010)는 문학비평이론을 역사 서술 방법론으로 활용하고 있는 독특한 메타역사meta-history다. 역사도 문학처럼 로망스·희극·비극·풍자 같은 플롯을 활용emplotment하고 있으며, 은유·환유·제유·아이러니 같은 비유법을 활용하는 예술적 글쓰기라는 것이다. 그의 이 같은 주장은 역사 해석과 분석은 물론 역사를 보는 새로운 관점으로 평가받는다.

유발 하라리(1976~)의 『사피엔스』(2011)는 역사와 역사 텍스트에 대한 기왕의 통념을 넘어서 새로운 통섭의 사유를 보여주는 역사―서사물이다. 생물학과 역사학을 통합하고 인간이라는 종species을 세계사적·문명사적 차원에서 살핀 대중적 교양서라 할 수 있다. 역사 장르에서 출발하였으나 문학작품 같은 재미와 감동을 주며, 참신하고 신선한 시각으로 역사도 얼마든지 문학텍스트 못지않은 읽을거리가 될 수 있음을 보여줌과 동시에 인류의 미래와 행복의 추구라는 인생 최대의 목표에 대한 철학적 성찰을 독려하는 빅 스토리다.

동부 아프리카에서 생물학적 기적으로 출현한 우리 호모 사피엔스는 유럽의 네안데르탈인과 그 외 지역에 널리 분포한 호모 에렉투스 등 최소 여섯 종이 넘는 '호모'들을 누르고 또 대형동물들을 멸종시키는 생태학적 연쇄 살인을 거쳐 지구를 지배하고 위협하는 치명적인 종으로 올라선다. 사피엔스가 다른 인류종人類種들을 누를 수 있었던 것은 근육의 힘이나 면역력이 아니라 허구를 생산해내는 힘 — 바로 이야기 능력 때문이었다. 또 사피엔스의 역사는 인지혁명·농업혁명·과학혁명이라는 세 가지 혁명 — 시작도 끝도 알 수 없는 거대한 시간의 흐름을 새로운 관점으로 구획하고 구조화한 하라리의 독특한 관점 — 으로 파악한다. 농업혁명으로 사피엔스의 양적 확대와 문화예술적 진보는 이루었으나 인류는 수렵채취 시대보다 더 가혹한 노동에 시달리게 되었으며 엘리트 계급의 출현 — 잉여의 발생을 계급의 기원으로 보는 마르크스주의와 유사하다 — 이란 부작용을 만들어냈으며, 가공의 질서인 신용과 종교와 법적 제도 같은 허구를 생각해 내는 상상력으로 세상을 지배하는 슈퍼 생명체가 된다. 이제 이들에게 남은 과제는 생태적 과제와 행복의 추구라는 정신적 가치의 실현 그리고 프랑켄슈타인 박사의 목말을 타고 영생불사를 추구하는 '길가메시 프로젝트'를 이루어내는 것이다.

『사피엔스』가 고대·중세·근대·현대라는 상투적 고정관념에서, 또 이데올로기적 편향에서 벗어나 특유의 상상력으로 새로운 지적 모험을 완수해냈듯 장르문학도 예의 뛰어난 언어 능력과 상상력과 세 개의 혁명과 제4차 혁명을 넘어서는 최종 혁명으로 새로운 문명 건설의 도정에 앞장서야 한다. 기실 유발 하라리의 창의적 사유와 글쓰기는 SF와 판타지와 온갖 범죄·추리문학과 역사소설에서 이미 다뤄왔던 주제들이 아니던가. 새롭다고 반드시 새로운 것은 아니다. 문제는 상상력과 시각이다.

헤이든 화이트, 천형균 역, 『19세기 유럽의 역사적 상상력 ― 메타역사』, 문학과지성사, 1997.
유발 하라리, 조현욱 역, 『사피엔스』, 김영사, 2015.

# 장르문학은

# 어쩌면

　장르문학은 어쩌면 몽땅 사라져 버릴지도 모른다. 새가 공기를 의식하지 않고 물고기가 물을 의식하지 않고 살 듯 또 웹 시대의 우리가 웹을 특별하게 의식하지 못하듯 모든 것이 일상화되고 보편화되면, 더이상 그것을 특별한 것으로 생각하게 되지 않기 때문이다.

　장르문학은 우리 도처에 편재한다. 책으로, 웹으로, 영화로, 만화로, 드라마와 게임으로 그것은 전방위적으로 존재한다. 장르문학은 이제 문학과 문화의 경계를 가로지르며 장르로, 플롯으로 또 특정 문학작품 속의 파블라fabula로 어디에나 있다. 문학은 '책'의 형태로만 있었던 것이 아니라 말하고 듣는 형식으로, 보고 읽는 형태로, 나아가 보고 듣고 직접 참여하는 방식으로 끊임없이 변형되고 발전되어 왔던 것이다.

장르문학과 본격문학의 왕래는 눈을 뜨고 살펴보면 찾을 수 있는, 의지의 문제일 뿐인 보편적 현상이다. 윤대녕의 『사슴벌레여자』(2001)나 박민규의 『시구영웅전설』(2003)·『더블』(2010)처럼 SF를 인용하는 슬립스트림, 추리소설을 도입한 최제훈의 『퀴르발 남작의 성』(2007)과 김영하의 『살인자의 기억법』(2013) 그리고 본격과 장르를 오가는 정유정의 『7년의 밤』(2011) 등이 문학의 장르문학화 또는 장르문학의 문학화의 대표적 사례이다.

이처럼 한국문학사에서 장르문학을 본격문학의 중핵kernel으로 활용하거나 플롯으로 수용하는 전통은 넓고 깊고 유구한 전통을 지니고 있다. 『장한몽』(1913)·『추월색』(1912) 등의 신소설을 비롯하여 로봇이 등장하는 SF를 번역한 박영희의 『인조노동자』(1925), 안회남의 『르루주 살인사건』(1940), 박태원의 『바스커빌의 괴견』(1941)과 이태준의 『청춘무성』(1940)이나 김승옥의 『강변부인』(1977) 등은 이른바 본격문학 진영에 속한 정통파 작가들의 장르문학 번역 또는 창작이다. 뿐만 아니라 문학을 가장 대중적인 형식인 만화로 재해석한 경우도 있다. 백성민의 『장길산』(1987), 이두호의 『임꺽정』(1991)과 『객주』(1992), 오세영의 『한국 단편소설과의 만남』(2005) 등은 황석영·홍명희를 포함한 한국의 대표적인 단편소설을 만화화한 것이다. 또 이광수·김동인·박종화·이태준·박태원·정비석·박범신 등 수많은 작가들에게서도 대중지향형의 작품을 목격할 수 있으니 장르문학은 장르의 문제가 아니라 문학의 속성이며 본질일는지도 모른다. 이렇게 장르문학이 활성화하고 보편화하면 할수록 장르문학이라는 구별짓기 패러다임과 정체성은 크게 약화될 것이다. 장르문학은 번성하고 발전하면 할수록 사라지는 역설의 문학이다. 장르문학은 언젠가 사라질지도 모른다, 어쩌면.

제14장

장르문학을 바라보는

다섯 개의 시선

# 장르문학과

# 문화연구

장르문학 비평과 연구는 많은 부분 현대 문화연구에 빚을 지고 있다. 문화연구란 무엇인가. 그것은 두 갈래의 이론적 전통을 가진다. 프랑스에서 발원한 문화인류학과 구조주의, 또 급진적 잡지였던 『뉴 리즈너』와 『대학과 레프트 리뷰』를 통합한 『뉴 레프트 리뷰』 출신의 영국 신좌파들이다. 1964년 리처드 호가트가 버밍엄대학 영문학과 부설로 설립한 현대문화연구소CCCS가 문화주의 문화연구와 문화 비평의 발상지다.

영국의 문화 비평은 마르크스주의를 모체로 다양한 이론들을 자기화하고, 효율성과 전문성을 내세워 인문학을 마구 분할해버린 분과 학

문체계에 대해 저항하는 학제적 태도를 보여준다. 또 주류 엘리트들에 의해 배척되고 오해되어 왔던 노동 계급의 문화와 만화·드라마·영화·통속소설 등의 대중문화를 통한 문화정치의 실천과 문화에 대한 총체적 이해를 추구한다.

문화연구(비평)는 여러 겹의 '긴장'과 '길항' 관계 속에 있다. 가령 문학연구와 문화연구의 본질적 차이와 상호관계에 대한 혼란, 장르문학 등 대중문화에 목소리를 부여하려는 열망과 자칫 그러한 열망이 도리어 급속도로 상품화한 자본의 문화 논리에 역이용당할 가능성, 문학연구에서 출발한 문화연구가 문학연구를 약화시키고 집어삼켜 버리는 역전 현상, 그리고 저항문화를 연구하는 것을 저항운동으로 생각하는 착시 현상 등의 것들이다.

문학이론(비평)의 본질은 작품에 대한 평가와 해석, 작품 해석을 구실로 연구자(비평가) 자기 자신의 이야기를 하기 위한 수단으로 활용하는 일, 또 문학작품을 어떻게 읽을 것인가에 대한 고민 등으로 요약할 수 있다. 그러므로 문학연구방법론과 문학이론의 역사는 문학작품 읽기 방법에 대한 고민의 역사라 할 수 있다. 문화연구는 이 같은 문학연구의 고민과 성과를 문화적 대상으로 확장하여 적용한 것이다. 당연히 문화연구도 문학을 주요 대상으로 다루고 있으며, 다양한 문화현상과 장르를 문학텍스트처럼 읽어내고자 한다. 문화연구는 문화텍스트를 통해서 문학뿐만 아니라 세계를 보다 정확히 읽어내고 이해하고자 하며, 제도권 담론이 주목하지 않았던 대중문화·장르문학·하위문화의 의미를 정당하게 평가하고 고급문화와 동등한 문화현상으로 다룬다.

김용규, 『문학에서 문화로』, 소명출판, 2004.

안토니 이스트호프, 임상훈 역, 『문학에서 문화연구로』, 현대미학사, 1994.

존 스토리 편, 백선기 역, 『문화연구란 무엇인가』, 커뮤니케이션북스, 2000.

조너던 컬러, 조규형 역, 『문학이론』, 교유서가, 2016.

Brandlinger, Patrick, *Crusoe's Footprints : Cultural Studies in Britain and America*, Routledge, 1990.

Cris baker · Emma A. Jane, *Cultural Studies : Theory and Studies*, SAGE, 2016.

# 문장부호와
# 장르문학

　나폴레옹의 탄압을 피해 망명 중이던 빅토르 위고(1802~1885)가 출판사에 보낸 물음표(?) 한 개와 출판사가 답신으로 보낸 느낌표(!)는 세상에서 가장 짧은 서신으로 알려져 있다. 작품이 잘 팔리느냐에 대한 위고의 물음에 잘 팔린다고 답변한 출판사의 재치문답이었다. SNS가 일상화되면서 문자가 아니라 이모티콘이나 부호로 대체하여 소통하는 방식이 널리 자리 잡았다. 문학/장르문학의 차이와 특성도 문장부호를 통해서 설명할 수 있을 것 같다.

　한국 추리소설의 신기원을 연 김내성은 「탐정소설의 본질적 요건」(1936)이란 짧은 논문을 통해서 "탐정소설의 본질은 '엉?' 하고 놀라는 마음과 '헉!' 하고 놀라는 마음이며, '으음!' 하고 고개를 끄덕이는 심리적 작용"이라고 설명한 바 있다. 독자의 호기심을 자극하고 퍼즐을 제시하는 도입부가 물음표(?)로 시작된다면, 조사의 이야기를 통해서 밝혀지는 범인의 트릭과 탐정의 명쾌한 해명은 느낌표(!)로, 그리고 미스터리의 해결demystification과 대단원denouement은 통쾌한 마침표(.)로 표현할 수 있을 것이다.

루카치(1885~1971)의 『소설의 이론』(1914~1915)은 근대 문학예술을 신이 떠나고 총체성이 붕괴된 시대 시작된 문제적 개인의 여정, 곧 숨겨진 총체성을 형상화하고 복원하려는 역사철학적 시도로 본다. 신화 시대는 자아와 세계가 조화를 이루는 행복한 시대이다. 서사시 시대에는 자아가 모험을 해야 할지언정 위험과 고통에 빠지지는 않으며 결국 문제가 해결된다는 확신이 존재하는 조금 덜 행복한 시대의 예술이다. 근대소설은 신으로부터 버림받고 영혼과 작품, 내면성과 모험이 서로 일치하지도 않으며, "길은 시작되었는데 여행은 완결된 형식"이다. 즉 물음표(?)에서 시작하여 물음표(?)로 끝나버리는 시대의 예술인 것이다. 더구나 "새로이 도래할 세계를 알리는 조짐은 너무나도 희미"하고, 그 희망마저 "메마르고 비생산적인 힘에 의해 언제라도 쉽사리 파괴될 수 있는 운명에 처해 있"다.

반면 장르문학은 길이 시작되자마자 여행이 끝나버린 시대 억지로 모험과 여행을 만들어내고 세계와 자아의 조화를 꿈꾸는 만들어진 서사시—가짜 서사시다. 그럼에도 조화와 희망을 만들어내고 유토피아를 꿈꾼다는 것은 역사철학적 조건상 본격문학과 근대의 문학예술이 도달할 수 없는 한계를 넘어서려는 소중하고도 억지스런 시도이다. 물음표(?)에서 시작되나 기어코 행복한 끝내기(!)로 마침표(.)를 찍는 것이다. 스즈키 슌류(1870~1966)의 말대로 한겨울의 폭설 속에서도 새 생명이 움트고 따뜻한 봄날에는 오이를 먹을 수 있다. 루카치는 이를 간과했다.

김내성, 「탐정소설의 본질적 요건」, 조성면 편, 『한국 근대 대중소설 비평론』, 태학사, 1997.

게오르그 루카치, 반성완 역, 『소설의 이론』, 심설당, 1985.

Shunryu Suzuki · Zen Mind, *Beginner's Mind*, WETHERHILL, 1970.

# 장르문학과 문학의 위상
# 혹은 위기

언어를 떠난 문학은 없다. 언어는 존재의 집das Hous des Seins, 역설의
집이다. 문학은 서사와 시적 진실을 언어를 통해 재현하려는 순간 곧
언어의 한계에 직면하게 된다. 그리고 바로 그 장벽을 언어로 극복해
야 하는 자기모순에 빠져 버린다. 또 문학의 가치는 (독자의) 감동과 (전
문가의) 평가로 결정되므로 작가는 항상 새로운 서사 형식을 창안해야
하는 악순환과도 대결해야 한다. 가라타니 고진(1941~)이 말하는 '근
대문학의 종언'은 단지 19세기적 문학이념과 문학관의 사망 선언이었
을 뿐이지만, 디지털 기기의 총아인 스마트폰과 인공지능이라는 새로
운 상황은 문학을 존재의 위기 속으로 몰아세운다.

근대의 문학은 공동체의 역사를 노래하는 제의 또는 재미있는 이야기에서 언어적 아름다움을 추구하고 이데올로기적 기능을 수행하는 존재로 비약한다. "새로운 중산층과 상류층에게 특별한 가치관을 제공하고", "공평무사한 이해를 가르치며", "국가적 자존감을 제공하는" "강력한 국민적 기능"을 가진 '상상의 공동체'요, 이데올로기적 국가기구이자 "더 이상 사회통합 능력이 없는 것으로 보이는 종교를 대체하는 기능을 수행"하게 된다. 반면 비서구 지역에서는 식민화라는 서세동점 앞에서 민족정신과 민족어를 지키는 저항의 수단이었으며, 민중에게 자신들의 비참한 조건을 자각하게 한 이념의 매개물이었고, 언론이 막히고 국가의 폭력이 횡횡하는 검열의 압제 속에서는 은폐된 역사적 진실을 알리는 사회적 교사요, 역사서였다.

인터넷과 스마트폰과 인공지능이 주도하는 현대사회에서 문학의 입지가 갈수록 좁아지고 있다. 영화의 서사와 영상이 문학의 서사와 재현 능력을 압도하며, 소설이 전해주던 이야기와 재미는 스마트폰으로 대체된 지 오래다. 장르문학은 이제 영화나 게임을 위한 원천콘텐츠로 떨어졌고, 독자들은 이제 '읽지' 않고 '보며' '넘기지' 않고 '화면을 밀며', '쓰지' 않고 '두드리거나' '친'다. 쓰거나 읽지 않는 신新문맹의 시대가 온 것이다.

문학은 독자의 머리 위에서 내려와 "고독한 읽기"를 통한 성찰과 삶과 사회에 대한 질문을 던지거나 언어적 한계에 도전함으로써 언어의 신선도를 유지하는 언어예술의 보루로, 그리고 여전히 남아 있는 소수 활자중독자들의 지적 허영을 위무하면서 우리 곁에 머물러 있을 뿐이다. 화제의 베스트셀러 조남주의 『82년생 김지영』(2016)은 여성의 삶과 수난을 주제화한 문제작이나 30대 여성 독자 옆에서 자신들의 이야기를 들려주는 세대의 이야기로, 작은 '속삭임'으로 존재한다. 문학은 그런 세대성과 언어를 탐구하는 언어예술로 보통의 문학들을 능가하는, 상상을 넘어서는 상상력으로 또 새로운 생각의 창조자로 거듭 나야 한다. 지금 여기가 장르문학이 살아야 할 현실이다.

박이문, 『예술과 생태』, 미다스북스, 2010.

조너던 컬러, 조규형 역, 『문학이론』, 교유서가, 2016.

# 장르문학의
## 자인과 졸렌

김내성은 한국 장르문학사의 대문자였다. 『경향신문』에 발표된 그의 평론 「대중문학과 순수문학—행복한 소수자와 불행한 다수자」(1948.11.9)는 김내성의 문학 철학이 무엇인지 잘 보여주는 글이다. 그는 포의 『마리 로제의 비밀』, 스콧의 『아이반 호우』, 디킨스의 『두 도시 이야기』, 르블랑의 '뤼팽 시리즈' 등 대중의 사랑을 받는 대다수의 작품들이 "불행한 다수자의 문학적 위안물"이었으며, 대중문학의 가치는 '존재sein'가 아니라 '당위sollen'에 있다는 점을 애써 강조한다. 요컨대 문학은 소수의 특권계급을 위해 존재하는 엘리트예술이 아니며, "순수라든가 대중이라든가 하는 거추장스런 문자"를 떠나 불행한 다수자를 위로하는 것이 문학의 졸렌이요, 사명이라는 입장을 견지한다.

김내성이 활동하던 시기는 식민지·남북분단·한국전쟁 등 연이은 국가적 불운에 가난까지 겹쳐진 화불단행禍不單行의 어려운 시대였다. 이런 점을 고려하면 '자인'이 아닌 '졸렌'의 문학을 주창한 그의 입론을 이해하지 못하는 것은 아니다.

김내성이 활동하던 시대와 지금의 동시대는 비교가 불가능할 정도다. 정치적 자유가 크게 신장됐고 국가 경제도 세계 10위권에 이를 만큼 커졌다. 그럼에도 다수자를 위한 '졸렌'으로서의 장르문학은 여전히 유효하다는 게 문제다. 갈수록 벌어지는 빈부격차, 기회의 불균등, 청년실업에 내우외환의 국내외적 정치 상황은 위로와 '졸렌'으로서의 장르문학의 필요성을 강제하고 있기 때문이다.

그렇다고 장르문학을 졸렌과 위안의 프레임에 가둬 놓고 보면 안 된다. 장르문학은 문학을 강렬한 사회담론으로 활용하려는 효용론과 미적 자율성에 창의적 형식 실험에만 몰두하는 모더니즘의 '냉동된 사회성'을 넘어 또 본격문학과 장르문학을 구별하고 차별하는 '기울어진 문학론'을 바로잡고 떠받치는 아틀라스Atlas가 되어야 한다. 나아가 멀티미디어의 등장이라는 새로운 도전적 상황에서 비현실적인 재미와 창의적 상상력으로 대중예술이자 사회적 담론으로서의 이니셔티브를 회복하는 문학적 복벽운동復辟運動이 되어야 할 것이다. 대중들과 대화하고 소통하면서 새로운 경험 세계로의 안내자로서 우리 안에 내재된 변화의 열망을 때로는 어루만지고 때로는 추동하는 미래문학으로 나가야 한다. 이것이 바로 동시대 장르문학의 자인이며 졸렌이다.

# 『햄릿』과

# 철도와 장르문학

셰익스피어(1564~1616)의 걸작 『햄릿』(1601)에 이런 대사가 나온다.

> 햄릿 : 바람이 살을 에는군. 아주 추운데(The air bites shrewdly. It is very cold).
>
> 호레이쇼 : 뼈저리게 매서운 바람입니다(It is a nipping and an eager air).

햄릿은 부왕의 혼령이 출몰한다는 보고를 받고, 친구이자 부하인 호레이쇼와 함께 왕성의 망루에서 부왕의 출현을 기다린다. 부왕의 혼령을 기다리는 동안 가장 먼저 이들을 기다리고 있었던 것은 살을 에는 혹독한 맹추위였다. 『햄릿』의 대사에 등장할 정도로 16세기의 인류는 혹독한 소빙하기의 추위에 몸살을 앓고 있었다. 태양 활동의 감소와 화산재 등의 영향으로 1250년경부터 온도가 하강하기 시작하여 1850년까지 지구의 연평균 기온이 무려 1.5℃나 낮아졌다고 한다. 소빙하기가 닥쳐오자 흉작과 가축전염병이 빈번했으며 식물의 생장에도 악영향을 끼쳤다. 14세기 유럽을 휩쓸고 지나간 페스트의 대유행도 기온하강이 초래한 흉작과 그로 인한 부실한 영양상태가 원인이 됐다는 분석도 있다. 이 시기에는 나무의 성장마저 지체되어 인류는 만성적인 땔감의 부족에 시달린다. 이때 등장한 대체 연료가 석탄이었다.

인류를 새로운 문명으로 인도한 증기기관의 발전은 석탄의 채굴로 촉발된 것이었다. 영국에서 산업혁명이 먼저 일어날 수 있었던 것은 다른 나라와 달리 석탄이 노지에 노출되어 있어 채굴이 매우 용이했기 때문이었다. 과학사의 획을 그은 뉴커먼의 증기기관은 노면 광산에 고인 지하수와 빗물을 퍼내기 위한 고육책의 결과였고, 뉴커먼의 증기기관을 개량한 것이 조지 스티븐슨(1781~1848)의 증기기관차이다. 증기기관의 직선운동을 회전운동으로 바꿔주는 크랭크축의 발명이 결정적이었다. 1825년 스톡턴―달링턴 구간을 운행한 스티븐슨의 로코모션호가 세계 최초의 철도이다.

철도는 근대 자본주의 발전을 이끈 견인차였으며, 인간들의 시간과 공간에 대한 경험과 인식에도 큰 영향을 주었다. 소빙하기에서 비롯된 철도의 등장과 환경 변화는 장르문학에도 크게 작용하였다. 소빙하시대의 우울함을 반영한 메리 셸리의 『프랑켄슈타인』을 비롯하여 미야자와 겐지의 『은하철도의 밤』, 마쓰모토 레이지의 〈은하철도 999〉, 다카기 신지와 오토모 가츠히로의 스팀펑크 〈스팀보이〉, 아가사 크리스티의 『오리엔트 특급 살인』 등이 바로 이 맥락에 닿아 있는 주요 작품들이다. 기후 환경의 변화와 철도의 등장도 장르문학의 탄생과 발전에 많은 영향을 주었다. 텍스트의 안쪽을 정밀하게 읽는 내재적 접근과 텍스트의 바깥을 살피는 외재적 접근 모두 장르문학 연구와 비평에 긴요하고 또 당연하다.

윌리엄 셰익스피어, 최종철 역, 『햄릿』, 민음사, 1998.
조성면, 『질주하는 역사, 철도』, 한겨레출판, 2012.

# 제15장

# 장르문학에

# 길을 묻다

# 생각의 기원,
# 베르베르의 『뇌』

생각은 어디에서 비롯되는가. 위대한 생각들이 없었다면 신도, 종교도, 예술도, 문명도 없었을 것이다. 인간을 생각하는 존재cogito로 보는데카르트의 명제는 탁견이었다. 그런데 숭산 선사(1927~2004)의 방할棒喝처럼 내가 생각하지 않으면 나는 어디에 있는가. 생각 이전에는 무엇이 있는가. 생각을 포함한 모든 정신 현상이 뇌의 기능이며, 속성에지나지 않는다는 유뇌론唯腦論을 펴는 작가가 있다. 베르나르 베르베르(1961~)의 『뇌』(2001)가 그러하다.

『뇌』는 의학-미스터리로 분류할 수 있는 높은 대중성을 지닌 베스트셀러지만, 아직 그 진면목이 저평가된 최우량주다. 그는 『개미』·『파피용』·『제3인류』 등 장르문학의 형식을 이용하여 기상천외한 상상력과 묵직한 주제의식을 담아내는 재능을 지닌 천재 작가다. '최후의 비밀L'Ultime Secret'이라는 원제 그대로 그의『뇌』는 인생 문제와 문명론의 과제를 동시에 해결할 방안과 고민의 실마리가 담긴 놀라운 소설이다.

소설은 인공지능 딥 블루를 꺾고 세계 체스 챔피언이 된 신경정신의학자 사뮈엘 핀처의 의문사를 추적하는 미스터리다. 과학부 기자 뤼크레스 넴로드와 전직 수사관 이지도르 카첸버그의 조사 이야기에, 인간의 뇌가 지닌 비밀을 풀기 위한 뇌과학의 오디세이아를 펼치는 사뮈엘 핀처와 교통사고로 뇌줄기腦幹가 손상되어 LIS 상태(식물인간)에 빠진 마르탱의 이야기가 서로 교차된다. 범죄의 이야기와 조사의 이야기라는 두 트랙을 통해 서사가 전개되는 전형적인 추리소설의 구조를 가지고 있다. 핀처의 사인은 일급 모델 나타샤와의 정사 도중 "사랑에 치여 죽은" 복상사로 처리되나 실상은 대뇌 속의 쾌감 중추인 정중전뇌관속正中前腦管束, median forebrain bundle에 전극 이식수술을 받은 뒤 마르탱이 선사한 과도한 자극을 받아 사망한 것으로 밝혀진다.

인류의 문명과 관념과 삶의 비밀을 풀 열쇠를 쥐고 있는『최후의 비밀』곧『뇌』를 통해서 베르나르 베르베르가 말하고 싶었던 것은 무엇인가. 아니, 말하고 있으면서도 정작 작가 자신이 인지하지 못하는 궁극의 의미는 무엇인가. 그것은 바로 제도와 세상을 바꾸는 것보다 자신의 생각을 바꾸는 일이 더 효율적이며 모든 문제를 해결할 수 있는 궁극의 방법, 인류문명의 완성을 위한 최종 혁명(5차 혁명)이라는 것이 아닐까. 모든 문제를 해결할 수 있는 가장 쉽고 간단하지만, 불가능에 가까운 일—바로 우리 자신의 생각을 바꾸는 일이다. "생각을 바꾸지 않는 건 바보들이나 하는 짓"이라는 여주인공 뤼크레스 넴로드의 외침이야말로 어쩌면 소설『뇌』속에 감춰진, 궁극의 비밀이다.

숭산 스님, 『부처를 쏴라』, 김영사, 2009.

앨런 월리스, 최호영 역, 『뇌의식과 과학』, 마루벌, 2011.

Mark F. Bear · Barry W. Connors · Michael A. Paradiso, *NEUROSCIENCE* : *exploring the Brain*, Baltimore : Lippincott Williams&Wilkins, 2001.

Elias · Lorin J · Saucier · Deborah M, *NEROPSYCHOLOGY* : *Clinical and experimental foundations*, Boston : Pearson Education, 2006.

# 장르문학과

# 마음

장르문학은 즐거움을 주며, 우리를 다른 세계로 인도한다. 판타지 fantasy의 본질은 판타지fantasy이며, '대리경험'과 '감정이입'과 '작중인물 과의 동일화'와 '허구의 약정' 같은 공모를 통해 우리는 불만족스럽거 나 권태로 가득한 현실에서 벗어나 새로운 시공간을 경험하게 된다. A. H. 마슬로우(1908~1970)가 말한 인간 욕구의 5단계나 명리학이 말하는 재물욕·출세욕·명예욕 같은 인비식재관印比食財官도 결국 인간의 욕망, 곧 마음의 만족을 얻으려는 활동(혹은 성품)을 뜻한다.

베르나르 베르베르의 『뇌』도 궁극의 쾌락과 만족을 얻으려는 인간 의 욕망과 음모를 파헤친 미스터리다. 장르문학이든 명리학이든 종교적 수행이든 뭐든 뇌의 만족 또는 마음의 만족을 얻으려는 행위이며 형식일지도 모른다. 즉 모든 것은 마음의 문제로 수렴된다.

그러면 마음이란 무엇인가. 뇌과학·심리학·명상과학이 말하듯 모든 정신적 활동과 과정이 "뇌의 기능 또는 속성에 지나지 않는" 것이란 말인가. 그러나 인간의 정신 작용과 관련하여 뇌과학과 심리학이 설명할 수 없는 부분들에 대해서는 어떻게 설명할 수 있는가.

선서禪書들은 우리의 본래 마음은 그 자체로 이미 온전하며 두렷하다고 한다. 마음을 본다는 견성과 마음을 기른다는 솔성도 따지고 보면 본래의 마음을 알고 이를 회복하자는 뜻일 것이다. 지금 이 순간 내 마음은 어디에 있으며, 어떠한가. 우선 분별이 일어나는 순간을 놓치지 말고 바라보자. 그 마음과 생각은 어디에서 왔는가. 근거도 실체도 없고 알 수 없는, 또 있다고 말할 수 없는 있는 곳에서 나온다. 상황과 습관에 따라 자꾸 튀어나와서 마치 있는 것처럼 주인 행세하고 우리를 괴롭히지만 그것은 실체 없는 허깨비요, 관념들이기에 바라보거나 시간이 경과하면 즉시 사라져 버린다. 요컨대 마음은 텅 빈 진공같은 비물질적인 공空이지만 무존재無存在인 것이 아니다. '그것'에서 사상과 스토리와 이념과 온갖 사고 작용들이 끝없이 생성되기 때문이다.

인생의 궁극적 목표는 행복을 얻기 위한 여정이다. 행복한 삶을 살자니 이와 같은 생각의 실체와 마음의 원리를 잘 알아 그것을 때와 곳에 맞게 잘 사용하는 일에 관심을 갖지 않을 수 없다. 마음의 세계를 발견한 고타마 싯다르타(BC 563?~BC 483?)나 누구나 마음혁명을 통해서 행복에 이를 수 있다며 비천하고 낮은 자들에게도 새로운 희망과 해방의 길을 제시한 육조 혜능(638~713)이나 물질문명 시대 정신개벽을 주창한 소태산 박중빈(1891~1943)이나 흥미진진하고 박진감 넘치는 이야기들로 우리들을 잠시나마 고통에서 벗어나게 해주는 장르문학이나 모두 방향과 지향이 같다고 말하면 지나친 견강부회일까?

Shunryu Suzuki · Zen Mind, *Beginner's Mind*, WEATHERHILL, 1978.

이은윤, 『육조 혜능 평전』, 동아시아, 2004.

길도훈, 『단전주선』, 씨아이알, 2014.

# 〈매트릭스〉, 시오니즘
# 그리고 『금강경』

인생은 흔히 꿈에 비유된다. 세계와 존재의 실상을 환영이자 물거품으로 보는 『금강경』도 그러하고, 『장자』의 호접지몽 고사도 그러하며, 월창 김대현의 『술몽쇄언』(1884)도 그러하다. 앤디·래리 워쇼스키 형제(혹은 남매)의 〈매트릭스〉(1999) 또한 그러하다.

인공지능이 지배하는 미래사회. 평범한 회사원이자 해커인 네오는 자신이 살고 있는 현실에 대해 항상 데카르트적 회의를 품고 살아간다. 이내 그는 자신을 포함한 수많은 인간들이 매트릭스라는 거대한 컴퓨터 프로그램이 만든 환각 속에서 살고 있으며, 기계들을 위한 생체 건전지로 사용되고 있다는 충격적인 진실과 마주한다. 인간이 기계의 동력원으로 사육, 이용되고 있다는 발상은 다분히 만화적이지만 〈매트릭스〉가 제기하는 철학적인 물음들과 스토리와 경이로운 비주얼은 영화사의 걸작으로 기록되기에 충분하다. 존재하는 모든 것이 환영이었다니.

영화에서는 인간들의 구원자로 묘사되는 네오와 기계의 지배에서 벗어나 있는 인간들의 마지막 거주지인 시온마저 인공지능에 의해 계획된 플랜이었음이 밝혀진다. 그러나 영화의 반전보다 더 놀라운 것은 우리의 삶과 현실이다. 그렇게 치열하게 땀 흘리며 살아왔건만 인생에 남은 것은 아무것도 없는 공emptiness뿐이기 때문이다. 예를 들어 보자. 그토록 치열하게 살아왔던 지난 날들, 곧 과거는 어디에 있는가. 심지어 이 글을 읽기 시작했던 방금 전의 순간은 어디로 갔는가. 과거는 존재하지 않고 미래는 오지 않았으며 현재는 순식간에 지나가 버린다. 영화 〈매트릭스〉 속의 매트릭스만 환영이 아니라 어쩌면 우리의 현실과 삶 그 자체가 매트릭스일지도 모른다.

그렇다면 이 영화는 불교적인가. 아마 우연의 일치일 것이다. 영화는 철저하게 성경의 논리를 따르고 있다. 인공지능이 지배하는 묵시록적 세계가 우선 그러하다. 또 네오를 진실의 세계로 인도하는 모피어스는 세례 요한에, 오라클은 선지자 이사야에, 인간 반란군의 배신자인 사이퍼는 유다에, 트리니티는 예수를 사랑했던 여인 마리아에 근사近似하며, 심지어 트리니티는 '삼위일체'라는 의미를 가지고 있다.

그렇다고 이 영화가 성서의 세계인 것만도 아니다. 윌리엄 깁슨의 〈코드명 J〉(원제는 단편소설 「Johnny Mnemonic」, 1981)와 오시이 마모루의 〈공각기동대〉(1995) 같은 사이버펑크들, 오우삼의 〈영웅본색〉(1986) 등의 홍콩 느와르 영화를 모두 포괄하고 통섭한 B급 대중문화의 집약체요 패러디이기 때문이다. 〈매트릭스〉는 B급 사이버펑크들 속에서 피어난 걸작이며, 인공지능 시대를 넘어 마음혁명과 정신 각성의 중요성을 다시 생각하게 하는 역대급 영화다.

조성면, 「우리가 살고 있는 이 세계는 진실한가―워쇼스키 형제의 〈매트릭스〉」, 『한비광, 김전일과 프로도를 만나다―장르문학과 문화비평』, 일송미디어, 2006.

# 탈근대와 불교 통속소설 사이,

# 『만다라』

『만다라』는 김성동 문학의 시작이자 끝이다. 『종교신문』에 당선된 『목탁조』(1975)가 원작이다. 이 소설로 불교계가 발칵 뒤집혔다. 환속한 다음, 1978년 『목탁조』를 경장편輕長篇 『만다라』로 개작, 한국문학 신인상을 수상하며 본격적으로 작가의 길을 걷기 시작했다. 『집』(1989), 『길』(1994) 등과 함께 삼부작으로 꼽히며, 수행자의 고뇌와 방황 그리고 구도의 의미에 대해 진중한 질문을 던진 수작으로 평가받는다.

『만다라』는 한국소설사의 문제작으로 남을 불교-교양소설 Bildungsroman이라 할 수 있다. 1970년대 선풍적인 인기를 끌던 헤르만 헤세(1977~1962)의 『수레바퀴 아래에서』(1906), 잭 케루악(1922~1961)의

『길 위에서』(1957) 및 『다르마의 행려』(1960) 등과 강한 상동성相同性이 발견된다. 『수레바퀴 아래에서』는 젊은 날 자살기도 등의 방황을 거듭했던 헤세의 자전적 요소가 반영된 청년문학이다. 모범생 한스 기벤트라트가 반항적이고 개성이 뚜렷한 헤르만 하일러를 만나면서 억압적인 학교교육과 사회풍토에 깊은 회의를 품고 방황하다 죽음에 이르는 과정을 다룬 비극적 성장소설 혹은 교양소설이다.

주인공 법운은 불행한 가족사와 현대사의 비극을 뒤로 하고 출가한 모범적 선수행자, 선방 수좌首座이다. 아버지는 좌익 혐의로 한국전쟁 당시 처형되고, 녹의청상이 된 어머니마저 가출하자 출세간出世間의 길을 선택한 것이다. '병 속의 새'라는 화두를 품고 구도 수행에 전념하던 중 파계승 지산을 만난다.

거침없는 운수행각과 독설을 날리는 지산의 자유분방함에 매료된 법운은 그와 도반이 되어 함께 떠돈다. 법운은 한스 기벤트라트에, 지산은 헤르만 하일러에 비견된다. 양자 공히 소년을 성인의 세계, 새로운 세계로 인도하는 안내자가 있는 것이다.

무당집의 불사에 가서 불상에 점안을 하고 양식을 얻어 암자로 돌아오던 길 지산은 만취 상태에서 활불 자세로 동사한다. 지산을 다비하고 법운 역시 지산처럼 사창가에서 이층을 쌓고 파계한 다음 세상 속으로 뛰어든다. 마침내 사회 속으로 입사入社한 것이다.

이념의 문제·비극적인 현대사·개인의 구원 등 굵직한 주제를 다루지만, 감정의 과잉과 신파적 스토리 그리고 타락과 방황 등『만다라』의 소재와 서사 자체는 매우 통속적이다. 근대소설의 한 흐름을 이루는 성장소설과 교양소설은 현실 변혁의 전망을 상실한 좌절의 시기에 자신의 정체성과 내면의 풍요라도 이루어보자는 부르주아적 개인주의와 교양주의라는 근원적 한계를 가지고 있는 형식이다. 그러나『만다라』는 새로운 삶의 전망과 총체성을 찾는 문제적 개인의 출출세간적出出世間的 몸부림을 다루고 있다는 점에서 꽤 문제적이다.

# 장르문학,

## '5차 혁명'을 꿈꾸다

우리는 지금 행복한가. 지금 행복하지 않다면 미래에는 행복해질 수 있을까. 그리고 그 행복은 어떻게 가능한가. 고도의 과학기술이 행복한 삶을 가져다 줄 수 있다는 주장과 신념이 있다. 편의상 이를 테크놀로지-유토피아론論이라 부르자. 과학기술을 통해서 보다 나은 삶과 미래를 구현할 수 있다는 기술낙관주의는 일종의 근대 합리주의다. 이 테크놀로지-유토피아론을 도구적 합리성이며 모더니티가 낳은 병폐라고 비판하고 전원적 과거나 정신주의에서 새로운 대안을 찾는 낭만주의적 흐름도 있다. 그런데 테크놀로지-유토피아론이야말로 어쩌면 합리주의가 아니라 합리의 이름을 빌린 진짜 낭만주의다.

인공지능^AI · 사물인터넷^IoT · 빅데이터 · 로봇공학 · 생명공학 · 클라우드 컴퓨팅 등이 4차 산업혁명을 주도할 선두주자로 꼽힌다. 학자마다 견해 차이가 있을 수 있겠으나 대체로 증기기관, 대량 생산, 정보화 사회에 이어 현재까지 개발된 모든 기술적인 요소들을 네트워크로 연결하고 지능화하는 신정보화 사회, 초연결 사회를 가리켜 4차 산업혁명 시대로 규정한다.

그렇다면 자율주행차와 인공지능의 사회에서 우리는 행복해질 수 있을까. 혹시 우리는 생활의 편리와 행복을 혼동하는 것은 아닐까. 그리고 첨단기술이 가져다 줄 눈부신 진보가 새로운 이윤을 창출하려는 경제 논리는 아닌지 또 근대의 거짓말이며 신기루가 아닌지 고민해볼 일이다.

유교의 대동사회나 플라톤의 철인정치나 토마스 모어의 『유토피아』가 말하는 유토피아는 대개 사회구성원의 도덕성을 강조하는 정신주의의 경향을 띤다. 현실을 무시하는 관념론은 경계해야 하지만, 그래도 마음의 문제를 외면할 수 없다. 생멸의 고통과 온갖 고뇌의 파도를 끊어낼 수 있는 것은 테크놀로지가 아니라 마음의 힘뿐이기 때문이다. 그렇다면 5차 혁명은 미래시제가 아니라 1차 혁명 이전의 시대에 있었던 혁명 곧 오래된 미래라 할 수 있다.

행복한 삶과 유토피아는 마음에 달려 있다. 마음의 문제를 사상한 어떠한 행복론과 문명론도 공염불이다. 마음을 먹는다거나 생각을 고치는 것처럼 쉽고 간단한 일이 또 어디에 있을까. 그러나 마음먹고 생각을 바꾸는 일은 세계를 바꾸고 우주를 바꾸는 일보다 더 어렵다. 마음을 통한 안식과 유토피아 구현은 가장 쉽고 가장 어려운 길이다. 또 관념론에 빠질 우려도 있다. 그러나 한낱 테크놀로지의 변화요, 자본의 논리에 지나지 않는 4차 산업혁명이 인생의 문제를 해결하고 행복한 삶을 보장해 줄 수 없다. 기술낙관주의와 기술결정론을 넘어서는 마음공부로 자유롭고 정의로운 주체되기야말로 어쩌면 새로운 미래를 열어갈 핵심 과제일지 모른다. 탁월한 스토리텔링 능력과 대중성과 공감 주술력을 지닌 장르문학의 책무가 막중하다.

이호규, 『테크놀로지와 낭만주의』, 커뮤니케이션북스, 2008.

Shunryu Suzuki, Zen Mind, *Beginner's Mind*, WEATHERHILL, 1978.

# 역대 주요 베스트셀러 목록 1900년~2000년 이후

**일러두기**

최초(연재) 발표 시점 기준

전작 장편은 초판 발행 기준

문학작품을 중심으로 하되, 시대상을 대표하는 인문, 교양서도 일부 포함

판매량과 상관없이 대중/문학사적으로 유의미한 작품도 포함

만화는 시대상을 보여주는 대표작들 일부만 제시

『성경』, 『표준 만세력』, 『수학의 정석』, 『성문종합영어』, 『영어실력기초』, 『Vocabulary 22,000』 등 종교서와 교재 등은 제외

※ 전체적인 시대상과 전개상을 파악할 수 있는 정도의 목록만을 제시

## 1910년대

이인직, 『혈의 누』, 1906.

모험생, 『해저여행기담』, 1907.  * 원작 『해저2만리』, 한국 최초 SF 번역

이해조, 『쌍옥적』, 1908.  * 한국 최초 공안계 추리소설

이해조, 『구의산』, 1911.

조중환, 『쌍옥루』, 1912.  * 번안

최찬식, 『추월색』, 1912.

프레드릭 데이, 김교제 역, 『과학소설 비행선』, 1912.

조중환, 『장한몽』, 1913.  * 번안

이광수, 『무정』, 1917.

장두철(?), 『충복』, 1918. * 코난 도일 최초 소개, 번역

## 1920년대

박병호, 『혈가사』, 1920. * 『취산보림』에 연재, 1926년 출판, 금서 처분

이상협, 『해왕성』, 1920. * 원작 『몽테크리스토 백작』

천리구(김동성), 『붉은실』, 1921. * 원작 『주홍색 연구』

한성도서주식회사 출판부 역, 『한니발』, 1921. * 원작 『하니발 전기』

홍난파, 『애사』, 1922. * 원작 『레미제라블』

민태원, 『무쇠탈』, 1922. * 원작 『철가면』

나도향, 『환희』, 1922.

동화서림 편, 『비난 정감록 진본(批難 鄭鑑錄 眞本)』, 1923.

박영희, 『인조노동자』, 1925. * 원작 『로섬 유니버설사의 로봇』

이광수, 『마의태자』, 1926.

최독견, 『승방비곡』, 1927.

홍명희, 『임꺽정』, 1928.

이광수, 『단종애사』, 1928.

## 1930년대

윤백남, 『대도전』, 1930.

김동인, 『젊은 그들』, 1930.

최독견, 『사형수』, 1931.

방인근, 『마도의 향불』, 1932.

방인근, 『방랑의 가인』, 1933.

김동인 ,『운현궁의 봄』, 1933.

이광수,『유정』, 1933.

윤백남,『흑두건』, 1934.

서동산,『염마』, 1934.　*채만식이 가명으로 발표한 추리소설

김말봉,『찔레꽃』, 1935.

심훈,『상록수』, 1935.

박종화,『금삼의 피』, 1936.

함대훈,『순정해협』, 1936.

이은상,『무상』, 1936.　*산문집

모윤숙,『렌의 애가』, 1936.　*1950년대 베스트셀러가 됨, 산문집

최현배,『우리말본』, 1937.　*1945년 베스트셀러가 됨

박계주,『순애보』, 1937.

김내성,『백가면』, 1938.

박태원,『우맹』, 1938.　*『금은탑』(1949)의 원작

김동인,『수평선 넘어로』, 1938.

김내성,『마인』, 1939.

한용운,『삼국지』, 1939.

유진오,『화상보』, 1939.

## 1940년대

에밀 가보리오, 김내성·안회남 역,『홍발 레드메인 일가/르루주 사건』, 1940.

이광수,『세조대왕』, 1941.

이광수,『원효대사』, 1942.

박태원,『삼국지』, 1941.

이석훈, 『배스커빌의 괴견』, 1941.  * 코난 도일 원작 『배스커빌의 사냥개』

김내성, 『태풍』, 1942.

## 해방직후기(1945~1949)

최현배, 『우리말본』, 1945.  * 1937년 초판 발행

최남선, 『신판 조선역사』, 1946.

김구, 『백범일지』, 1947.

김내성, 『진주탑』, 1947.  * 1946년 라디오로 방송. 원작 『몽테크리스토 백작』

방인근, 『국보와 괴적』, 1948.

주요섭, 『사랑방 손님과 어머니』, 1948.

윤동주, 『하늘과 바람과 별과 시』, 1948.  * 출간 몇 해 후 베스트셀러가 됨

후지하라 데이, 『내가 넘은 삼팔선』, 1949.

## 1950년대

김용제, 『김삿갓방랑기』, 1950.

김광주, 『인간무정』, 1952.  *빅토르 위고. 원작 『레미제라블』

조지훈, 『풀잎단장』, 1952.

김내성, 『청춘극장』, 1953.

방인근, 『고향산천』, 1953.

조흔파, 『얄개전』, 1954.

정비석, 『자유부인』, 1954.

한하운, 『보리피리』, 1955.

김내성, 『쌍무지개 뜨는 언덕』, 1956.

김내성, 『실낙원의 별』, 1957.

홍성유, 『비극은 없다』, 1957.

박종화, 『여인천하』, 1958.

보리스 파스테르나크, 박남중 외역, 『醫師 지바고』, 1958.

김산호, 〈정의의 사자 라이파이〉, 1959. *SF만화

## 1960년대

최인훈, 『광장』, 1960.

김광주, 『정협지』, 1961.

김형석, 『영원과 사랑의 대화』, 1961.

박경리, 『김약국의 딸들』, 1962.

이어령, 『흙 속에 저 바람 속에』, 1963.

하인리히 뵐, 전혜린 역, 『그리고 아무말도 하지 않았다』, 1964.

박경리, 『시장과 전장』, 1964.

박계형, 『머무르고 싶었던 순간들』, 1965.

김일평, 『군협지』, 1966.

김광주, 『비호』, 1966.

미우라 아야코, 손민 역, 『빙점』, 1966.

전혜린 역, 『데미안』, 1968. *빅토르 위고

가와바타 야스나리, 김용제 역, 『설국』, 1968.

염재만, 『반노』, 1969.

박경리, 『토지』, 1969. *이후에 스테디셀러가 됨

## 1970년대

황석영, 『객지』, 1971.

최인호, 『별들의 고향』, 1972.

법정, 『무소유』, 1976.

야마오카 소하치, 박재희 역, 『대망』, 1972.

리처드 바크, 정현종 역, 『갈매기의 꿈』, 1973.

황석영, 『장길산』, 1974.  * 1980년대 베스트셀러

생 텍쥐페리, 김현 역, 『어린왕자』, 1974.

조세희, 『난장이가 쏘아올린 작은 공』, 1975.

시몬 드 보부아르, 오징자 역, 『위기의 여자』, 1975.

이청준, 『당신들의 천국』, 1976.

에리히 프롬, 김진홍 역, 『소유냐 삶이냐』, 1978.

한수산, 『부초』, 1977.

송건호 외, 『해방전후사의 인식』 1, 1977.  * 1980년대 대학가 필독서

리영희, 『우상과 이성』, 1977.

이규태, 『한국인의 의식구조』, 1977.

고우영, 〈고우영 삼국지〉, 1978.  * 만화. 『일간스포츠』 연재 시기 기준

존 제이 오스본, 구히서 역, 『하버드대학의 공부벌레들』, 1978.

박범신, 『풀잎처럼 눕다』, 1979.  * 『중앙일보』 연재 시기 기준

## 1980년대

이철용 · 황석영, 『어둠의 자식들』, 1980.

이문열, 『젊은 날의 초상』, 1981.

허영만, 〈무당거미〉, 1981.  * 만화

이청준, 『낮은 데로 임하소서』, 1981.

이창우, 『옛날 옛날 한 옛날에』, 1981.

김홍신, 『인간시장』, 1982.

크리슈나무르티, 권동수 역, 『자기로부터의 혁명』, 1982.

J. M. 바스콘셀로스, 박동원 역, 『나의 라임 오렌지 나무』, 1982.

이문열, 『평역 삼국지』, 1983.  * 『경향신문』 연재시기 기준

이시형, 『배짱으로 삽시다』, 1983.

조정래, 『태백산맥』, 1983.

이현세, 〈공포의 외인구단〉, 1983.

정비석 , 『소설 손자병법』, 1984.

김용, 김일강 역, 『영웅문』, 1984.

앨빈 토플러, 유재천 역, 『제3의 물결』, 1984.

김정빈, 『단』, 1984.

김용옥, 『동양학 어떻게 할 것인가』, 1985.

도종환 , 『접시꽃 당신』, 1986.

움베르토 에코, 이윤기 역, 『장미의 이름』, 1986.   * 1990년대 주목을 받음

서정윤, 『홀로서기』, 1987.

허영만, 〈오 한강〉, 1987.   * 대중정치극화

신영복, 『감옥으로부터의 사색』, 1988.

이문열, 『추락하는 것은 날개가 있다』, 1988.

류시화 , 『그대가 곁에 있어도 나는 그대가 그립다』, 1988.

바바 하리 다스, 류시화 역, 『성자가 된 청소부』, 1988.

김우중, 『세계는 넓고 할 일은 많다』, 1989.

마광수, 『나는 야한 여자가 좋다』, 1989.

## 1990년대

이은성, 『소설 동의보감』, 1990.

J. R. R. 톨킨, 김번·김보원·이미애 역, 『반지전쟁』, 1990.

발타자르 그라시안, 박민수 역, 『세상을 보는 지혜』, 1991.

파트리크 쥐스킨트, 강명순 역, 『향수』, 1991.

이재운, 『소설 토정비결』, 1991.

양귀자, 『나는 소망한다 내게 금지된 모든 것을』, 1992.

로버트 제임스 월러, 공경희 역, 『메디슨 카운티의 다리』, 1993.

파트리크 쥐스킨트, 유혜자 역, 『좀머씨 이야기』, 1992.

위기철, 『반갑다, 논리야』, 1992.

유홍준, 『나의 문화유산 답사기』, 1993.

김진명, 『무궁화꽃이 피었습니다』, 1993.

베르나르 베르베르, 이세욱 역, 『개미』, 1993.

최영미, 『서른, 잔치는 끝났다』, 1994.

이우혁, 『퇴마록』, 1994.

이인화, 『영원한 제국』, 1993.

공지영, 『고등어』, 1994.

양귀자, 『천년의 사랑』, 1995.

홍세화, 『나는 빠리의 택시운전사』, 1995.

김정현, 『아버지』, 1996.

박영규, 『한 권으로 읽는 조선왕조실록』, 1996.

잭 캔필드·마크 빅터 한센, 류시화 역, 『마음을 열어주는 101가지 이야기』, 1996.

크리스티앙 자크, 김정란 역, 『람세스』, 1997.

이영도, 『드래곤라자』, 1998.

이덕일, 『사도세자의 고백』, 1998.

오토다케 히로타다, 전경빈 역, 『오체 불만족』, 1999.

앤서니 기든스, 한상진 외역, 『제3의 길』, 1998.

조앤 롤링, 김혜원 역, 『해리포터와 마법사의 돌』, 1999.

시오노 나나미, 김석희 역, 『로마인 이야기』 1, 1995.

## 2000년 이후

조창인, 『가시고기』, 2000.

황선미, 『마당을 나온 암탉』, 2000.

로버트 기요사키, 안진환 역, 『부자 아빠 가난한 아빠』, 2000.

장 코르미에, 김미선 역, 『체 게바라 평전』, 2000.

스펜서 존슨, 이영진 역, 『누가 내 치즈를 옮겼을까』, 2001.

심승현, 『파페포포 메모리즈』, 2002.

재레드 다이아몬드, 김진준 역, 『총 균 쇠』, 2003.

김훈, 『칼의 노래』, 2004.

댄브라운, 양선아 역, 『다빈치 코드』, 2004.

정은궐, 『해를 품은 달』, 2005.

파울로 코엘료, 최정수 역, 『연금술사』, 2001.

호아킴 데 포사다, 김경환 · 정지영 역, 『마시멜로 이야기』, 2006.    * 번역자 논란으로

　　　　역자가 바뀌어 재출판됨

김훈, 『남한산성』, 2007.

한강, 『채식주의자』, 2007.    * 2016 맨부커상 수상, 베스트셀러에 오름

신경숙, 『엄마를 부탁해』, 2008.

정은궐, 『성균관 유생의 나날』, 2008.

권비영, 『덕혜옹주』, 2009.

무라카미 하루키, 양윤옥 역, 『1Q84』, 2009.

요나스 요나손, 임호경 역, 『창문 넘어 도망친 100세 노인』, 2009.

박범신, 『은교』, 2010.

법륜, 『스님의 주례사』, 2010.

김난도, 『아프니까 청춘이다』, 2010.

공지영, 『도가니』, 2009.

최인호, 『낯익은 타인들의 도시』, 2011.

김어준, 『닥치고 정치』, 2011.

히가시노 게이코, 양윤옥 역, 『나미야 잡화점의 기적』, 2012.

혜민, 『멈추면, 비로소 보이는 것들』, 2012.

조정래, 『정글만리』, 2013.

강신주, 『감정수업』, 2013.

김영하, 『살인자의 기억법』, 2013.

한강, 『소년이 온다』, 2014.

고가 후미타케 · 기시미 이치로 공저, 전경아 역, 『미움 받을 용기』, 2014.

윤동주, 『하늘과 바람과 별과 시』, 2015.  * 초판본 시집 영인본

이기주, 『언어의 온도』, 2016.

알랭 드 보통, 김한영 역, 『낭만적 연애와 그 후의 일상』, 2016.

조남주, 『82년생 김지영』, 2016.

무라카미 하루키, 홍은주 역, 『기사단장 죽이기』, 2017.

# 찾아보기

# 인명

## / ㄱ /

**작품명**